荒岛乐队

夏阳 著

天津出版传媒集团
天津人民出版社

图书在版编目(CIP)数据

荒岛乐队 / 夏阳著. -- 天津 : 天津人民出版社, 2025. 8. -- ISBN 978-7-201-21185-5

Ⅰ. I247.5

中国国家版本馆CIP数据核字第2025DH0968号

荒岛乐队

HUANGDAO YUEDUI

出　　版　天津人民出版社
出 版 人　刘锦泉
地　　址　天津市和平区西康路35号康岳大厦
邮政编码　300051
邮购电话　(022)23332469
电子信箱　reader@tjrmcbs.com

责任编辑　俞鸿彧
封面设计　李彦林
美术编辑　汤　磊
插画绘制　李彦林

印　　刷　天津新华印务有限公司
经　　销　新华书店
开　　本　880毫米×1230毫米　1/32
印　　张　10
插　　页　2
字　　数　230千字
版次印次　2025年8月第1版　2025年8月第1次印刷
定　　价　52.00元

目录

1. 无人到访的城市

如果你决定来千山旅游，苏远的建议是，不要来。

并不是因为千山发生过什么，恰恰是因为这里什么都没有发生，好吧，至少在夜游神出现之前是这样的——那件事我们后面再提。

尽管没有确切的统计，但据苏远的观察，一半的千山人会在成年后逃离这座城市，剩下的那一半则在反省为什么逃掉的不是自己。

这是一座没有任何优点的城市，它昼短夜长，迷雾漫天，终日沉默，像一个患上失语症的病人。

像苏远这样心甘情愿留下来的人简直就是濒危动物，更别说苏远正处在他人生中最躁动的时期——他今年21岁，对世界知之甚少。

彼时，苏远正处在迷失自我的边缘。他回顾过去，发现自己的人生像一条空荡的裤腿，过去一事无成，未来岌岌可危，似乎他注定将随着城市一起被埋葬在时间的荒漠里。当意识到这一切的时候，苏远很紧张，他呼吸急促，额头凝满汗珠，努力想在最短的时间内找到自己人生的意义。

当时苏远恰好在一家面包店里。

中午时分，这家面包店里只有苏远一名顾客，店内播放着有一搭没一搭的轻音乐，店员靠在收银台后面昏昏欲睡。苏远看着面前的货架，上面摆放着一排色彩缤纷的果酱，一种颜色代表着一种口味，中间正对着他的是蓝莓口味，墨水般蓝色透明的膏状物中颗粒分明，玻璃瓶身映着他焦虑的脸。

苏远看着那瓶蓝莓酱，做出决定，他要组一支摇滚乐队。

多年以后，当苏远每次回忆起这个时刻，他仍然会觉得疑惑，无法解释这个决定是如何发生的，他只能将其归因于命运，以一种浪漫的说法作为解释：在他和摇滚乐之间，他才是被选择的那一个。

事实也大概如此，后来发生的一切至少证明了一件事——摇滚乐改变了他，说矫情点儿，拯救了他。

此刻，是距离苏远做出这个决定的三个月以后，他独自一人走在浓雾弥漫的夜路上，目的地是一条远离闹市区的胡同，那一片正在动迁，只剩下这么几间破烂的平房孤独地矗立在废墟中。原来的居民早已搬离，苏远得以用接近白送的价格租下来其中一间危房，将那里变成蓝莓酱乐队的排练室。

夜路寂静，路灯的光晕在雾气中缓缓散开，一辆破旧的出租车停在路边。苏远经过的时候看到司机正躺在后排睡觉，鼾声穿透车窗，车里的收音机还开着，一个温柔的女主持人的声音在车内缓缓流动，于鼾声中见缝插针。

苏远忍着寒冷，驻足在车外听了一会儿。

电台里正在播放的是《午夜千山》节目，主持人名叫赵娜，直播时间是每周六晚上的9点到12点。

如果不是因为今天要排练，苏远一定会在家里把节目完整地听完。赵娜的声音在那些寂寞的夜晚陪伴着他，在摇滚乐出现以前，那一度是苏远留在这个乏味的城市里的唯一理由。

有时候苏远觉得他跟赵娜已经认识很久了，了解与赵娜有关的一切，但事实上，这些都是苏远的臆想，他从没有见过赵娜。

节目接近尾声，收音机里的赵娜正在介绍本期的“晚安曲”。这是节目的惯例，以一首歌作为结尾，这首歌播完之后，节目也就结束了。

赵娜的选歌没有什么规律，什么风格都有，随心所欲，唯一的规矩是，如果当晚的节目有访谈嘉宾，那么“晚安曲”则会由嘉宾提供。

苏远抱着膀子，瑟瑟发抖继续坚持听，今晚是一首轻松的沙发音乐，不算是苏远讨厌的类型，但肯定也称不上喜欢，他听了一会儿，离开出租车，继续向他的排练室走去。

那个愿望再次不可阻挡地闯进了苏远的大脑。

苏远不止一次地幻想过，他和乐队创作的歌曲可以成为这座城市的“晚安曲”，由赵娜亲自来播放。比起世俗意义上的成功，金钱和名望，苏远更渴望得到赵娜的认可，在他看来，那无异于一枚勋章。

前面是一座公共体育场，走到这儿距离排练室就不远了。苏远走近后，听到体育场里面传来一阵节奏有序的脚步声，灯光下一个清瘦的身影从他的面前一闪而过，沿着400米跑道奔向远处。

苏远看着那个跑步的人渐渐从他的视线中消失，不知为何，他的心里燃起一股热烈的情绪，汹涌地聚集在胸口，令他不禁暗自为跑步者加油。他并不认识那个在深夜跑步的陌生人，在这一刻却感到自己与对方达成某种灵魂上的共鸣，仿佛自己正随着那人的脚步一起追逐着什么。

苏远很快就明白了自己突然热泪盈眶的原因。他昨天刚写完一首新歌，虽然严格来说，那只能算半首新歌，还有很多细节需要完善，但这首歌无疑已经拥有了一个漂亮的动机和一段优美的旋律，是他自认为写得最好的一首，有机会带着蓝莓酱乐队走出地下。

他急于与乐队的成员分享这一喜悦，和他们一起完成这首歌缺失的部分。

怀着这样的信念，苏远走过体育场，城市的上空传来了一阵钟声。

当——当——当——当——当——

苏远苦笑了一声，如果说这座城市还有什么令人费解之处，那就是他刚刚听到的钟声。

自从苏远组了乐队以后，他便习惯去聆听这五个音符，并且试图去欣赏它，但这仍不能改变规划者脑子进水的事实，苏远实在想不到还有哪座城市会在午夜12点时发出如此大的声响。他们把这称作“午夜钟声”，并以此为荣，但是最近一段时间，千山人已经不怎么喜欢这个声音了，因为那似乎是唤醒夜游神的钟声。

没错，就是我们之前提到的那个夜游神，一个令城市人人自危的都市传说。苏远在心里提醒自己绝不可放松警惕，如今的千山远没有看起来那么安全，夜游神还没有抓到。

但苏远也不得不承认的是，这个没有人知道真实身份的夜游神至少做对了一件事，就是打破了城市的沉默，让这里看起来没有那么无聊。尽管不是每个人都喜欢，不过此人与警察间的猫鼠游戏已经逐渐成为论坛上最热门的话题，入冬以来，夜游神已经作案数起，但警察依旧拿他毫无办法。

好消息是，夜游神并非什么连环杀手，他只是喜欢小打小闹，被他袭击过的人都是先被打晕，接着被脱个精光，只留下一条内裤，然后夜游神会将被袭击的人绑在某棵树或者电线杆上。幸亏千山不是那种苦寒之地，那些受害人即使整晚都没人发现，充其量也就是冻伤加发烧，以及丢失随身财物，绝无生命之虞。

苏远相信千山的夜晚如此冷清，也有夜游神的一份功劳。当然，这也意味着另一件事，如果此时夜游神恰好在附近行动，那自己就是唯一的猎物。想到此处，苏远不得不加快脚步，迅速离开大路，扎进旁边的一条胡同。

胡同口停着一辆黑色的SUV汽车，棱角分明，颇为气派。苏远疑惑地看了一眼，他没有多想，因为他的排练室就在前面。

推开排练室的大门，苏远心潮澎湃，他预感他将经历人生中最重要的夜晚，那首歌将引领他走向不一样的未来。

但那时候的苏远并不知道的是，就在此刻，距离千山市公安局第三派出所的陈警官将警车开上积雪的七街，还有1180个小时。

倒计时1180小时

1180 hours

2. 少年与野狗

这间排练室虽然只是一间随时可能被拆掉的危房，但经过苏远和乐队其他成员们的不断修缮，也称得上焕然一新：他们用塑料布修补了四面漏风的窗户，将杂志里赠送的摇滚乐队的海报贴满墙，点起地面中间的煤炉使其熊熊燃烧。暖流在房间里涌动，被开门吹进来的一阵寒风撞上，天花板上悬挂的一盏昏黄的挂灯随风摇曳，打在墙上的影子在晃动中时大时小。

苏远跟着寒风一起进来，他手里拿着乐谱，感受着屋里的暖流在他身边聚集。只不过，刚进来，苏远就愣住了，他意外地发现所有的乐队成员都已到位，就等他一人。

“怎么回事？”苏远问，“你们今天够早的。”

没有人回应他，乐队的几位成员各自端坐在平时排练的位置上，看起来十分严肃。

苏远抬腕看了看手表，确认自己并没有迟到，并且像往常一样提前到了半小时。他更奇怪了，以往这个时间自己都是第一个到，偶尔有几次胖子比他来得更早，但像今天这样所有人都等着他的情况还是第一次出现。

但是来不及想这么多了，苏远还有一个好消息要宣布：“我写了首新歌。”他兴奋地拿出乐谱说，“但是还没有完成，咱们可以先走一遍试试，你们听听怎么样。”

苏远对自己的作品很有自信，他走到属于自己的位置上，地上有一个吉他架，上面立着一把原木色的Fender（芬达）电吉他，当初为了买这把吉他几乎花光了他所有的积蓄。

苏远在所有人的注视下将这把原木色的吉他挂在身上，拾起地上的连接线，在背带扣的位置绕了一下，插入琴身，拧开音量旋钮，扫了一下琴弦。

他没有听到身后的音箱发出任何声音。

现在，苏远也无法再对面前的状况视而不见了，和吉他音箱一样沉默的，还有一直看着他的乐队成员们。

“到底怎么回事？”苏远问。

“今天就先不排了吧。”说话的是乐队的另一名吉他手。

“为什么不排了？”

“我们想跟你谈谈。”吉他手说。

苏远一声长叹，重新将吉他摘下来，放回琴架。他已经猜到他们要跟自己谈什么，事实上，他与乐队的其他成员的意见并不是一直一致的。

苏远在头脑里迅速思考着，这时候他才意识到，自己其实是站在了其他三名成员的对立面，场面极不平衡，气氛剑拔弩张，很明显他们早有准备。

“关于乐队风格的问题。”那名吉他手接着说。

果然如此。苏远心里想。

“我们还是觉得，咱们现在玩的东西有点儿太重了。”

“重”是一个很笼统的说法，苏远知道，他和其他人关于音乐风格上真正的冲突，是只有他一个人坚持去做硬摇滚作品，其他人更希望乐队流行化。

“我们都觉得需要改变。”

尽管如此，苏远还是松了口气，事情并没有他预想的那么糟糕，他甚至有点儿欣慰，因为一直以来，他觉得只有他一个人把乐队当成一番事业，现在至少说明其他人也开始认真起来了。

“好啊。”苏远假装不知道他们的观点，摆出积极的状态，一边在脑中快速思考待会儿怎么再说服他们，一边问，“你们想怎么改变？”

又是一阵沉默，苏远平静地等待着。

“我们决定了，以后的创作要减少器乐演奏的部分，降低编曲难度，旋律上要尽量适合当下的流行音乐环境，最好再找个能演唱这类风格的新主唱。”

对方说得很快，苏远意识到这几句话是提前背好的，早就等着对他说了。

“简单来说，咱们以后就不是摇滚乐队了。”对方最后说。

苏远本以为会先探讨一些更细节的部分，这样他才有机会找到角度再次说服他们，但现在，显然是结论，不是讨论。

“你们早就想好了是吧。”苏远说。

“摇滚乐队真的没前途。”说话的是乐队的鼓手，他坐在自己的那套架子鼓后面，手里转着鼓棒，说话时没有看着苏远的眼睛，“成功不了。”

“我没听懂，什么叫成功？”

苏远抛出了一个模糊的概念，没有人能够立刻回答，所有人的目光四散开，落在排练室的各个角落上，这个廉价的排练室似乎就是答案。

“钱。”苏远自问自答，接着说，“我也觉得是钱，但是咱们现在做的事情一样能赚到钱，你们有点儿耐心行不行？谁都不是一夜成名的。”

“已经不是那个时代了。”鼓手指了指墙上贴着的海报接着说，“你看你喜欢的这些乐队，他们都成名于摇滚乐的黄金年代，你知道‘黄金年代’的意思吗？”

苏远摇了摇头。

“意思就是，它已经结束了。”

苏远忽然觉得自己无力反驳,甚至产生了一瞬间的动摇。他们说得很有可能是对的,苏远看着墙上那些他奉为偶像的摇滚乐队。当这些音乐终于漂洋过海,流进千山这座偏远的小城市时,距离他们的成名已经过去了几十年,而这些乐队很多都早已解散,有一些成员也已经离世,没有一支乐队还保持着当年的辉煌。

苏远想,也许他真的站在一个错位的时间上。

但他不能妥协。

苏远决定以退为进,他坚信某些时刻,当你选择逃避问题的时候,问题也许就会自己消失。于是他深吸一口气,重拾刚进来时自信的表情,用轻快的语气说:“咱们先排一遍这首新歌,感觉一下,我觉得这首歌真的有机会,绝对的‘蓝莓酱’风格。”

苏远再次背起吉他,仿佛刚才的一切都没有发生,用期待的目光看着所有人。

“乐队现在不叫‘蓝莓酱’了。”突然,一个陌生的声音从身后传来。

苏远惊讶地回过头,看到排练室里面的小屋里走出来一个人。

苏远没见过这个人,更不知道他是什么时候来的,更有可能的是,他一直都在那个屋子里面,听到了他们谈话的全程。

“你是谁呀?”苏远问道,又疑惑地看了看其他人,“这人谁呀?”

不知是不是排练室里昏暗的灯光使人显得成熟,对面这个陌生人看起来比苏远的年纪要大一些,看着快三十了,他穿着一件黑色的风衣,头发有些自来卷。

陌生人接着对苏远说:“现在这支乐队叫‘邵柯与蓝莓酱’。”

“邵柯?”苏远回忆着这个名字,有点儿耳熟,他确定自己在哪儿听过,但一时想不起来。

“不好意思啊。”苏远对邵柯说,“我们乐队暂时没有接收新成员的计划,你回去吧,我们马上要开始排练了。”

“你误会了。”邵柯说，“我不是来加入你们乐队的，我是来接管的。”

苏远的眼睛扫过乐队的其他人，他们却纷纷躲避苏远的目光。忽然之间，他想起邵柯是谁了。

“你是代表你爸的公司过来拆迁的吗？”苏远问。

邵柯一声冷笑，并没有理会苏远的阴阳怪气，他看起来云淡风轻，俨然一副胜利者的姿态，对苏远说：“我本来是想让他们告诉你，但感觉他们对你还是太客气了，直说了吧，你的音乐理念不适合这支乐队。”邵柯伸手拍了拍苏远的肩膀，“兄弟，差不多了，好聚好散吧。”

一场蓄谋已久的背叛。苏远想。他咬着牙对邵柯说：“这是我的乐队。”

“那你得问他们同不同意。”邵柯自信地看了看其他人，目光落回苏远的脸上，“你真觉得你能带着他们成功？他们也得生活吧？你养活呀？兄弟，看在你多少还对这支乐队有点贡献的份儿上，我给你一个免费的忠告：生活需要钱。”

这是苏远今晚第二次听到“成功”这个词，他现在有点厌恶这个词了。

令苏远感到无力的是，他不知道该怎么反驳。事实上，他的确时常感到愧疚，这乐队是他张罗起来的，但从组建到现在，他们还从没赚到过一分钱。

“你要是真想玩儿乐队，完全可以自己组一个。”苏远的气场弱了下去，“跑这儿摘果子有什么意思呢？”

“有意思，相当有意思。”邵柯说，“我刚才已经跟你明说了，我是可以再组乐队，但是对他们来说损失就大了。他们明明可以跟着我混，为什么要把这个机会让给别人？”

苏远第一次感到自己在某件事情上落了下风，这种感觉在他之后的人生里也多次发生过，后来他已经习以为常了，但是第一次，你总会感受到一点儿震撼。

“你们也是这么想的吗?”苏远的目光落到其他人的身上。

今天之前，苏远还觉得他们是拥有共同目标的战友，尽管常有分歧，但彼此理解，怀抱信任与容忍。而现在，一切都变得无法确定，苏远的目光近乎祈求，却无人回应。

旁边的邵柯发出一声嘲讽似的冷笑。

“胖子?”苏远将最后的希望放在了乐队的贝斯手身上，他叫滕磊，是苏远的发小，两人从穿开裆裤的时候就认识，胖子也是因为苏远的影响开始学习乐器，当初组建乐队的时候，胖子表现得比他还兴奋。

胖子低下了头。

苏远一败涂地。

胖子再次抬起头，看向邵柯说:“你就让苏远留在乐队吧，苏远的吉他弹得很好，而且会创作……”

“别说了。”苏远打断他。

胖子对邵柯的祈求彻底熄灭了苏远心中的火苗，尽管事后冷静下来，苏远很清楚胖子是好意，但是那一刻他的自尊还是被深深地伤害了，仿佛正在祈求的是他本人。

“我跟你说什么来着。”邵柯对胖子露出轻蔑的笑容，“乐队还是乐队，只不过少了一条野狗。”

这是苏远在排练室停留时间最短的一次。

一个人出来时，夜色正浓，冷风过境，他再次站在空无一人的街头，忽然想起来一件事——他的乐谱还在排练室里。他想去取回来，犹豫了一下，最终放弃了这个想法，那张纸对他来说已经不重要了，或者说，再没有什么对他重要的东西了，原来人真的可以在瞬间失去一切。

一个坚硬的东西正在刺痛他，起初苏远觉得那是自己的心痛，但很快察觉到这种疼痛感清晰且真实。他摸了摸疼痛的部位，是他放在大衣内兜里的一张CD唱片，盒子的棱角坚硬一直硌在那里。

苏远将唱片拿出来，放在月光下。这是“枪花”大名鼎鼎的专辑《运用你的幻想I》，是苏远好不容易从一个摇滚论坛里入手的打口盘。这张专辑原本是双碟装，苏远留下一张，将第二张碟送给了胖子，以庆祝乐队的成立并证明两人坚不可摧的友谊。

回忆起这些，令苏远再次感到受伤。

苏远找到了一个月光照射不到的角落坐下，脑中想起了专辑里那首*Don't Cry*的旋律。那是“枪花”的经典之作，也是这张专辑里他最喜欢的一首歌。

在多年以后，当苏远再次回忆起此情此景，他会觉得一切都过于郑重其事了，处处流露着那个年纪的男孩才有的刻意与矫情，那时他所经历的一切，比起真正残酷的成人世界来说几乎不值一提。

但是现在，这些就是他的全部。

夜晚下起了更浓的雾，整个千山看起来疮痍满目。如果有人决定来千山旅游，苏远的建议是，不要来。

当全世界的青年都有可能走上歧路的时候，上帝给了他们摇滚乐，摇滚乐不是什么完美的东西，只是让这些荷尔蒙过剩的笨蛋不至于惹上更大的麻烦。苏远曾是其中的一个幸存者，但那只是曾经。

他并没有意识到，这个夜晚对他的伤害才刚刚开始。

3. 一起事先张扬的袭击案

当一座城市存在的时间足够长久，它便会形成一些独特的规则，否则就会乱作一团，这是城市与人的约定，千山自然也是如此。

但是对于生活在城市里的居民来说，他们通常不会对那些习以为常的规则有什么特殊的感觉，他们只是照做了。

事实上在今晚之前，苏远也是一样，他在潜意识里跟随着城市看不见的齿轮一起运转着，而被逐出乐队以后的迷茫与沮丧，令苏远放松了警惕，并未预料到自己将为此付出怎样的代价。

从排练室出来以后，苏远漫无目的地走着，四周是相同的风景，头脑中响起不间断的嗡鸣声。通常只有长时间的排练以后，才会出现这种耳鸣的状况，但是今晚，这种声音像是从他的身体里自然发出来的，纠缠着他。

一阵冷风吹过，苏远如同大梦初醒，他呆立在原地，举目四顾，发现自己陷入了一片不知名的黑暗中。他在月光下仔细辨认路牌，终于看清这里是体育场西路——和来时的路线不同，这里很偏僻，呼呼的风声令他紧张。

有人正在跟踪他。

苏远并不是刚刚意识到这个情况，只不过他头脑里用于警示的雷达一直被噪声掩盖着。他又想起了那个关于夜游神的都市传说，环顾四周，这里几乎是一个完美的案发现场。

风声停了，突如其来的寂静，忽然间，身后发出一个清脆的声音，像是恐怖电影中人的颈椎被折断的声音。苏远来不及多想，立刻闪进最近的一棵树的背面，屏气凝神，注视着黑暗。

清脆的声音再次响起，一声一声，越来越近，苏远意识到，这条无人的小径上枯树林立，那其实是踩在落叶与枯枝上的声音。但这并不能打消他内心的恐惧，因为这更代表着此时除了他，黑暗中还有另外一个人。

一个黑影缓缓从深处浮出，月光下拉长的影子笼罩在苏远的头顶，苏远几乎可以听到自己的心跳声，但是他很快发现，这个人并没有他的影子看起来那么高大，相反，他的真实身高应该也就一米六出头。而且，最重要的是，那人不可能是夜游神，因为他看上去也很恐惧。

虚惊一场。

警报解除后，苏远松了口气，忍不住发出了一声叹息。那个已经走过的黑影再次停了下来，紧张地回头张望。

“谁?”黑影发出颤抖的声音，“有人吗?”

苏远打算安静地等待黑影离开，黑影却继续张望。

“有人吗?”黑影重复道。无人应答。

那个黑影的表现令苏远有些介意，他表现得过于紧张，仿佛真有人一直在跟踪他似的。

赶紧走吧，苏远心里想，他的腿都快蹲麻了。

“野狗吧。”黑影自言自语，又探头左右看了看，似乎在心里跟自己确认，终于再次转过头，继续向前走去。

当一座城市存在的时间足够久，它会形成一些独特的规则，在千山，人们普遍相信，一件事过去了就是过去了。

但今晚苏远的神经有些敏感，他不是第一次听到“野狗”这个词，尽管第二次完全无意伤害他，却点燃了他此前郁积于胸但没能发泄的愤怒。他从树后站起来，向那个本已远离的黑影跑去。

有趣的是，此刻的苏远真有点儿像在夜晚发狂的野狗。

那个黑影还没来得及转身，便被苏远坚硬的拳头击中了后脑，双膝一软，重重倒在了地上。苏远的怒火熊熊燃烧，已经无法停下自己的拳头，他用一种近乎原始的动物世界里才会出现的方式攻击着那个黑影。

摇滚乐给了所有可能走上歧路的少年另一个选择，却又在他们生命里的某一个夜晚收了回去。

苏远沉迷于发泄怒气，忽然感到腰间一股剧烈的撞击，然后自己飞了起来，落地时两眼一黑。再次睁开眼睛的时候，他发现自己躺在了两三米远的地上。

他的面前站着另外一个人。这人个子很高，全身黑衣，还戴着黑色的帽子和口罩，他低头看着苏远，叹了口气，随后转身向那个被打的倒霉蛋走去。

黑衣人用脚轻轻踢了踢倒霉蛋，后者毫无反应，苏远开始害怕起来。黑衣人蹲下，将地上的人翻了个身，仿佛在确认一块牛排的熟度，“还有气儿。”他对苏远说。

黑衣人的声音沉着冷静，听不到一点波澜，这反而令苏远更为紧张。对方蹲在地上，扭头看着他，眼睛里射出两束寒光，说：“你知道什么是规矩吗？”

“什……什么？”苏远发现自己的声音在颤抖。

“规矩。”黑衣人接着说，“第一条，你可以对人动手，但是下手得知道深浅，不能把人打死。”

苏远凝神听着。

“第二条，凡事有个先来后到。”黑衣人无奈地说，“我跟了他半个小时，你一出来全给我搅和了。”

苏远来不及细思，看到黑衣人站起来，再次向他走来，一股巨大的压迫感落在他的头顶，“今天晚上你替他。”

苏远不知道黑衣人这句话是什么意思，但仅存的理智告诉他现在不是思考的时候。他起身要跑，突然脚下一滑，身体失衡向前倾倒，却以45度的倾角停留在了半空，黑衣人从身后抓着他的衣领。一个坚硬的东西从苏远的衣服里滑出，掉在地上，发出清脆的响声。

“那什么东西？”黑衣人问。

黑衣人一只手提着苏远，仿佛他只是一只塞满填充物的毛绒玩具，弯下腰，另一只手将掉落在地的物件捡了起来。

“给我！”苏远说。

黑衣人手里拿着的，正是苏远最爱的一张专辑——枪花乐队的《运用你的幻想I》，在月光下，塑料盘盒似乎摔出了裂痕。

“CD？”黑衣人前后确认。

“给我！”苏远重复道。他的声音无比坚定，令黑衣人也愣了一下。黑衣人不禁问道：“这东西对你那么重要？”

苏远用眼神回敬黑衣人，算作回答。

“你选吧。”黑衣人晃了晃唱片说，“要它还是要命。”

这是苏远第一次面对这个问题，是要摇滚乐还是要生命，而这两样东西恰好在他看来是一样的。他沉默了。

“你还真想啊。”黑衣人笑起来，他借着微弱的光端详着手里的唱片，“打口盘？”

“对。”苏远没想到对方竟然懂这些。

“伤着歌了吗？”

“没有。”苏远说，“到手后我自己修的，一首歌没伤着。”他甚至不合时宜地感到骄傲。

“‘枪花’？”黑衣人说，“你是玩儿摇滚的？”

苏远觉得黑衣人的语气有了些微的变化，他不确定。其实这支乐队的全称是“枪炮与玫瑰”，只有乐迷才习惯用简称“枪花”，他回答道，“以前是。”

“那现在呢?”

今晚发生了那么多事,但苏远现在才觉得自己真正受到了伤害,他说,“我被自己的乐队开除了。”

黑衣人迟疑了一下,松开了提着苏远衣领的手。苏远双脚的脚跟再次落回地上,有了踏实感。黑衣人把唱片还给他,转身向那个依然躺在地上的倒霉蛋走去。

苏远愣住了,现在似乎是他离开这里最好的时机,他看着一片黑暗的前路,默默地重整旗鼓。

“先别跑。”背对着苏远的黑衣人仿佛脑后长眼,喊了一声,刚准备迈开双腿的苏远不得不再次停下。

黑衣人守着地上的人蹲下,在自己的上衣里摸索着什么,依然没有抬头看苏远,接着说,“你现在要是跑了,明天警察就得去你家找你。”

苏远意识到:这是一件更严重的事。

“今天你运气好,碰上我了。”

黑衣人说着,从兜里掏出来一卷防水胶带和一把裁纸刀,刀片推出,发出咔咔的声音,在月光下闪着银光。他对苏远说:“别光愣着,过来搭把手。”

苏远颤巍巍地走到黑衣人旁边,见他已经将双手插入那人的腋下,将这个依旧昏迷的倒霉蛋架了起来。“死沉死沉的,”黑衣人说,“来,给我扶着点儿。”

“你干什么?”

“制造点儿误会。”口罩后面的黑衣人似乎在笑。

苏远茫然地来到旁边,不知所措,他看着黑衣人放在地上的胶带和刀,猛然想起最近一段时间经常看到的新闻报道。

“你就是夜游神?”苏远问。

“我特别不喜欢这个名字，不知道谁起的。”这句话给了苏远答案。

夜游神仍然抬着那个昏迷男人的上半身，仰头看着苏远，命令道，“把他的腿抬起来。”

苏远机械般地照做了，两人一前一后，将这个昏迷的男人抬至刚刚苏远躲藏过的树下，放在地上。苏远看到夜游神开始脱那个男人的衣服，他已经能够预料到接下来要发生的事情，那些新闻报道再次浮现在他的脑中，其中一些报道还附有受害人被发现时脸部打码的照片。

夜游神在倒霉蛋的身上从上到下地摸索着，那人的随身物品被掏了出来，不多，只有半盒香烟、一个防风打火机和一支圆珠笔，唯一值钱的是一部翻盖手机。

夜游神将手机关机，跟其他东西一起塞回这个男人被脱下的衣服中，最后他将那个防风打火机留了下来。

“那个……手机好像更值钱。”苏远磕磕巴巴地说，发现自己正在不知不觉中成为一个帮凶。

“谁告诉你我是冲钱来的？我留个纪念。”夜游神瞪了苏远一眼说，“你把我当啥人了？”

苏远闭嘴了。

很快，那个昏迷中的男人被脱到只剩下一条白色的三角内裤。在夜游神的指挥下，两人合力将男人扶起来，靠着树干，苏远负责将男人固定住，夜游神开始拆防水胶带，胶带撕开的声音响彻夜空，一圈一圈地将昏迷的男人和树干绑在一起。

不久前，苏远还是一名乐队的吉他手，随后变成了一个失控的暴力分子，现在，他是某个即将出现在新闻上的事件的帮凶。这一晚发生了太多事，令他感到疲惫。

“可以了。”当夜游神用裁纸刀将胶带切断，身穿内裤的男人已经和枯树牢牢绑在一起,仿佛一件装置艺术品。

“他不会死吧?”苏远问。

“死不了,一晚上没啥事,顶多就是发烧。”夜游神转头看着苏远,“估计快醒了,就算不醒,到了白天也会被人发现,然后报警,警察会认为是我干的,不会怀疑到你头上。”

“你为什么要帮我?”苏远问。

“问那么多对你有什么好处?”

苏远不敢追问了。

“你有没有想过再组一支乐队?”夜游神在衣服上擦了擦手说,“好像你除了摇滚乐以外就只会上街打架了。”

“说得容易。”苏远说,“哪有那么多乐手。”

“我倒是知道几个。”夜游神说,“不过都是上了年纪的大叔了。”

“我没兴趣。”

“随你便。”夜游神说着从倒霉蛋的衣服里拿出圆珠笔,不由分说地拉住苏远的手臂,将他的衣袖推上去,露出一处干裂的皮肤,在上面写下一串数字。

“等你有兴趣的时候就打这个电话。”

苏远低头看着手臂上的字迹,不知道那会停留多久,他对夜游神说:“你为什么觉得我还会找你?”

夜游神笑了笑——虽然他戴着口罩,但苏远还是能够感觉到他在笑,他向苏远靠近了一些,苏远本能地后退了两步。夜游神抬起手臂,在苏远紧张的肩膀上拍了拍。

“你这种人,除了摇滚乐之外,一无所有。”

4. 命运

当生活波澜不惊的时候，我们通常不会意识到自己正在关注什么。

这很容易理解，因为我们身边的信息实在太多了，无穷无尽。多年以后的世界，来到一个被人称作“信息爆炸”的时代，大量的信息被塞进了手机了，又溢出来，溢满时间的缝隙中，无处不在，并且大多数与自己无关。如果苏远知道，在未来的那些年，人们甚至可能因为一块月饼的口味或者一只猫的花色而在网上吵得不可开交，他就不会在此刻觉得自己是个神经质的人。

不过好在，在苏远还是一个青年的时候，世界还算清静，手机只是手机而已，只能打电话和发短信。大多数情况下，人们只能通过一块彩色的电视屏幕了解外面正发生的事情，而那时人们所关注的信息，往往与自己的命运息息相关。

苏远仰着头，目不转睛地盯着汉堡店天花板上吊着的那台电视机，上面正在播放社会新闻。他很紧张，双手握拳，皮肤像刚从冰箱里拿出的可乐瓶一样凝满汗水。

“一份经典套餐。”一个遥远的声音说道。

新闻里并未报道昨晚遭遇袭击的男子，对于苏远来说，这大概能算一个好消息，大概吧，因为正如夜游神所言，警察没有找他。

但是苏远依然无法放下悬着的心，他希望能得到一些更确定的信息。可以推断的是，那个人应该没有死，因为夜游神从不杀人，否则早就该满城风雨了。

“跟你说话呢，没听见啊！一份经典套餐！”

经典套餐是一个炸鸡汉堡、一个中份薯条和一个中杯可乐。

这一次声音变得更清晰，苏远回过神来，看到对面是一个女人愤怒的脸，赶紧应声道："好的，经典套餐。"他迅速操作点单的机器，"16元。"

女人将几张纸钞扔到点餐台上，"快一点儿。"她抱怨道，"现在的服务越来越差。"

苏远收了钱，立刻回头去准备，他穿着汉堡店里蓝白相间的制服，戴着一顶滑稽的帽子。苏远总是在心里对自己说，职业没有高低贵贱之分，但是这身服装仿佛在不断暗示他自己就是一个小丑，直到他接受这个身份，以此坦然地以更低的姿态去服务每一位顾客。

"薯条多装点儿。"女人在身后命令道。

人类已经进化到今天了，还是会因为少吃上一点儿食物而发怒。苏远一边将汉堡放在托盘上一边想。

女人端着托盘，带着一股风，去抢夺一个更舒适的座位，苏远则将注意力再次放回头顶的电视上，依然没有看到任何一条新闻里提到了他的名字。

忽然，电视换了个台，屏幕里一个风姿绰约的女人撩动自己瀑布般的长发，这是一个洗发水的广告，苏远扭过头，看着旁边的小宇拿着遥控器。频道继续切换，有时候遥控器不太灵敏，小宇就拍拍继续按。

"一个好节目没有。"小宇得出结论，"连看个电视都这么没劲。"

苏远看着小宇，对方的年龄比他更小，是一个遥远城市的大学生，这段时间放假回到千山，来汉堡店打工。

在苏远的印象里，小宇这个人很矛盾，他一边对外面世界的繁华满心向往，一边又对自己身处的环境充满了悲观。

比如此刻，小宇臊眉耷眼，满面忧愁。

"怎么了你？"苏远问。

"烦。"小宇言简意赅,"无聊。"

"怎么就无聊?"

"都无聊。"两人继续无意义的谈话,小宇接着说,"上学也无聊,上班也无聊。"

小宇笼统且不负责任地否定了自己的生活,苏远明白,这事不怪他,苏远自己也有过一段迷茫忧郁的时期,那是在决定组乐队之前。

这个想法令苏远觉得自己忽然像个长辈了,一股使命感油然而生,"你有这种感觉很正常。"他拍着小宇的肩膀说,语气都变得成熟了不少。

"什么意思?"

"我以前也这样。"苏远摆出了过来人的架势,"找不到人生的方向。"

小宇直愣愣地看着苏远,苏远意识到,自己刚才这句话说得太装了,过了,特别是自己正穿着小丑一样的打工制服却说着成功人士的台词,更显得滑稽。

小宇"扑哧"一声笑了出来,继续问苏远:"那你是怎么过来的?"

这句话令苏远重新找回了自信,他说:"我组了支乐队。"

"哦,想起来了。"小宇说。

苏远也想起来了,他其实对小宇说过自己玩儿乐队的事情,只是没说得太具体,一方面是因为他们的乐队并不知名,还有一个更重要的原因:当苏远第一次知道小宇是一名大学生,汉堡店的工作只是一份兼职的时候,他就立刻对小宇强调,他也绝不是靠在汉堡店打工养活自己,他也有"正经工作"。

"你的乐队现在怎么样了?"小宇问。

苏远一时找不到话说,刚刚建立起的庞大的自信瞬间崩塌了,他的眼神闪烁,迟疑了几秒钟后,说:"还行。"

小宇意味深长地看了看他，没有继续追问。

“我明白你的意思了。”小宇接着说自己的事儿，“其实我知道自己要干什么，我毕业以后想当个测绘员。”

“那是什么？”苏远问。

“说了你也不懂。”小宇再次拿起遥控器，“换个台吧。”

此时店里的顾客很少，他们得到了一段难得的偷懒时间，电视画面最终停留在一个娱乐频道上，“本次比赛，旨在选拔出具备成熟的音乐素养和创新精神的原创乐队……”苏远立刻被“乐队”两个字吸引了过去。

“你的老本行。”小宇看着电视说，“好像是个乐队比赛啊。”

“……同时，我们希望能够找到一些代表自己的城市，拥有独特风格的乐队，这将是业界最大的一次以乐队为主体的竞赛，因此我们也将为最终脱颖而出的12支乐队提供丰厚的奖金，以及与顶级唱片公司签约的机会。”

“你机会来了。”小宇看上去特别激动，“搞不好你真能成明星呢。”

苏远疲惫地笑了笑，如果放在以前，他肯定已经热血沸腾了，然而残酷的现实再次压在了他的身上。现实是，他已经没有乐队了。

尽管如此，苏远还是目不转睛地将电视上的介绍看完，他不得不承认，这真的很诱人，比赛的标准很简单，只要是乐队的形式，并且是原创的歌曲就可以，参赛地在北京，最终获胜的12支乐队都会得到10万元的奖金，并且在北京签约发行唱片，这些故事的确在苏远的梦里发生过。

“你不打算参加吗？”小宇问。

苏远摇了摇头。

“为什么？”

苏远没有回答。

"是不是因为——"小宇拉长了声音,"其实你根本就没有乐队。"

"什么?"

"我从来没看过你的演出,也没有听过你的音乐。"小宇笑着说,"你不会一直都在骗我吧,没必要这样,怎么都能养活自己,在汉堡店打工又不丢人。"

苏远咬着牙,小宇说的是事实,又不全是事实,反而更令他有口难辩。

喜悦的表情爬上了小宇的脸,一扫他此前的阴霾。苏远明白了,真正令小宇找回自信与快乐的,不是他的安慰,而是让小宇知道,这个世界上有比他更加失败的人。

"那歌叫啥来着?摇滚的。"小宇看着苏远,面露嘲讽的神色,"哦,对,《一无所有》。"

苏远的脑海中忽然浮现出夜游神的话:你这种人,除了摇滚乐以外,一无所有。

"你说对了。"苏远回答道。

小宇也愣了一下,看到苏远将制服两边的袖子都撸了上去,他立刻后退了两步,神色紧张,但苏远凝视着他,并没有动手。

手臂上的一串手写的电话号码经过一夜正在褪色。苏远接着对小宇说:"但我真的有一支乐队。"

"莫名其妙。"小宇低下头,躲开苏远凌厉的目光,又按了一下遥控器,回到了社会新闻,接着回头去忙一些并不存在的工作。

电视里的社会新闻上,正在播报一个男人遭遇暴力袭击,被脱光了绑在树上的事件,但那时苏远什么都没有听到。在苏远还是一个青年的时候,人们所关注的信息,只与自己的命运有关。

而此时,距离千山市公安局第三派出所的陈警官将警车开向积雪的七街,还有1160个小时。

倒计时1160小时

1160 hours

5. 黑暗中的双眼

千山市公安局第三派出所的陈斌并不知道自己的未来。

事实上,他的未来还算顺遂,多年以后,他的脾气会有所收敛,那时候他已经不在派出所工作了,而是做起了小生意,从“小陈”变成了“老陈”,不过那是很远很远的未来了。

刚刚,陈斌抓了个惯偷,扔给同事小宋去做笔录。他从惯偷身上搜出来一本书,这事本来就有点儿讽刺,再看书名就更不靠谱了——《如何让你爱的人也爱你》。

陈斌将两条腿搭在自己的办公桌上,随手翻开一页。书里说,总是有一个奇怪的瞬间,你会对某个不属于你的东西产生无来由的亲切感。这种感觉经常发生在女人走过商场橱窗的时候,看到玻璃后面的一串项链或者一件长裙,她会怦然心动,以至于确信那就是宿命的相逢:在你遇见它之前,它不属于任何人,而在你遇见它之后,它不能再属于任何人。

废话连篇,陈斌又将书放下。手机忽然响了,他接起来听了一会儿,一句话没说便挂断,随后取下挂在身后的外套,沉默着离开了派出所。

夜游神的案子本来不属于第三派出所,陈斌有他自己的职责,比如像刚才那样抓一个潜入超市的小偷,处理一下拳脚相加的夫妻,或者对着深夜徘徊在上锁的自行车旁的青少年按两声警笛,最后去派出所对面的面馆吃一碗加了辣椒和牛肉的拉面,抽一根5块一包的烟,在寒风中戴好警帽、拽拽衣领,度过又一个漫长的一天。

但是他想抓到夜游神。

因此陈斌安排了人等在病房门口，病房里面躺着的是一个昨晚被袭击的男人，他被绑在体育场西路的一棵树上，过了一宿，天亮的时候被出租车司机发现了。现在，那个男人醒了，陈斌第一时间得到通知，开车来到千山市立医院住院部的停车场，找了个车位倒进去，爬上三楼，站在那个男人的病床前。

陈斌晃了晃自己的证件，躺在面前的男人面无表情，陈斌问他："还记得袭击你的人长什么样吗？"

男人缓缓摇了摇头，然后喊疼。

"你直接说话就行，别乱动。"陈斌说。

"那条路太黑了。"病床上的男人说，"我看不清，就听见了他的声音。"

"形容一下他的声音。"

"是个男的。"

"然后呢？"

"没了。"

陈斌疲惫地揉了揉太阳穴，说道："太好了，你这一句话，排除了全市将近一半的人口，咱们只需要把千山所有的男性排查一遍，就能找到嫌疑人了。"

躺在病床上的男人沉默了一会儿，才后知后觉地意识到陈斌是在讽刺他，他面露愠色，但没有说话。

陈斌在心里说了声抱歉，他刚刚对待一名受害者的态度非常糟糕，不应该这样，更让他疑惑的是，自己原本不是这样的人。

"袭击我的是夜游神。"男人说，"我看新闻了，之前那些人也跟我一样，都是被脱光了绑在树上。"

"问题就是，没人知道夜游神是谁。"陈斌说。

"验 DNA。"男人说。

“什么?”

“我在一个电影里看到过,一个人殴打另一个人,会在受害者的身上留下自己的DNA,你们可以在我的伤口上提取到。”

陈斌沮丧地摇了摇头,他遇到过很多这样的人,看过一些电影或推理小说,便开始指导真正的警察查案。

不过这个人所说的也不是一点儿道理没有,凭借DNA锁定夜游神是有可能实现的,只不过对于陈斌来说,比想象中更难:首先,无法确定能从他的身上提取到嫌疑人的DNA。其次,就算提取到,如果数据库中没有嫌疑人的信息,也无法比对。最重要的是,陈斌没有权力这么做,这个案子从一开始就跟他无关。

“给我讲讲昨晚具体发生的事。”陈斌说。

尽管陈斌和床上的这名受害者并不像是能成为朋友的人,但是接下来的一段时间,他们相处得还不错。男人的精神状态恢复了一些,说话的声音逐渐变得有力,陈斌意识到对方是一个逻辑和表达能力都不错的人,他将昨晚自己察觉到被人跟踪,到体育场西路听到声音,最后遭到袭击失去意识的全过程清晰地讲了出来。

一些奇怪的感觉在陈斌的脑中翻腾,一时之间还无法确定是什么。

“他打你了?”陈斌问。

“还不够明显吗?”

陈斌也知道自己问了句废话,但那种感觉还在困扰着他。

“他为什么打你?”

“那种变态,半夜不睡觉出来扒人衣服,他做什么事都不奇怪。”

“你刚才说,昨天晚上你已经快走到路口了,那个人是从你身后袭击你的?”

“对。”

“按说不应该啊。”陈斌说，“体育场西路的那个路口，就算是晚上也挺亮的，之前的几个案子，都是在那种特别黑的地方下的手。”

“可能是因为我说的话。”

“你说了什么？”

“当时我听见那人的声音，以为是条野狗。”

“野狗？”

“对，野狗。”

“就这个？”

“就这个。”

陈斌离开病房。

他的电话响了，打电话的是所长韩林生，陈警官接起来，老韩上来便质问他去哪儿了。

“出来办点儿事。”陈斌说。

“少扯。”韩林生说，“办什么事还把车开走了？”

“我在市立医院。”陈斌撂了实话。

老韩既是陈斌的前辈，也算是陈斌的师父，他敏锐地察觉到陈斌的目的，厉声训斥道，“那是你的案子吗？你是不是嫌自己的事儿不够多？”

陈斌自己也知道，面对韩林生的时候，他什么都藏不住，索性摊开了说，“我觉得我能抓到他。”

“抓到谁？”

“夜游神。”

“你就那么想立功？”

“不想。”

“那为什么要死盯着这个案子？”

忽然之间，陈斌知道那个一直在脑中困扰着自己的东西是什么了，仿佛拨开迷雾，语气也变得兴奋了起来，“师父，我知道了。”

“知道什么？”

“我一直在研究这个夜游神的行动逻辑，他这次和之前不一样。”

“什么不一样？”老韩在问出这句话以后就后悔了，因为这通电话已经从单纯的问责变成了对案情的探讨，爷俩在这一点上如出一辙。

“夜游神以前虽然会先将受害者打晕，但绝不会这么暴力地伤人！这人为什么一直抓不着？就是因为他特别谨慎。他肯定明白，跟受害者接触的时间越长，越容易留下线索，但是这次不一样，他把人打了个半死。”

“说不定他的行动升级了。”

“我不这么想。”

“为什么？”

“根据我刚才与受害者的接触，我认为这次的案件是一次随机行为。”陈斌的脑中浮现起“野狗”两个字，接着说，“嫌疑人很有可能是遭到受害者激怒后采取了报复行动。”

“你觉得是另一个人做的？”

“很有可能。”

“那你怎么解释受害人被脱光了绑在树上的行为？”

“他可能是想模仿夜游神，混淆视听。”陈斌越说越激动，“师父，我觉得夜游神快要现身了。”

“为什么？”

“夜游神的作案始终滴水不漏，就好像在嘲笑警察似的，现在却出现了一个模仿者，搞得一地鸡毛，我要是他，我也受不了。他可能很快会再次犯案，来证明自己的能力。”

老韩没说话。

“喂？师父？”

“本来花河那边有一个饭馆遭窃,我打算让你过去,看你现在这么忙,我先让小宋去吧。”

陈斌知道,他得到了认同,甚至是褒奖。

“谢谢师父。”

老韩没有回应,直接挂断了电话。

从住院部大楼出来,走向车位的时候,陈斌再次想起此前在派出所看到的那本无聊的书。书里说,总是有一个奇怪的瞬间,你会对某个不属于你的东西产生无来由的亲切感:在你遇见它之前,它不属于任何人,而在你遇见它之后,它不能再属于任何人。

尽管这样说对受害者似乎不太尊重,但此刻的陈斌不得不承认,那本书里写的也不全是废话,至少这段算有点儿道理。他现在很兴奋,对于他来说,这个案子,这个凶手——夜游神,是属于他的。

我们早晚会见面的。陈斌对着脑子里那双隐藏在黑暗中的双眼说。

6. 爱情海选

苏远对自己窘迫的经济状况颇为不解，特别是这个时刻。他发现，总有一些人的钱赚得毫无道理，世界已在不知不觉间变成了处处可能长出钞票的沃土，催生出了许多本不该存在的职业。

其中之一便是情感导师。在朴实的过去，人们还相信得到爱情需要付出努力与真心，但是如今，他们宁愿相信导师为了赚钱所巧立的一个个虚假的命题。比如，你会爱上一个素未谋面的人吗？

安静的夜晚，苏远凝神看着这本被媒体誉为“情感圣经”的书，这本书有一个滑稽的名字——《如何让你爱的人也爱你》。他在昏暗的灯光下，试图从书中找到一些关于爱情的密码，但遗憾的是，他什么都没找到，整本书的内容呈现了一种令人难以置信的疏离感，让从小就有注意力障碍的苏远更是完全不记得自己看过什么。

这本书很厚，但实际的内容并不多，整本书的字数不足10万，排版稀疏，字与字之间隔着遥远的距离，仿佛彼此嫌弃。苏远终于读完了最后一页，合上书本，封面再次映入眼帘。

“怎么样？”黑暗中一个声音问道。

苏远抬起头，借着微弱的光再次看向那个人，现在，他觉得整件事更诡异了，他怎么都没想到还能再次遇到这个全城都想知道他身份的人，而且还是在对方的家里。

“你说得对。”苏远对夜游神说，“这本书一文不值。”

夜游神笑了笑，从角落站起来，他高大的身影使得狭小的房间显得更为局促。走到门边，夜游神打开头顶的吊灯，房内瞬间被点亮，这一次夜游神没有伪装，苏远得以仔细观察。这人有点儿黑，眼睛很小，只有一条缝,但目光明亮。

苏远用指节敲打着那本书的封面,上面是作者的照片——一个头发和他的文字一样稀疏的胖子,对夜游神说:“这种人也能出来骗钱?”

“还骗了不少呢。”夜游神说,“这个清水现在可是知名情感作家。”

清水就是这本书的作者,起初苏远听名字以为是一个女人,看到书才发现和自己的想象大相径庭,封面上的清水穿着黑色的西装,侧过身双手抱胸,看起来更像是个基金经理或是房产中介。

“没想到是个猥琐大叔。”苏远抱怨道,“感觉好像网恋被人骗了一样。”

苏远放下书,为自己浪费的两个小时感到惋惜。他的肩颈有些僵硬,他站起来,活动活动脖子,借机在狭小的房间中四处观察。

屋子很简陋,仅有的几件家具看上去年代久远,整个房子呈现一种上个时代的氛围,像是置身于某个被保留下来的名人故居中。他本以为这种人的家里能够更特别一点儿,但是具体应该怎样他也想象不出来。

贴墙放置的一个展示柜吸引了苏远的注意。

他走过去,看到展示柜里规整地放置着各式各样的物品,包括笔记本和钥匙串等,这些物品看起来没有任何特别之处,却被精心收纳着。“这些是什么东西?”他问夜游神。

苏远这句话刚说出口,就立刻得到了答案,因为他在展示柜里面看到了被他袭击的男人的防风打火机。

“纪念品。”夜游神冰冷地回答。

现在苏远看到这种人家里的特别之处了。

展示柜的中间,放置着一串银色的项链,苏远拿起来,看到项链的吊坠上刻着两个数字:4和7。

“是你的东西吗你就乱动?”夜游神说。

苏远将项链放下,小声嘟囔了一句:“也不是你的啊。”

夜游神接着问:“照片带了吗?”

“带了。”

“拿出来我看看。”

苏远走向自己挂在门后的大衣,从内兜里掏出三张照片,递给了夜游神。

夜游神接过,疑惑地看着他问:“怎么有三个人?”

苏远不好意思地挠了挠头发,说:“我实在是没想好该喜欢谁。”

这件事是他打电话给夜游神以后,对方交代给他的任务,让他带着自己喜欢的女孩的照片过来。苏远想知道为什么,但当时的夜游神并没有在电话里说明。

“这怎么行,必须得确定一个人。”夜游神说着,随手抽出一张照片,“就她吧。”

照片中是一个梳着马尾辫的姑娘,表情端庄,露出浅浅的微笑,有两个可爱的酒窝,姑娘身上穿着蓝白相间的制服。这张照片是苏远从汉堡店门口的员工墙上摘下来的。

“这是和我一起在汉堡店打工的同事,比我大两岁。”苏远担忧地说,“但是因为工作时段不同,我跟她平时没怎么交流过。”

“那没事儿。”夜游神说,“谁跟谁也不是一出生就认识,感情都是慢慢培养的,她对你印象怎么样啊?”

“不好说,就换班的时候打过几次招呼,没多聊她就被男朋友接走了。”

夜游神一愣,瞪着苏远,“她有男朋友了?”

“有,俩人好了几年了。”

“那你拿着人家照片干什么?这不是给自己增加难度吗?”夜游神

大手一挥，将照片扔到一旁的桌子上，“这个淘汰了。”

“太可惜了。”苏远说，“挺好一姑娘，就这么错过我了。”

夜游神鄙夷地瞪了他一眼，接着看第二张照片。这张照片中的女孩看起来更年轻，脸上还透着尚未被社会所浸染的羞涩，照片中的她穿着校服站在教学楼前。

“跟你说个事啊。”夜游神努力思考着自己的措辞，拍了拍苏远的肩膀说，“咱俩还不了解，你可能对我有点儿什么误会，我呢，确实不是什么好人，但有一点，我也不是变态！这个姑娘年龄也太小了吧，看着还没成年呢，你是不是心理有什么问题？”

苏远迟疑了一下，猛然醒悟，连连摆手对夜游神说：“你误会了，她是我初中同学，这照片是我从当年的同学录上剪下来的。”

“这样啊。”夜游神长舒了一口气。

“她是我们班长。”苏远接着说，“当年上学的时候特别照顾我，总给我讲题。”

“好啊，知根知底，还有感情基础，比那些刚认识的强多了。”

“对对对。”苏远也兴奋了，“当年我就喜欢她，一直没敢表白。”

“现在正好是个机会。”夜游神说，“她现在在哪儿？”

“在上海工作呢，不过前一阵她回千山一趟，我们还见了一面。”

“她特地约了你？”

“也不算吧。”苏远说，“很多老同学都去了，那天是她婚礼，专门回来办的。”

“打住，打住。”夜游神看着表情亢奋的苏远，“她结婚了？”

“结了。”

“那现在呢？离了吗？”

苏远露出沮丧的表情，“暂时还没有离的意思，听说俩人在上海过得挺好。”

"那你扯什么,结婚了你还惦记?"

"不是我惦记,是你让我……"

"你别说话了。"夜游神疲惫地揉了揉太阳穴。

两人都沉默了,看起来他们都需要冷静一下,这件事似乎比夜游神预想的更艰难。过了一会儿,夜游神才重整旗鼓,拿出第三张照片。

"就剩下最后一个了,行不行就是她了。"夜游神紧张地问苏远,"这个没结婚吧?"

"没有。"

"没有男朋友吧?"

"没有。"

"总算有一个靠谱的。"

"那个……"苏远支支吾吾,"就是有一点儿小问题。"

"说。"

"我不知道她是谁。"

"什么?"

"这张照片是我来的路上在商场门口捡的,好像是个宣传海报上的明星。"

夜游神彻底崩溃了,咬牙切齿地看着苏远说:"我真应该弄死你。"

如果是别人说出这句话,苏远还可以认为是开玩笑,但对面这个人还真不一定。苏远有些不寒而栗。

最后的希望落空,两个人再次一言不发,屋里的空气顿时变得紧张。过了许久,苏远试探性地问道:"你为什么……让我干这事?"

"什么事?"

"找姑娘表白。"

夜游神叹了口气,拍了拍苏远放下的那本书,说:"因为他。"

"清水?"

“没错。”

“为什么？”

“这个清水不但是个知名的情感作家，他还是千山人。”

“千山人？”

“而且他现在就在千山，准备开一场签售座谈会。”夜游神接着说，“但是要得到参加那场签售会的资格，需要具备两个条件，第一，拿出200块的入场费，第二，请他写一段表白的话。”

“200块？抢钱啊，我一个月才挣几个200块？”苏远惊讶地说。

“你这人怎么搞不清重点呢？”夜游神说，“现在钱不是最关键的，关键的是你连个想表白的人都没有，你怎么去？”

“我为什么要见这个秃子？他跟我找你的事情有什么关系？”苏远问。

夜游神反问道：“你今天为什么给我打电话？”

终于，终于，提到这件事了，苏远心里想，我还以为你都忘了呢。

苏远对夜游神说：“那天晚上你跟我说，我要是想再组乐队就找你，你知道哪儿有合适的乐手。”

“这不就得了。”夜游神露出一个意味深长的表情。

苏远愣了一会儿，恍然大悟，再次扭头看着那本书封面上侧身的胖子，“不会吧。”

“别看他现在这样，当年可是个非常厉害的贝斯手。”

苏远仰着头，还在消化夜游神给他的信息。

“如果你找不到表白的人，就没办法进入签售会，进不了签售会，就接触不到清水，也就组建不了你的乐队。”夜游神总结道。

“人家现在已经是知名作家了，还玩儿个屁的摇滚啊。”苏远说。

“你不试试怎么知道？”

苏远没有说话。

“算了，都不重要。”夜游神拿起最初的那张汉堡店同事的照片说，“就她了，有男朋友就有男朋友吧，反正也不是真要表白，咱们的目的还是要接触到清水。”

“不行！”苏远忽然坚定地说。

“不行？”

苏远不知道自己对爱情的理解是什么，在这件事上，他经验匮乏。从小到大，苏远没有经历过哪怕一段真正的爱情，他本可以像其他人一样去相信一本胡言乱语的书，但在这个关键的时刻，他拒绝了。一个坚定的态度挡在他的面前——你不能勉强自己去爱一个并不爱的人。

夜游神疑惑地看着苏远，“你不想组乐队了？”

“我想。”

“想就别废话，按我说的做。”

“不行。”

夜游神看起来非常无奈，他点上一根烟，烟雾旋转着飞向上空，他走到窗边，目光茫然地盯着窗外的夜色，悠悠地问：“你长这么大，有爱上——或者说喜欢上一个人吗？”

“咱们两个大男人就别聊这个了行吗？我有点儿恶心。”苏远说，“再说你还是个犯罪分子，这话题不适合你。”

“两个犯罪分子。”

苏远一怔，意识到夜游神说得没错。

“忘记问你了。”夜游神又吐出一口烟说，“警察找你了吗？”

“还没有。”

“那应该就不会找你了，他们肯定是把你当成我了。”

“你为什么要帮我？”

“那天晚上你不是已经问过了吗？”

“但那天晚上你没回答呀。”

“那你凭什么认为我现在会回答?”

苏远再次闭了嘴。

“行了,既然你还知道我是个犯罪分子,应该也能想到我这人不喜欢讨价还价。”夜游神将烟头在烟灰缸中捻灭,露出狰狞的一面,“事儿就这么办,你要想组乐队,就去找那个清水,想找清水,就得先跟一个女的表白。”

在朴实的过去,人们还相信得到爱情需要付出努力与真心,但是如今,他们宁愿相信导师为了赚钱所巧立的一个个虚假的命题。比如,你会爱上一个素未谋面的人吗?

苏远的目光随着夜游神的动作落在了窗台的烟灰缸上,上面的烟头还没有完全熄灭,最后一缕蓝色烟雾飘出,落在旁边一个银色的盒子上。他问夜游神:“那是什么?也是纪念品吗?”

“不,是我自己的。”夜游神说着拧开盒子上的一个旋钮,“这是个收音机,怎么样,看不出来吧?复古型的。”

收音机里传出嘈杂的噪声,夜游神在仔细调试,里面终于传出人的声音。

“欢迎来到今晚的《午夜千山》。”那是赵娜的声音。

这是苏远最喜欢的节目,他每周都会准时收听。夜游神在电话里约他见面时,苏远还惋惜自己可能会错过赵娜的声音,但是现在这个声音又一次宿命般地在苏远的耳边响起。

无数个孤独的夜晚在这个时刻被同时唤醒。你会爱上一个素未谋面的人吗?苏远心想:如果,仅仅是因为声音的话……

“我要组建一支乐队。”苏远对夜游神说,“先要招募一个头发稀疏、身材肥胖、专业制造垃圾文字的贝斯手。”

“没错。”夜游神说。

“在此之前，我还得喜欢上一个人。”

“没错。”

“我接受了。”苏远说，“但我有一个条件。”

“什么条件？”

“那200块入场费要你来出。”

7. 告白

“晚上好，欢迎来到今晚的《午夜千山》节目，我是赵娜。”

苏远拧了拧收音机的音量旋钮，发现音量早已开到了最大。他的房间里没有开灯，窗外透进来的月光是唯一的光源。他早在半个小时前就等在这里，屏气凝神，仿佛要接受某种洗礼。

“今晚的主题是——爱情。”赵娜说。

苏远感到心里一阵悸动，如果说以前听赵娜的电台只是期待，此刻却感到一阵强烈的紧张，从夜游神家里离开后的一周，他每天都在等着这一刻。

电台里的赵娜接着说：“关于爱情，我相信每个人都有一段懵懂的回忆，或幸福，或苦涩。爱情常常出现在我们还不了解它的时刻，在我们还没有准备好去爱一个人的时候，内心就已经擅自产生了这样的情感。它让我们兴奋、紧张、不知所措，让我们以为自己必须做点儿什么才不至于让这种情感像流沙一样从指缝滑落，但是遗憾的是，无论我们做什么，爱情总是会消失的。”

苏远觉得，赵娜的这段话说得过于忧伤，但依然撩动着他的心弦，比清水写的那本破书里所有的文字都动人。那本书现在还在他的上衣内兜里，夜游神让他无论到哪儿都带着。

他继续听着收音机里赵娜的声音，一边听，一边在脑中勾勒出这个他从没见过的姑娘。

“在今晚的节目开始之前，我们在‘千山之城’论坛的电台专区中，做了一次官方征集。”赵娜接着说，“征集的主题是‘为你爱的人写一段话’，现在我手上就是其中的一部分留言，在这里分享给正在收听的你。”

苏远的心跳瞬间再次提速，他几乎要将耳朵贴在收音机上了。

“第一则留言是这样说的：亲爱的希希，虽然我们没能走到最后，但你永远是我心里最爱的那个人。这么多年过去了，我还是会经常想起我们在一起的日子，仿佛就发生在昨天，我们一起溜冰时摔倒的你，在你家里为我下厨的你，当然还有在你婚礼的那一天，站在新郎旁边含着泪给我敬酒的你。我想对你说，我多希望那天和你一起走进婚姻殿堂的人是我。当听见你结婚的消息时，我醉了一夜，你告诉我，你是闪婚，因为你怀孕了。对不起，希希，我不能陪你走下去了，但我祝福你，祝福你有一个幸福的人生，也祝福我们的孩子，记住，不要让你的丈夫知道——”

电台里的声音戛然而止，赵娜停顿了一下，尴尬地说：“我们还是来听一下第二则留言吧。”

“第二则留言是这样的：小宇，自从我们分手以后，我每天都在想你，但是我也知道，你应该是不会再想我了。你是一个努力上进的人，考到了大城市，有光明的前途，我知道你毕业后想做一名测绘员，因为你曾说过，只要成为测绘员，就可以去很多很多地方，你的理想就是永远在路上。小宇，祝你早日实现你的理想，有多远走多远。我知道你在勤工俭学，生活不易，希望你能保持勤俭的好习惯。我也知道你又该嫌我唠叨了，但这些叮嘱是我现在唯一能为你做的事情，毕竟在汉堡店打工的收入微薄，希望你能多存点儿钱，因为你一年前欠我的2000块钱到现在就还了200块，还差1800块，我不提不是因为我忘了……”

留言再次中断，电台里的赵娜似乎强忍着笑，说道：“看来爱情里也难免会有一些纠纷啊。”

苏远越来越紧张了，他的额头开始渗出汗珠，他还没有听到自己期待的内容。

“我们再来听最后一则留言吧。”赵娜有些无奈地说，“希望这一条能够正常一点儿。”

收音机里传来纸张翻动的声音。

“如果我说我从没见过你，就已经喜欢上你了，你会相信吗？”赵娜念出了那则留言的第一句。

苏远像一根弹簧一样从收音机旁站起来，心脏像装了压力泵一样剧烈地跳动着。

赵娜接着读：“但是我听见过你，梦见过你，你让我相信这个世界上还有素未谋面的爱情，就像我们从没去过的童话国度一样，它是存在的，只不过人在成年以后，就放弃了对它的追寻。你的声音让我想要继续追寻那个国度，哪怕只有万分之一的希望，你不知道我是谁，但是当你从我的收音机里读出这些话的那一刻，我们便相遇了。”

“这是……写给我的？”赵娜的语气听不出任何情绪。

苏远等待着赵娜的回应，却什么都没等来，赵娜毫无波澜地进入了节目的下一个环节。

“好了，留言就先分享到这里。”赵娜说，“今晚我们之所以会谈论爱情，是因为本期做客的嘉宾，正是一位知名的情感导师与畅销书作家，欢迎清水先生。”

“你好。”收音机里传出一个男人的声音。

“清水先生也听到了刚刚那三则爱情留言了，是吧？”

“是的，听到了。”

“您怎么评价这些关于爱情的表白？”

“我觉得都很好啊。”清水笑着说，“情感很真挚，每个人的经历不一样，对于爱情的理解也不一样。”

收音机旁的苏远听得心急，嘴里不断念叨着：“说点儿有用的。”

清水继续说:“我注意到这里面有一条留言好像是写给你的,倒是很想听听你对那段话的评价。”也许是苏远的念叨起到了效果,清水问出了苏远最关心的问题,苏远专注地继续听着。

“我的评价……”赵娜似乎在沉思,“我是觉得前两条还好,毕竟还有点儿真情实感,不过第三条就比较荒谬了,素未谋面的爱情,世界上真的有这样的东西吗?我觉得更有可能是一个寂寞的男生听到了陌生女人的声音而产生的幻觉。”

赵娜冷静的话语如一阵飓风,将苏远从万丈高山上吹了下去,他的心坠入深渊,在今晚之前,对于即将发生的事情,他想过很多不同的进展,但显然不包括此时的结果。

更令苏远难过的是,赵娜的结论还没有说完,她接下来更不客气地说道:“而且,恕我直言,我觉得那则留言通篇虚伪、做作,肉麻至极,真不知道谁会写出水准那么差的一段话。”

“是我写的。”清水说。

“您?您就是……”

“不,对你表白的是另一个人。准确地说,这第三条留言是一个即将参加我签售会的读者委托我写的,我也不知道他是谁,但是这段话的确是我代为表述的。”

收音机里又是尴尬的沉默,这大概是赵娜做过的最艰难的一期节目了,但是此刻的苏远已经感受不到这些了,他像一尊雕像一样安静地坐着,时间在他的眼前静止了下来。

“既然说到了签售会,那我们就来聊聊这个话题吧。”赵娜转移了话题,“时间是在明天吧。”

“没错。”清水变得惜字如金。

“有什么可以跟我们听众提前透露的吗?”

“没有。”

“那参加签售会的都有哪些人呢？”

“读者。”

沉默。

“哪些读者呢？”

“我的读者。”

沉默。

“像那个委托我写虚伪、做作、肉麻的情书一样的读者。”清水补充道，这句话说得咬牙切齿。

“那样的读者很多吗？”赵娜无视清水的反击。

“很多。”清水说，他叹了口气，似乎想要快点儿结束，“虽然我知道你有一些不同的看法，但是我的书的确打动了很多人。这些年来一直有读者给我写信，希望我能为他们的感情问题提供一些建议，甚至有一位女性读者，她已经持续给我写了一年的信了——可以想象她的感情生活过得很不顺利，但是我无法做到一一回复，所以这次签售见面会是一个不错的机会。”

“那么就提前祝您签售会顺利。”

收音机里没有传来清水回应的声音，这段令所有人都如坐针毡的访谈终于要进入尾声了。

“接下来就是我们的‘晚安曲’时间。”赵娜说，“根据节目惯例，今天的‘晚安曲’由清水先生推荐。清水先生，您给我们听众介绍一下这首歌吧。”

清水的声音忽然变得非常动情，他说：“这是我非常喜欢的一首歌，来自美国的穷街乐队，也是我在大学时期最喜欢的乐队，这是他们的一首温柔的情歌，叫作 *I Remember You*。”

“感谢清水先生的推荐。”赵娜说，“下面就让我们一起来欣赏这首歌。这里是《午夜千山》，我是你们的主播赵娜，感谢你的陪伴，祝你有一个美好的夜晚，我们下周见。”

音乐的前奏响起，苏远在音乐声中渐渐恢复了意识。他听过这首歌，并且和清水一样也非常喜欢。至少，清水并没有忘记摇滚乐。

赵娜的声音消失了，接下来还有一个漫长的夜晚，苏远不知道该如何度过。他知道的是，自己明天还有更重要的事情，比如说要见一个头发稀疏、生产垃圾文字，并且刚刚用垃圾文字毁掉了他的爱情的胖子。

苏远起身打开灯，从大衣兜里掏出清水的爱情著作，这本书是一切的罪魁祸首，万恶之源，让他恨不得撕掉，但他知道自己不能这么做，明天还不得不带着这本书去签售会。他粗鲁地翻开书，看到文字间无处不在的自恋照片，忽然，苏远被其中一张照片吸引住了。那张照片上的清水，无意间露出了右臂上的一处小小的文身，尽管不是很清楚，但苏远还是看清了那个文身的字样。因为那就是他现在正在听的这首歌的名字。

歌曲结束了，收音机里一片寂静，千山的上空传来了每晚都会准时降临的午夜钟声。

当——当——当——当——当——

8. 作品

站在新开街的十字路口，苏远举目四顾，不知道该走哪条路，他转头看着旁边的夜游神，对方也一样茫然，甚至还有些手足无措。

“你怎么了？”苏远问，“不舒服？”

“没事儿。”

夜游神虽然这样说，但依然手捂着肚子，佝偻着身体，脸几乎要埋进外套的领子里，又闷声闷气地说了句什么，但被呼呼的风声吹散。

“你刚才说什么？”苏远贴近了一些，追问道。

“我说，我不太习惯白天出来。”

苏远愣了一下，随后爆发一阵大笑，结结实实地灌了两口冷风。他意识到这个在夜晚如鬼魅一般的人，一个城市的传说，也有这样羞涩而艰难的时刻。

“差不多得了。”苏远调侃道，“真把自己当吸血鬼了。”

两人背着风研究了一下，最后得出结论，右转，那家工作室应该就在不远处。

“咱俩到底为什么要找那个地方？”夜游神一边接着走一边问。

“跟着我走就行了。”苏远说。

“那你也得告诉我——”

“到了。”夜游神话还没说完便被苏远打断了。

顺着苏远的手指，夜游神抬起头，看见沿街一排相似的商铺，其中的一间铺面简陋，无法确定是否还在营业。两人横穿马路，凑近了一些，看见门口一个简陋的牌子上写着：十里香文身工作室。

“就是这儿。”苏远说。

两人推门而入，瞬间陷入了一片黑暗中，刚刚外面的阳光刺眼，进来后一时看不见，在原地站了一会儿才逐渐适应室内的昏暗。

屋子里萦绕着一股复杂的气味，苏远皱了皱眉，与夜游神对视了一眼。夜游神用下巴示意了一下，苏远才看到，角落里坐着一个男人。

“自己带图还是在我这儿选图？”男人说话间站了起来。

这个男人的身高与苏远相仿，都比夜游神矮一截，很难判断年龄。他的头发很长，在脑后梳起一个辫子，脸上围了一圈络腮胡，浑身上下爬满文身。

“好家伙，狮子王变成人就长这样吧。”夜游神说。

苏远瞪了夜游神一眼，接着看着男人，“什么意思？”他问，“没听懂。”

“文身的图案。”男人说，“是你自己有图案，还是在我这选图案？”

“哦，明白了。”苏远说，“我不文身。”

“烤串冬天不开。”男人说。

“等会儿，烤串？”

“冬天，这儿是‘十里香文身’，夏天才是‘十里香烤串’。”

“哦！”苏远恍然大悟，“我就觉得哪儿不对劲，哪有文身的地方起这名字的。”

“省得做两块牌了。”男人说，“换两个字就行。”

苏远若有所思地点点头，赞叹道：“你也算能文能武。”

“你们俩不文身也不烤串，来这儿干什么？”男人问。

从进屋后一直沉默着的夜游神也终于开口了：“对呀，我也想知道，你到底要干吗？”

苏远拉过来一把椅子坐下，表情忽然变得认真，对男人说：“我打听一个人。”

苏远将清水的那本《如何让你爱的人也爱你》从兜里掏出来，翻开其中的一页，指着照片上清水小臂上的文身说："这个是你文的吧。"

男人接过书，走到了一盏台灯下，仔细端详了一会儿，"还真是，"他说，"你怎么知道的？"

"我在'千山之城'论坛上问的。"苏远说，"好多人都说这个文身像是出自你手。"

男人缓缓合上书，仰面看着天花板，表情深沉，接着摸到旁边桌上的烟盒，点燃一支，一副严肃模样地说："我常跟人说，作品不会撒谎，这世界上有很多事情可以偷懒，唯独手艺不行，想要让人记住你，就要付出超过常人的努力，不断精进技艺。"他悠然吐出一口烟雾，"就像现在这样，你的作品会替你说话。"

"确实。"苏远点头表示认同。

"论坛上那些人是怎么评价我的？"

"也没说太多。"苏远说，"他们就是说，短短几个英文，还能弄得这么丑，应该就只有这家了。"

"至少我的作品很有辨识度。"男人粗鲁地将烟熄灭，"而且我烤串技术很好，你们夏天可以过来。"

"不说这些了。"苏远切入正题，"我来是想问问你这个文身背后的故事。"

"背后的故事？"

"不是每一个文身都应该有一段故事吗？"

"那可不一定。"

"别人我不知道，但这个一定有。"苏远想起昨晚的"晚安曲"，又想起赵娜，心中再次泛起一阵酸楚。

"就算有，他为什么要告诉我呢？我跟这人又没关系。"

"说得也是。"

苏远预料到可能是这样的结果，心中涌起小小的尚可接受的失望,对男人说:“我就是看了这人写的书,觉得他应该是个话痨,还是那种特矫情的话痨,搞不好一边让你文身,一边哭着说自己的伤心事。”

男人无奈地笑了笑,苏远看了看旁边的夜游神,示意应该走了。

“你看人还挺准。”男人忽然说。

“什么?”

“我给他文身就用了10分钟,听他叨叨那点儿破事用了一个小时。”

两人再次坐下。

“我们正好有一个小时。”苏远说。

接下来的一个小时,苏远和夜游神安静地听完了一个故事。这个故事不算动人,但也许是因为苏远刚刚经历了感情上的打击,他的心被这个故事击中了,故事是关于一名摇滚乐队的贝斯手、一首穷街乐队的歌、一个姑娘和一段校园生活。

男人讲完以后,苏远泪眼蒙眬地说:“谢谢了,我们走了。”

“着什么急啊?”男人说,“我讲得嗓子都哑了,你们连点儿表示都没有?”

“什么意思?”

“我这有个规矩,进来了就得文身。”男人目光如炬。

苏远警惕地后退了两步,说:“我还没想好呢,文身不能草率,下次吧。”

“不行。”男人说,“规矩不能破。”

“除了文身呢?”

“你们要是夏天来,还能选烤串,现在不行了。”

苏远还想拒绝,但对面的男人已经起身,他走到一个架子前,取下一本图册,扔到苏远面前,“看你也没什么想法,就从这里面选一个吧。”

苏远打开图册，里面是各种奇奇怪怪的文身图样，一眼便知是这个男人自己设计的，每一个都丑得别具一格。

其中最难看的，当数一个贝壳的图案。

“就这个吧。”苏远说。

“有品位。”男人说，“这是我最满意的作品。”

苏远回头看着一直沉默的夜游神，夜游神起初还没反应过来，等他注意到苏远的目光，原地一惊。

苏远对夜游神说：“清水那边的签售会马上就开始了，没时间了，这边就交给你。”

说完，苏远不等夜游神回应，径直跑了出去，身后传来文身针工作的声音和一声杀猪般的号叫。

9. 请加入我的乐队

少数派书店最具标志性的是门口那个红色的邮筒，但现在已经没人写信了，那只邮筒只是一个装饰，象征着一去不返的时光。平时，这家店的顾客很少，并且多数都是逛街的人顺便进来转转，后来书店不得不同时经营咖啡厅，才勉强撑了下来。

但是今天，书店人满为患。苏远赶到的时候，长队已经排到了街上，透过书店的窗户，他看到里面特别布置了一个简易的舞台，舞台上有几张吧椅，后面张贴了一张巨幅海报，海报上仍然是清水的那张侧身照。

苏远排在队伍里，很快就从队尾变成了队中。他发现一件事，现场来的读者，似乎只有他一个男的，那些姑娘们表情兴奋，目光落在他身上时又变得疑惑，苏远只好低着头，用余光看到每个人手里都拿着一本《如何让你爱的人也爱你》。这太疯狂了，苏远想，比摇滚现场还摇滚。

一名工作人员出现在队伍的最前面，示意可以入场了。

进入书店，人群瞬间变得拥挤，苏远感觉很热，正琢磨着要不要脱掉外套，忽然听到一阵尖叫声，抬起头，一个地中海发型的胖子出现在舞台上。那人就是清水，和照片上一模一样。

台上还有一名主持人，但不是赵娜，一声一声“老师”地叫着。清水在台上发表了很多关于爱情的观点，说几句便有一个停顿，现场观众目光晶莹，频频点头，仿佛一个大型传销现场。

苏远听得昏昏欲睡，又不得不提醒自己一定要坚持下去，已经到了这一步了，就差最后一哆嗦，他盘算着时间，想着就快到现场提问环节了。

“好，接下来是我们的现场提问环节。”主持人说。

苏远猛然惊醒，原来人是可以站着睡着的。他揉了揉眼睛，听到台上的主持人问：“哪位读者有问题想请教清水老师，请举手。”

台下呼啦啦举起一大片手臂。

苏远立即跟着举起手，觉得还不够明显，又踮起脚。他看着台上的主持人目光扫过，觉得她在和自己对视。

主持人将手指向苏远的方向，苏远准备好了。

“那个穿米黄色大衣的女孩，来，工作人员把话筒交给她。”

一名工作人员将话筒递给了苏远前面的姑娘。

姑娘问了一个关于自己感情上的困惑，大概意思就是她和交往了两年的男朋友面临毕业后去往不同城市的选择。清水听完后点了点头，作出了一番建议。

苏远不得不承认，清水身上至少有一点令他佩服，他能将一句话就讲完的结论，不重样儿地叙述三五分钟，仿佛说了什么又仿佛什么都没说，却令人若有所思，最后不得不感叹专家就是专家，一时半会儿听不懂只能回去慢慢消化。

提问的姑娘满意地点了点头，“谢谢清水老师。”她说道。但苏远知道，这个问题她还是要自己抉择。

“还有谁想提问？”主持人再次问道。

之前所有放下的手臂再次齐刷刷地举起来，苏远将脚踮得更高，但这一次，主持人甚至没往他这边看，直接命令工作人员将话筒交给了最后排的一个姑娘。

这个姑娘的问题则更令苏远困惑，她说了很多关于爱情与肉体、物质与灵魂之类的思考，苏远听得云里雾里，而台上的清水依然风轻云淡，顺着提问者的话接着绕弯，乱炖似的将什么哲学、国学、逻辑学都放进来一起分析。

现场第三次举手。主持人刚要点名一个女孩,忽然之间,清水站了起来,对主持人说:“先等一下。”

“怎么了清水老师?”主持人问。

“我注意到一个人。”清水笑着说,他的目光看向苏远的方向,“那是个男生吗?”

所有的目光随着清水的手落在苏远的脸上,苏远的脸一阵燥热。

清水说:“刚刚第一个女生在提问的时候,我就注意到了,想不到我竟然还有男读者。”

现场的人群配合地发出了笑声,苏远也随之尴尬地笑了笑,清水接着说:“我看你刚才一直在举手,是有问题要问我吗?”

工作人员适时地将话筒递到了苏远的手中,苏远清了清嗓子,对清水说:“清水老师你好,我的问题是,你是否愿意加入我的乐队?”

大家又是一阵议论声,苏远的这个问题显然出乎了所有人的预料,清水一时哑然,但那个标志性的笑容很快再次回到了他的脸上,他对苏远说:“不好意思,我没听懂你的问题。”

“如果我的信息没错的话,”苏远接着说,“你曾经是千山著名的地下摇滚乐队‘疯狂的心’的贝斯手兼主唱。”

“我不记得自己还有这么一段经历。”清水的声音已经变得有些僵硬,“我们还是把提问的机会给其他人吧。”

“那让我帮你回忆一下。”苏远抢着说,“你曾经以摇滚乐手的身份为荣,那时候你爱上了一个姑娘,你勇敢地追求她,为她唱你最爱的穷街乐队的一首情歌,那首歌就是你昨晚在电台里推荐的*I Remember You*,但是那个姑娘拒绝了你,不仅如此,她还践踏了你摇滚乐手的身份,她对你说——”

“请你出去。”清水严肃地说。

“什么?”

“我说,请你出去。”

“我买了门票的,200块呢……”尽管那笔钱是夜游神出的,苏远咽下了后半句话。

“大家都是买了门票进来的,但不代表就可以扰乱秩序。”

“你不想承认自己的过去?”

“我说过了,我不记得有这段经历。”

两名工作人员穿过人群向苏远走来,同时,苏远发现自己手里的话筒已经没声了,工作人员一左一右将他架起来,他只好扯着脖子,在被拖出去之前奋力地对着台上喊道:“请你加入我的乐队,是摇滚乐队,跟我一起去北京参加比赛。”

苏远的双脚悬空,看着自己正距离舞台越来越远,直到已经看不见清水的表情,但他不难猜测,自己刚刚的行为深深刺痛了那个自恋的垃圾文字制造者。他忽然感到后悔,因为昨晚他刚刚体会了内心被刺痛的感觉。

一阵寒风吹过,苏远被重重地扔在了书店门口的红色邮筒旁,他靠着那个邮筒,摸了摸冰凉的铁。现在已经没人写信了,这个邮筒只是个装饰,代表着一段一去不返的好时光。

10. *I Remember You*

签售会的后半段，清水已经忘记了自己要在台上说什么，他的嘴唇机械地一张一合，自己却仿佛置身于一片真空之中，周围的世界忽远忽近，台下读者的目光、身旁主持人的微笑，还有时而出现的无声的鼓掌，这些画面令他熟悉，却又觉得与他无关。

直到活动结束，主持人告诉他今天很顺利，他才茫然地点了点头。

“清水老师，清水老师……”一个遥远的声音喊道，清水愣了一下，意识到说话的就是旁边的一名工作人员，对方说道，“车已经在门口等着了。”

清水反应过来，工作人员指的应该是主办方的车，他挥了挥手，“不用了，我想自己走走。”

“这怎么行？”

“没关系。”清水说，“好几年没回来了，让我自己转转。”

清水最终还是拒绝了主办方，也的确自己一个人离开了活动现场，但他并没有走太远，因为刚走出一公里，他就看到一间开在半地下的酒吧。

现在还没到夜晚，但酒吧已经开门了，清水走下台阶，推开吱呀作响的木门，酒吧里光线昏暗，一个服务生正在拖地，两个人对视了一眼，清水问：“现在营业吗？”

“营业。”

他点了瓶啤酒，坐在吧台边，忽然发现自己并不是酒吧今晚的第一个顾客。身后的一张圆桌旁还坐着一个男人，那人穿着一件破旧的皮夹克，胡子拉碴，面前的酒还没怎么动，但看起来似乎已经醉了。

清水的目光从那个男人的身上移开，思绪再次回到自己签售会最后的记忆中，一个不知天高地厚的少年，花了200块入场费，就为了毁掉他本来圆满的活动。

清水回忆着那人最后时刻说的话："那个姑娘拒绝了你，不仅如此，她还践踏了你摇滚乐手的身份，她对你说——"

他当然记得那个姑娘说了什么，只是，已经过去了这么多年，凭什么还要让自己想起那段早该被风吹散的往事？

他不受控制地掉进了时光的旋涡中，身体仿佛在不断下坠，最终停留在一片青葱的校园林荫路的长椅上，那时候的他身材还没有发福，仍有浓密的头发，最大的烦恼是怎样才能在女生面前不脸红。

特别是面对她的时候。

她穿着一袭长裙，从林荫路间穿过，仿佛一缕微风，他疑惑那条长裙为何总是如此洁净，似乎从未沾染过一丝灰尘，她的脚步轻灵，宛如一幅油画。

"裴昭！"

这是清水真正的名字。

"看什么呢？"宿舍的老三在他的身后拍了一下，他缓过神。

还没等回答，老三已经顺着他的目光看到了远处飘动的白色裙摆，对他露出一抹坏笑，"去啊。"老三说。

"去哪儿？"

"表白去啊。"老三说，"天天在人家回宿舍的路上堵着有什么用？"

"谁说我……"他一时哑口无言。

目光再次落在林荫路的尽头，那抹白色裙摆即将消失，忽然间，长裙的主人停下了，她转过身，对着他们的方向露出一抹笑容。

"有戏啊。"老三激动地说，"赶紧抓住机会。"

"滚蛋。"他推了老三一把，匆匆离开。

尽管如此,那个笑容还是深深镌刻入他的心,老三的那句"有戏"不时地在他的耳边回荡,他感到紧张、兴奋,同时又有些疑惑,从小到大,他从不认为自己是一个能够被女生喜欢的人,但那个笑容让他动摇了。

也许我真的有什么值得喜欢的地方。清水——哦,裴昭这样想,他重新审视自己,也许是因为我的某个优点。

为了证实这件事,他从宿舍的床上起来,拿出纸笔,端坐桌前,决定做一件严肃的事,他要列出自己所有的优点。我总得有点儿让人喜欢的地方吧。

20分钟以后,纸上一个字都没有。

裴昭沮丧地扔下笔,靠着椅背,那种从记事起就像鬼魅一样跟踪他的自卑感再次出现,令他胸口发闷。

忽然间,宿舍门打开了,一阵巨大的声响,是老三拍着篮球进来。老三赤裸着上身,皮肤黝黑,带着一身臭汗,看见裴昭后露出了意外的表情。

"你怎么在这儿呢?"老三问。

"我也住这儿,忘了?"裴昭没好气地回答。

"废话,我意思是你怎么没去排练?"

"对啊,排练!"裴昭一拍大腿,捡起刚刚扔掉的笔,忽然间有了自信,在心里想着,要说有什么拿得出手的地方,那就是我裴昭有一支摇滚乐队。

这支乐队名叫"疯狂的心",刚成立不久,裴昭是贝斯手兼主唱,吉他手是一个戴着眼镜行事古板的怪胎,鼓手是个天才,偶尔参与和声的则是鼓手嗓音轻灵的妹妹。

裴昭激动地看着老三,问道:"你说,哥们儿是不是特酷?"

老三满脸疑惑:"啊?"

“别‘啊’了，我得排练去了。”

裴昭从床底下拿出贝斯包，几乎是冲出了宿舍。刚下楼，便撞到一个令他猝不及防的美好景象，穿着白裙的姑娘正从他的面前经过。

“你好。”她试探地向他打招呼。

他觉得自己被冻住了，双腿僵硬，喉咙堵塞，短暂出现的自信再次烟消云散，他在心里催促自己赶快说点儿什么，但是他已经忘记了人类的语言应该怎么说出口。

“你好。”终于，谢天谢地。

“你是急着出门吗？”她问。

“我……”

“我是不是打扰到你了？”

“没有，没有。”他说，低头看了一眼自己的贝斯，举了举，说，“我准备去排练。”

“排练？”

“对。”他提了一口气，激动地说，“我有一支乐队，摇滚乐队。”

她没说话，表情看起来很复杂。

裴昭紧张起来，迅速回忆自己是哪句话冒犯了她，这时他忽然看到她的表情由阴转晴，随后变得阳光明媚，她笑着说：“真的啊，好厉害。”

幸福来得过于突然，几乎令他缺氧，他深吸一口气，来了底气，说：“当然是真的，你喜欢摇滚吗？”

“我……”她羞涩地低下头，“其实我不是特别了解，以前也很少听那种很吵的音乐。”

“摇滚乐不都是暴躁的。”裴昭像一个友好、耐心的景区讲解员，“很多摇滚乐队都有温柔动人的歌曲，你肯定会喜欢的。”

“是吗，那我还真想听听。”她的眼波流转，“你有什么推荐的吗？”

那天开始，裴昭得到了一个优先级超过一切的任务——为她挑一首歌。他回到宿舍，从床底下拉出一个巨大的纸箱，里面塞满了他这些年来收藏的磁带，正版、盗版都有，他一视同仁，视如珍宝。

找到一首摇滚乐队的柔情歌曲并不是什么难事，但他更想找到一首能够替他表达心意的歌。最后，他翻出一张黑色封面的磁带，穷街乐队的同名专辑——裴昭的一生所爱。

他拿出一张纸，写下：听第十首——*I Remember You*，然后告诉我你的感觉。他将纸条藏在磁带的盒子里面，等在她每天经过的林荫小路上，亲手交给了她。

接下来是漫长的等待，时间过得比想象中更慢。

又一天，同样的时间，同样在林荫路，他看到她的身影从远处出现，走向他坐着的长椅。她把那盘磁带送了回来，轻轻笑了笑，什么都没说，又一次像个精灵一样飘向远方。

裴昭回到宿舍，打开磁带盒，看到那张纸条仍在里面，只是下面多了一行字：我很喜欢。

那天以后，他们变得亲密了起来。

裴昭经历了他人生中最幸福的一段时光，校园里时常能看到他们并肩行走的身影。很多人都觉得那是一对情侣，裴昭也希望如此，但他知道事情并没有进展到他期待的那一步，他需要一个表白的时机。

那一天，时机来到了。

温暖的风从他们面前拂过，扬起了她的发梢，忽然之间，她问："你愿意为我唱一次那首歌吗？"

"哪首？"

她笑了。

他也笑了，这是一个信号，一个机会，但他没有自信，支支吾吾地问："现在吗？"

“不是现在。”她说，“需要一个特别的时间，到时候我会告诉你。”

那天，裴昭并没有回宿舍，而是去了乐队在校外的排练室，找到了他们的吉他手，请求借用那把Gibson（吉普森）的电箱吉他，这把吉他价格不菲，而且裴昭心里也清楚，他们的吉他手有一个原则，就是绝不将琴外借。

但是当听到裴昭的理由后，吉他手同意了——那是他们的吉他手人生中仅有的两次吉他外借中的一次，而第二次会发生在很多很多年以后。

尽管作为一名乐队主唱，裴昭已经多次在台上对着众人展示过歌喉，但没有哪一次像此刻这样紧张，他带着这把昂贵的吉他回到宿舍，戴上耳机，拿起纸笔，将那首歌的和弦一个个扒下来，歌词抄写在下方，每天早起，跟着学校里最勤奋的一群人在清晨练习英文发音。

终于，就是那天了。

裴昭背着吉他来到操场的跑道边，身后有一个多层看台，此时已经坐满了人，他忽然意识到这里天然形成了一个舞台，演出的兴奋感从身体里燃烧。他在人群中还看到了老三的身影，正感到疑惑的时候，她已经出现在了人群中间。

她对着裴昭微笑，这个笑容鼓舞了他。

裴昭轻轻扫动琴弦，唱起了他一生最爱的歌，开始时的局促渐渐消失，他沉浸在某种令人沉醉的情绪中，不断释放着自己，那一刻他相信摇滚乐给他的远比他以为的更多，足以改变他的人生。

最后一个音符落下，看台上的人鼓起掌，从那些闪烁的目光中，他觉得自己是一个真正的摇滚明星，甚至忍不住对着众人鞠了个躬。他看到她正在向自己走来，在心里最后一次排练着要对她说的那句话。

“你愿意做我的男朋友吗？”

说话的不是裴昭，而是她。

只不过,接收这句话的人也不是裴昭,而是身后的老三。

围观的人开始起哄叫好,裴昭僵立在原地,感觉一阵阵潮水正在冲刷着他的身体。

裴昭看着老三,老三也看着裴昭——带着困惑。裴昭看着她,她也看着裴昭——带着感谢。

“兄弟,兄弟。”第一个反应过来的老三急忙说道,“我真不知道是怎么回事,我就是来看热闹的。”

裴昭依然没有说话,而她期待的目光也黯淡了下来,但依然一刻不离地跟随着老三。老三意识到她的目光后,轻轻说了句:“对不起。”

老三离开了,留下众人的一阵热议。

再次见到她的时候,是那一天的晚上,外面下起了雨,校园里零散的几个人正小跑着回到宿舍,只有裴昭像一艘迷失在海面的船,他走在无人的小径上,看到了坐在长椅上的她。

她淋着雨。裴昭走上前去,她抬头看了看,问道:“你来干什么?”

“你愿意跟我在一起吗?”他问。

“凭什么?”她问。

“凭我喜欢你。”

“谢谢你。”她说,“但我不能答应你,我们原本就是两个世界的人。”

“不,不是的。”他说,“我们有共同热爱的东西。”

“什么? 摇滚乐吗?”

在这个问题被说出的时候,裴昭就知道了答案。

“我从没喜欢过摇滚乐。”她接着说,“对不起我骗了你,现在我跟你说实话,摇滚乐在我眼里一文不值,希望你不要再来找我了。”

裴昭站在原地。

“我们从没有过任何共同点。”她加大砝码,“你走吧,我现在很伤心。”

“那我们还是有共同点的。”他最后说，“我也很伤心。”

雨过天晴，世界一切如常，那件发生在操场边的无疾而终的表白，就像这个世界上其他的新闻一样，很快被更新鲜的话题取代了。

裴昭在不久后换了宿舍，再没跟老三说过一句话。一年以后，老三还是成了她的男朋友，裴昭意识到，自己对爱情一无所知。

如今，裴昭成了清水，一名情感导师，他不只懂得爱情，还贩卖爱情。

“别喝了，跟我回去。”

裴昭的思绪被打断。回到现实中，他发现自己依然坐在酒吧里，但是那句话并不是对他说的，而是对角落里的那个醉鬼。醉鬼对说话的女人甩了甩手，女人差点儿摔倒，醉鬼将桌上的半杯酒一饮而尽，独自离开酒吧。女人留在那里，开始哭泣。

裴昭——哦，清水回头看着她。女人注意到他的目光，先是一怔，接着露出惊喜的表情，“是清水老师吗？”

他点点头。

“我给你写过很多信。”她说，“写了一年。”

11. 生活

女人不由分说地坐在清水旁边，用袖子草率地擦了擦眼泪，眼圈比刚才更红了，脸上却展开了笑容，问清水："我能请您喝杯酒吗?"

清水指了指自己几乎没有动过的酒表示了拒绝，女人却仿佛没看见似的，扭头对吧台后面的店员喊道："给我也来个一样的。"

清水无奈地看着她。

"没想到能在这碰到您，真是太巧了。"女人几乎不给清水说话的机会，看着服务生将另一瓶啤酒起开，她拿起来，没有立刻喝，继续说道，"我本来要去参加您的签售会，但是早晨又跟我老公吵架了，我一上午都在找他，就是刚才您看见那个男的，让您见笑了。"

"没去也好。"清水终于得到了说话的机会，"签售会的过程不算顺利。"

女人没有追问，她似乎有一肚子话要说，清水看到她揉了揉脸，似乎在努力稳定情绪，组织语言。

"我一直是您的忠实读者，您的每一本书我都认真看过——不止一遍。"

"谢谢你的支持。"

"但是清水老师，为什么您从来不回我的信?"女人的目光忽然变得锐利，仿佛清水才是她犯了错的丈夫，或者是一个不告而别又偶然相遇的情人，她的眼神显然是在等待一个解释。

"抱歉。"清水说，"写信的读者太多了，实在做不到一一回复。"

"可是我写了整整一年啊。"

现在，清水确定了，这个女人就是他在电台里跟赵娜提起过的那个读者。

“整整一年。”女人重复道，语气变得哀怨，“我每天都在等着您的回信，隔一段时间就去邮局问一次，连门口的保安都认识我了。”

“我了解你的感觉，所以我才办了这一系列签售会，就是想集中跟读者见见面。”清水说。

“不过这样也好。”女人的语气再次变得亢奋起来，“既然在这碰见您，我就能当面问您那些问题了。”

清水意识到自己恐怕是很难脱身了，他做最后的努力，试图站起来，女人却端起酒瓶，在他的酒瓶上碰了一下，随后仰起头喝下了一大口。

他不得不再次坐下。

女人说：“这些问题都是我在信里写过的，主要是我家庭和婚姻的一些状况。清水老师，我过得很不好，我老公——你也看见了，天天晚上不着家，就知道在外面喝酒，偶尔回来一次，连句话都不跟我说。老师，您说我该怎么办？”

“对不起。”清水刻意看了看手表，“我该……”

“有朋友劝过我离婚。”女人似乎根本没有注意到清水的动作，“但我还是不愿意走到这一步，我们结婚好多年了，以前一直很好，我不忍心就这么离开他。”

“下次有时间……”

“但你说不离婚吧，现在我俩这样也跟离了差不多。”女人根本不给他任何逃脱的机会，“您是专家，能不能指点指点我，我就是想让他别对我那么冷漠。”

清水放弃了抵抗，他意识到今天不把这事解决，他是走不了的。

“他一直都是这样吗？”清水问。

“以前不是，我刚才不是说了吗，我们俩以前很好。”

“多久以前？”

“其实两年前还不是这样。”

“那他为什么突然就变了？这中间发生过什么事吗？”

女人想了想，说道：“好像就是在那次他参加大学同学的聚会之后就变了。”

“怎么回事？”

“那次聚会回来以后，他就特别消沉。我问他怎么了，他说自己是个废物，所有同学中数他混得最差，还说一个没去参加聚会的同学现在已经成了名人了。”

“就因为这个？”

“我也觉得不至于，但是好像也没有什么别的原因了。”

“你没安慰他吗？”

女人从来到酒吧后，第一次沉默了。

“你为什么不安慰他呢？”清水从女人的脸上敏锐地捕捉到了问题的答案，接着问，“是不是你觉得，他说得没错——他确实混得不怎么样？”

“我怕我说错话更伤害他。”女人缓缓说，“我装不出来。”

“我知道。”清水说。

“其实他以前不是这样的，我们刚在一起的时候，他是个特别出类拔萃的人，很有上进心，那时候我身边的朋友都羡慕我，但是后来他就一直在走下坡路。”

“我问你个问题。”清水看着女人的眼睛说，“什么叫混得好？”

女人再次沉默。

“就拿那个同学会举例子，成为名人就算混得好吗？”

“应该吧，我不知道，清水老师，您也是名人，您应该更了解。”

“我了解。”清水点头说，“名人有很多，但不是每个人都称得上成功，甚至有很多都算不上活得明白。有些人的名气是靠出卖自己的良心换来的,那也算好吗?”

女人愣了一下,察觉到清水似乎有些激动。

清水加快了语速继续说:“有的人,有的名人,是靠欺骗别人,换取金钱和名声,这样的人也值得被羡慕吗?”

“清水老师……”

“还是说说你老公吧。”清水转回了话题,说,“你当初为什么会跟他结婚?”

“就像我刚才说的,他以前是个出类拔萃的人。我俩在大学的时候就开始谈恋爱了,那时候他在学校里特别出众,体育特长生,好几个学校里的长跑纪录到现在还是他的。”

“毕业后呢?”

“落差有点儿大。”女人说,“我们俩一起去找工作,我先找到了,但他一直不顺利,几次面试都没通过。当时我俩过得很拮据,就靠我那点儿工资,连件新衣服都不敢买。那时候我们都明白了,他在学校里擅长的那些东西,放到社会上一点儿用都没有。”

“他后来找到工作了吗?”

“找到了。眼看着我们身边的同学陆续都工作了,他也急了,什么活儿都去应聘,最后找了个卖房的销售岗位,别人都欺负他,把最难卖的房子都甩给他,一个月下来东奔西跑,就挣个底薪。”

“后来状况有改善吗?”

“好点儿了,但也没好太多。”女人说,“等他也在房产公司混成‘老人’了,收入多少上去了一点儿,勉勉强强能维持生活,但我俩是一点儿额外的消费都不敢有,买菜都等菜市场快收摊儿的时候去。”

“很多人都是这样生活的。”

“我不是因为这个。”女人立即解释道,“多难我都过来了,我是觉得他现在变了。”

“怎么变了?”

“他跟以前不一样了,以前他特别开朗、健康、幽默,而且有担当。但他现在一天都跟我说不了几句话,这两年又开始酗酒,我真是受不了了。你看他刚才在这酒吧里五迷三道的样子,那都不是今天喝的,昨天晚上他就喝多了。”

“昨天他为什么喝酒?”

“什么原因都没有,当时我正听电台呢,就是你那期《午夜千山》,他本来好好的,也坐我旁边听了一会儿,突然就出门下楼了,买了一堆酒回来喝。”

“节目你听完了吗?”

“差不多吧,到后面就不太专心了,光顾着跟他吵架了。”

“最后的‘晚安曲’你听了吗?”

“听了一耳朵。”女人若有所思,“您别说,那首歌还真有点儿耳熟,以前好像在哪儿听过。”

清水点了点头。

女人再次求助道:“清水老师,您给我想想办法,这样下去我不知道还能不能坚持。”

“我没办法。”清水说。

“你没办法?”女人诧异地说,“可您是专业的啊。”

“不要相信我这种人。”清水接着说,“我这个专业,说实话,跟卖保健品骗人的勾当差不多。生活是你自己的,我给不了你任何意见。”

“你在跟我开玩笑。”女人笑着说。

清水注意到,女人的眼神开始变得涣散,刚才说话的时候,女人已经不知不觉间喝光了她的那瓶酒。

此时的女人看起来已经进入了另一种状态中,似乎不再执迷于生活中的真实的困惑与无助,而是回到了过去。清水看到她的脸颊绯红，神态迷离，仿佛在一瞬间年轻了很多。

“其实我当年也有很多人喜欢。”女人说。

“我能看得出来。”

女人继续笑着，仿佛仍沉湎于过去，“年轻可真好啊，”她说，“记得上大学的时候，有个男生一直喜欢我，他是玩儿摇滚的，自己还有一支乐队。”

“后来呢？”清水问这句话的时候，脑中响起了雨水落在长椅上的声音。

“不知道。”女人摇摇头说，“我老公当年跟那个男生是最好的朋友，但我们在一起后，他们就掰了，再也没联系过，也不知道那个人现在怎么样了，还玩儿不玩儿乐队。”

“你累了。”清水说。

“是，我累了。”女人点头表示赞同，“从昨晚他喝酒我就一直跟他吵架，到现在都没休息。”

“我不是说你现在累了，我的意思是，这些年，你太累了，你老公也一样，你们都累了。如果说我真的能勉强给你点儿什么意见的话，我只能说，过去越美好的人，以后就会越累，这就是命。”

女人突然哭了出来。

“回家吧。”清水站了起来，跟吧台的服务生结了两个人的酒钱，转身离开。

女人没有再挽留他，她继续哭，一边哭一边抱怨：“你根本就不懂，”她对清水说，“你跟我是两个世界的人。”

“但我们至少有一个共同点。”清水说，“我们现在都很伤心。”

清水走到了酒吧门口，他回头，认真地说：“对了，你之前说那个玩儿摇滚的男生，我猜啊，如果他一开始是玩儿摇滚的，那他这一生应该都是玩儿摇滚的。”

12. 家长会

苏远的记忆力并不比普通人更好，但是当他看到眼前这个男人的时候，便留下了难以磨灭的印象，对方的特点实在过于鲜明，很难不让人去多看几眼。

这个男人是个瘦高个儿，骨骼突出，使他的五官显得比一般人都大一号，虽然看起来不过四十岁，但有着武侠剧中世外高人的仙风道骨。他戴着一副黑框眼镜，白色的衬衣外面套着一件米黄色的马甲，马甲两边各有三个口袋，胸前的口袋插着一支笔。他坐在一张类似讲台一样的桌子后面，蹙眉凝思，看着眼前这十几个初中生模样的孩子。

这应该是一间布置简陋的补习班，苏远想。里面的孩子年龄都太小，他无法混进去，只能绕到房间的后窗，窥探里面的情况。

房间里很安静，学生分散在随意摆放的书桌前，伏案专注地书写着什么。苏远贴在玻璃上，双手聚拢在太阳穴两边遮住阳光，看到窗下的学生正在填写一张个人信息的表格，他们写得很认真，笔尖划过纸张，发出沙沙的声音。

过了一会儿，已经有学生先填写完了，拿着表格走到讲台前，毕恭毕敬地交给那个男人，男人对这些学生点了点头，没有说话。学生交完表格后又回到自己的座位上，面色焦急地等待着。

直到屋子里十几个学生陆续填写完毕，那个男人才不疾不徐地将所有表格拿起来，推了推眼镜，一张一张翻看，一边看还一边做着什么批注。孩子们眼巴巴地望着他，大气不敢出，气氛凝重，而始终躲在窗外偷看的苏远，因为保持着半蹲的姿势，此时已经双腿颤抖，随时可能倒下。

讲台后的男人拿起其中一张表格，看着念了一句："刘鹤。"

"Yes!"坐在中间一排的一个男孩弹簧似的站起来，单手握拳，摆出运动员获胜后的姿态，苏远猜他应该就是刘鹤。

屋子里其他的学生则不约而同地发出沮丧的叹息，而坐得最贴近苏远偷窥的后窗的那个男孩几乎要哭出来了。苏远刚才从表格上看到过这个男孩的名字，他叫韩东旭。

男人示意刘鹤来到讲台旁，刘鹤面露得意的神色，一边站着一边抖腿。男人举起刘鹤的那张表格，边看边问："你父亲……在通信公司工作？"

"对。"刘鹤笑着说。

"具体是做什么的？"

"给人装电话和宽带的。"

"哦。"男人若有所思，接着问，"晚上8点他在家吗？"

"在。"

男人指着表格上的一栏，问道："就是这个地址没错吧？"

"没错。"

"好，那咱们就定晚上8点，到时见。"

简短的问话结束，戴着黑框眼镜的男人起身，示意所有人都可以走了，他自己第一个离开，表情沮丧的学生们随后鱼贯般涌出房间。苏远也赶紧从窗户边离开，绕回前门外面的走廊上，正好看到春风得意的刘鹤大摇大摆地走出，与苏远擦肩而过，苏远什么都没说。

这时候，他看到那个叫韩东旭的孩子拖沓着脚步出来。

戴着黑框眼镜的男人离开以后，并没有直接回家，正好到了饭点，他决定在外面吃一口。距离不远就是苏远打工的汉堡店，但这段时间并不是苏远的班，为他提供服务的是那个险些被苏远表白的马尾辫姑娘。

他点了一份经典套餐，几分钟消灭干净，吃饱喝足后，在汉堡店门口拦了辆出租车。15分钟后，出租车停在了一个花里胡哨的牌子下面，牌子上写着四个字：小丑之家。这是千山市唯一一家租赁戏服的服装店。

戴着黑框眼镜的男人走进去，这一次他花的时间更长，足足过了半个小时才出来。

此刻，这个男人已经焕然一新，唯一能确定他还是他的，只剩下那副眼镜，他换上了一身深灰色的西装，利落的短发也变成了满头小卷。

时间更晚，千山市已经入夜以后，他再次拦了一辆出租车，对司机展示了刘鹤那张表格上的地址。

司机将他送到一个年代久远的小区门口，他站在其中一栋楼前，仰头张望了一下，走进单元门，一直爬到四楼，清了清嗓子，稳重地敲了敲401号房门。很快，屋里传来拖鞋声，防盗门随之打开，刘鹤的小脑袋探出来，看到他以后，先是一愣，随即露出恍然大悟的表情，拿腔拿调地说："余老师，你怎么来了？"

他瞪了刘鹤一眼，心想，小孩就是小孩，没经验，语调和表情都太做作。尽管如此，他还是接了下去："你爸爸妈妈在家吗？"

"我爸爸在。"刘鹤说。

"谁呀？"屋里突然传出一个男人浑厚的声音。

一个留着八字胡的男人横在他面前，他立刻意识到这就是刘鹤的父亲——父子俩的眉眼很像。

刘鹤扭头介绍道："爸，这是我学校的余老师。"

"余老师？"刘鹤的父亲疑惑地问，"你班主任不是姓孙吗？"

"孙老师生病了，我是刘鹤班级的代课老师。"他向刘鹤的父亲伸出手，"我叫余彦。"

“哦，余老师啊。”刘鹤的父亲忙着客套，跟余彦握了握手，“老师请进。”

余彦在沙发上坐下后，面前的茶几上摆上一杯热茶，刘鹤的父亲没有怀疑，反而有点儿局促：“家里也没好茶。”

“别客气，这就挺好的。”余彦说，“你也快坐吧。”

刘鹤的父亲坐在余彦对面的一张藤椅上，横眉冷眼看了看自己的儿子，转头一脸抱歉地问余彦：“是不是这小子又在学校惹什么祸了？”

“不是，不是，你误会了。”余彦说，“就是日常家访。”

“家访？”刘鹤的父亲说，“明天不就开家长会了吗？”

“是这样的，因为这次很多家长因故无法出席，学校临时决定，由我们这些老师去学生家里亲自走访。一来呢，可以根据家长的时间灵活见面，二来呢，也能跟各位家长更深入地沟通一下。家长会吗，不会每个人都照顾到。”

“说的是啊。”刘鹤的父亲表示理解，“老师真是辛苦了。”

余彦在刘鹤的家里待了足足一个小时，他随身带着一个笔记本，一边谈话一边迅速地记录，不时问起刘鹤家庭的情况，并对刘鹤父亲的工作表达了足够多的关注，而对于刘鹤在学校的表现，余彦表示，孩子不错，挺认真的，这次考试虽然没有排名，但能确定刘鹤进步明显。

临走的时候，余彦再次与刘鹤的父亲握了握手，他的目光落在门口衣架上一套天蓝色的工作服上，工作服的后背印着通信公司的名称，旁边还挂着一顶帽子，显然都是一套。

余彦随后摸了摸刘鹤的头说：“老师走了。”

“余老师再见。”刘鹤说。

离开刘鹤家以后，余彦心想，小孩就是小孩，一共就两句台词还说得跟演话剧似的。

余彦看了看手表，这时候“小丑之家”已经关门了，不过还好，他的时间仍然充裕，衣服可以明天再还。

第二天下午，第二次从“小丑之家”出来，余彦归还了假发套和西装，现在，他身穿一套天蓝色的工作制服，戴着与之相衬的帽子。唯一美中不足的是，这套制服后面没有通信公司的名字，不过并无大碍。而最令余彦满意的是，他在店里找到了和刘鹤父亲的几乎一模一样的八字胡。找那个八字胡可不容易，他在一堆假胡须中翻了半天，最后是在一个山羊胡旁边找到的。

走进千山四中的校门，余彦在一栋教学楼里梭巡，终于看到初一三班的牌子，教室门口站着一个女人，余彦过去伸出手，对女人寒暄道：“您就是孙老师吧？”

孙老师本能地与余彦握了握手，目光茫然地问：“您是？”

“我是刘鹤的父亲。”余彦说。

“哎哟，刘鹤的爸爸啊。”孙老师笑着说，“初次见面，以前一直都是刘鹤的妈妈来开家长会。”

“惭愧，惭愧。”余彦说，“工作忙，对孩子关心少了。”

家长会进行得很顺利，余彦笔记本上所记录的内容，足以让他从容应对孙老师关于刘鹤家庭的大多数问题，而一些不在笔记上的，余彦也临场发挥，几乎做到了对答如流。

“您还要去上班吧？”孙老师问，“我看您穿着工作服。”

“是，临时请了会儿假。”余彦说，“没办法，我们这工作就是这样。”

“太辛苦了。”孙老师关切地说，“不过再辛苦，也不能忽略了孩子。”

“您说得对。”

“刘鹤这次的考试成绩很不理想，您也看见了，倒数第一，这样下去不行啊。”

“回去我一定督促他学习。”余彦说，“哪怕是个倒数第二呢。”

家长会结束，余彦与孙老师挥手作别，长舒一口气。这单活儿总算是完了，前前后后，除去租衣服的成本，他一共挣了那孩子不到50块。

哪一行都不容易，余彦内心感叹。

余彦刚出校门，忽然跟一个刚进来的男人撞一对脸，男人旁边还有一个和刘鹤年纪相仿的男孩，余彦本能地说了一句，“不好意思。”

“爸，就是他。”男孩指着余彦对身旁的男人说。

“什么？”余彦看着眼前这个男孩，一时觉得眼熟，想不起是谁，但已经猜测到，这大概就是那十几个填表格的学生之一。

“确定是他？”男人问。

“确定。”

“行啊你。”男人面露凶相，对余彦说，“就是你想冒充我是不是？”

“不是，我没听懂你的意思。”余彦的语气发虚，不敢正眼看对面的男人，只能用余光看到男人的下巴上留着的一缕山羊胡。

“自己干了什么心里没数是不是？”男人接着说，“想冒充我给我儿子开家长会，小孩的钱你都挣？”

“你肯定是误会了。”余彦急于要走，却发现对面的男人总能适时挡在他的路线上。

“我误会个屁。”男人说，“我就说我儿子突然跟我要钱，说是买教材，原来是要给你啊。”

“我没接他的单子，他给我什么钱？”余彦正说着，忽然想起了什么，目光盯着男人的山羊胡。

两人对视了一会儿，对面的男人忽然紧张起来，躲闪着余彦的眼睛。

“你等会儿。”余彦说，“你那胡子不是我租服装的店里的道具吗？就在我的八字胡旁边。”

“听不懂你说什么。”现在轮到对方的语气发虚了。

余彦上前一步，一把扯下男人的山羊胡，露出一张少年的脸，他惊讶地发现，对面这个人的真实年龄与他所扮演的角色完全不符，看起来顶多也就比旁边的小孩大个七八岁。

“你到底是谁？”余彦问，“有什么目的？”

“你别紧张。”被揭开真面目的苏远说，“我就是想问你个问题。”

“什么问题？”

“你愿不愿意加入我的乐队？”

13. 问题的问题

余彦没有想到，过了这么多年，自己竟然还能听到这个问题。

多年以前，对他提出这个问题的人，是贝斯手裴昭，当时他的年纪也就和对面的苏远相仿。余彦感到恍如隔世，自从乐队解散后，他和裴昭便失去了联系。

对于问题，余彦有一些自己独特的看法，他一直想知道，人的一生中究竟会遇到多少个问题，有多少个已经解答了，又有多少个，是终其一生都无法得到答案的。

这本身又是另一个问题了。

此刻，余彦坐在一家名叫“原木”的咖啡厅里，刚刚听完了那个名叫苏远的年轻人的自我介绍，他依旧一言不发。

“爸爸，我想吃冰淇淋。”苏远旁边的初中生说道。

这个初中生就是“补习班”里坐在后窗边上的韩东旭。

“你看清楚了，我不是你爸爸。”苏远对韩东旭说，“戏演完了。”

“那我也想吃冰淇淋。”

苏远没有回应，继续用殷切的目光看着余彦。余彦被这个眼神盯得心慌，问道：“你到底想干什么？”

“我已经说了啊，我有一支乐队，摇滚乐队，想邀请你加入。”

“准确地说，你并没有一支乐队，如果你有，就不需要邀请别人加入了。”

“你还真是严谨啊。”苏远叹道，“你明白我的意思就行了。”

“你是怎么知道我的？”余彦问。

“听说。”

苏远想起夜游神讲的故事:在风靡一时的地下乐队“疯狂的心”解散后,曾经的吉他手并没有离开千山,而是从事一些他也无法形容的工作,夜游神说,好像是演员一类的吧。

谈及这位名叫余彦的吉他手,夜游神不吝赞誉之词,他对苏远说:“虽然我不知道你的吉他技术怎么样,但我完全能够断定,余彦的技术在你之上。”

“我早就不玩儿乐队了。”余彦打断了苏远的回忆,“我现在有正经工作。”

“爸爸,我想吃冰淇淋。”韩东旭再次喊道。

苏远指了指旁边的韩东旭,对余彦说:“你管这个叫正经工作,恕我直言,你这纯属误人子弟,摧残祖国的花朵。你快放过这帮孩子吧,本来成绩就够差的了!”

“那也比玩儿乐队强。”余彦说。

苏远一时接不上话,想了想,似乎真没什么工作是比组乐队更差的了。

不过事情进展到这一步,苏远当然不会轻言放弃,他决定再次拿出自己面对困难时最擅长的事——以退为进,先把场面控制住再说。

“咱俩也别干坐着了,占着人家的地方。”苏远说,“我请你喝杯咖啡吧,算是为我之前的行为道歉。”

“谢谢。”余彦说。

“我要冰淇淋。”韩东旭趁机喊道。

苏远来到点餐台前面,几分钟后,他端着两杯咖啡回到座位,一杯放在自己面前,一杯递给余彦,还是没有冰淇淋。旁边的韩东旭失望地叹了口气。

几乎在同时,余彦看着自己的咖啡,也叹了口气。

“怎么了?”苏远问。

“忘了告诉你别加牛奶了。”余彦看着自己面前的这杯拿铁。

“那我再给你换一杯。”苏远再次起身。

“别麻烦了。”余彦说，“我现在也不是很想喝。”

“你是喝不了牛奶吗？”苏远问，“那毛病叫什么？”

“那倒也不是，我就是习惯了。”余彦说，“习惯是很难改的。”

苏远若有所思地点点头，从真正接触到这个人以后，余彦就给他一种奇特的感觉，这人活得像一块机械手表，精准、严谨、自洽。

“你要加入我的乐队吗？”苏远再次问道。

“你并不存在的乐队。”

“你来了就存在了。”苏远说，“那么爱抠字眼呢。”

“不好意思，我还是那个答案。”余彦说，“我现在已经不玩儿乐队了。”

“就这么放弃了？”苏远有些激动，“我不相信一个过去那么热爱摇滚乐的人，能轻易放弃它。”

“我不是轻易地放弃它，我是慎重地放弃了它。”

苏远再次无言以对，这是铁板一块，软硬不吃。

“你还是和以前一样啊，什么事都有一套自己的解释。”

说话的是另一个人，苏远顺着那个声音抬起头，露出笑容，救星来了，他看到裴昭已经站在他们面前，不由分说地坐在旁边一把空椅子上。

“你谁呀？”余彦问。

“给你介绍一下。”苏远指着裴昭说，“这位是咱们乐队的贝斯手。”

“你们乐队，跟我没关系。”余彦纠正道，随后打量着裴昭，“我怎么觉得你有点儿眼熟，你是谁家长吗？”

“我是他。”裴昭说着，拿出一本《如何让你爱的人也爱你》，放在桌上，指着封面自己侧身的照片说，“在下不才，也算个名人。”

余彦拿起书，前后端详，问道："这什么破玩意儿？"

苏远忍不住笑了一声。

"说得太对了。"裴昭为余彦鼓起掌，"这就是破玩意儿，但是这个破玩意儿让我赚了不少钱，以前，我也以为写这种破烂儿是个正经工作，现在我明白了……"

"裴昭？"余彦后知后觉，露出惊讶的目光，"你是裴昭？"

"你可算认出我来了。"

"还真是你！"余彦第一次露出笑容。

"好久不见。"裴昭说。

"你怎么胖成这样了？"余彦上下打量着，接着说，"你头发呢？剪了？"

"你是不是缺心眼？谁会给自己剪个地中海发型？"裴昭愤怒地指着自己头顶的一片空地说，"秃了，秃了！"

"你可以啊，裴昭，想不到现在成大作家了。"

"已经不是了。"裴昭说，"刚才这小子说过了，我现在是乐队的贝斯手。"

"咱们乐队。"苏远小声对余彦补充道。

"不是，我就不明白了。"余彦看了看苏远，又看了看裴昭，接着说，"你都快四十的人了，为什么这么听这小子的？你是不是有什么把柄在他手上？"

"因为这人和你很像。"裴昭笑了笑说，"他也总有一套独创的理论。"

余彦叹了口气，似乎想要起身，他对裴昭说道："咱哥俩还能再碰见，我真挺高兴的，但乐队的事还是算了吧，我还是那句话，我是个有原则的人，现在我只会专注在自己的事业上。"

旁边的苏远再次笑出了声，让本来一脸严肃的余彦显得有些尴尬。

“有什么好笑的?”余彦问。

“你快拉倒吧。”苏远说,“刚才你说那是正经工作也就得了,现在直接成事业了,你那叫什么事业?”

“我知道你是个有原则的人。”忽然之间,裴昭的表情也像余彦一样严肃起来,他看着余彦面前一口没动的咖啡说,“从咱们刚认识的时候我就知道,你只喝美式,只抽万宝路,只穿马丁靴,吉他也只用Gibson。”他的目光落回到余彦的脸上,“但是余彦,你不觉得那只是一种表面吗,一种你塑造给外界也塑造给你自己的虚拟形象?你真正的原则早就扔了,你想想你现在的生活,你真的还有原则吗?”

余彦沉默了。

裴昭乘胜追击,继续说:“余彦,你还记得那把叫作‘杰西卡’的吉他吗?”

这话把苏远说糊涂了。他虽然过着捉襟见肘的生活,但对吉他的了解绝对到了发烧友的程度,可他还从未听说过一个叫作“杰西卡”的牌子。不过在这一刻,苏远并没有急着询问,因为他察觉到了气氛的变化,一直坚硬如冰的余彦似乎也产生了一丝动摇。

裴昭看出了苏远的疑惑,转头对他解释道:“那是一把独一无二的吉他,只属于余彦一个人。”

苏远恍然大悟,对余彦说:“杰西卡不是品牌,而是你给吉他起的名字?”

余彦没有说话,苏远明白自己破坏了气氛,也跟着闭了嘴。

“如果你还记得杰西卡,那你应该也记得‘王玲之徒’吧。”裴昭接着说。

现在苏远更疑惑了,但他克制住了提问的欲望,因为他发现,对面的余彦一直紧绷的表情正在失去控制。

“如果你还记得‘王玲之徒’，就应该记得菜市场那位卖鱼的阿姨吧。”

裴昭的攻势愈发猛烈，苏远觉得这些话仿佛是某种密码，正在撬开余彦心里那扇紧锁的门。

裴昭亮出最后一张牌，对余彦说：“那位阿姨已经去世了。”

“什么？”余彦突然大喊了一声。

“三年前，阿姨直到临终前还在问一个问题，那就是，‘王玲之徒’到底是什么？”

人的一生中究竟会遇到多少个问题，有多少个已经解答了，又有多少个，是终其一生都无法得到答案的？

这本身又是另一个问题。

14. 王玲之徒

“王玲之徒”到底是什么？这还得从余彦14岁的时候说起。

14岁的余彦，几乎就是成年后的自己的微缩版，那时的他已经戴上了黑框眼镜，做事一板一眼，拥有自己独特的理论与原则。这件事的好处就是，他能够完全做到一个人待着，而不需要与其他人交流，坏处也一样。

余彦孤僻的性格令他将更多的时间用在接触新鲜事物上。他仍记得那个如往常一样的周末，他在书店里闲逛，看了一会儿小说，又放回书架上。离开之前，他在书店门口见到一套打着英语教学旗号的磁带，事实上里面都是他以前从没听过的欧美流行摇滚乐，直觉让他花光了兜里全部的零花钱，将那套磁带带回家，放在他破旧的随身听里。

那一天，另一个世界对余彦敞开了大门。

余彦在一个月以后开始自学吉他，很快就发现一个令人惊喜的事实——他在音乐上的天赋要远超学习。他开始尝试写歌，优美的旋律像流水一样从他的指间倾泻而出。

吉他和摇滚乐给了余彦从未有过的快乐，其中，那盘磁带里他最喜欢的是老鹰乐队的一首歌。

然而对于一个14岁的少年来说，他的忧愁很快就出现了，就在那个下午，他将面临人生中一个巨大的挑战：家长会。

由于沉迷音乐，余彦上次考试的成绩已经从全班倒数第五滑落到倒数第一。对他来说，这是一个可以接受的结果，因为下降的幅度并不明显，而且上次全班第一的同学，这次只考了第七，退步比他还大，但是余彦也知道，他的父亲对此肯定有不同的意见，所以余彦还没有将成绩告诉他。

家长会，余彦抱着吉他在心里琢磨着，既然是家长会，那就需要一个家长。他放下琴，离开家门。千山四中14岁的余彦同学漫无目的地在街上游走，透过黑框眼镜的镜片，他看到对面的菜市场，里面人声鼎沸，不同的声音混杂在一起，仿佛一曲交响乐，这些声音就像老鹰乐队的歌曲一样触发了余彦的灵感——他的班主任从未见过他的母亲。

余彦走进菜市场里，背着手来回踱步，像一个巡查的领导，他的目光扫过一个又一个人，试图找到一张合适的面孔，但他很快就失望了，人人都在面目狰狞地讨价还价。余彦有些失落，鼻子里闻到一股腥味，顺着气味看过去，对面是水产区。一个亲切的阿姨正在给面前的顾客称鱼，微笑着目送顾客离开。

余彦本来是没打算去水产区的，除了那里面的味道，还有地面上的脏污也令他心生抗拒，但是此刻，他显然已经没有别的选择了。他谨慎地绕过地面一片片水渍，来到那位阿姨的摊位前，与面前一排放置在碎冰上的死鱼大眼瞪小眼，面面相觑，思考着如何开口。

“你就是盯着它，它也活不了了。”那位面容亲切的阿姨笑着说。

“多少钱一斤？”余彦问。

“10块。”

“我要一条。”

“哪条？”

余彦指着最小的一条说：“就这个吧。”

电子秤上显示一斤三两，阿姨拿出塑料袋，一边装一边说：“就算你一斤吧，看你是个小孩就便宜点儿。”

“那怎么行？”余彦说，“你还能挣钱吗？”

“小孩心眼儿还挺好。”阿姨笑了，“放心吧，我又不是就卖你这一条鱼。”

余彦接过装在塑料袋里已经开膛破肚挖了个干净的鱼，递给阿姨一张50块的钞票，那是他未来很长一段时间的午饭钱，阿姨接过，在另一个塑料袋内翻找零钱。

“不用找了。”余彦说。

“什么？”阿姨停下动作，疑惑地看着他。

“你也别嫌少。”余彦接着说，“剩下的是你下一份工作的钱。”

阿姨愣住了，大概是因为对面这个小孩说话的方式，仿佛是个社会上饱经沧桑的老油条，这是余彦在电影里学来的说话方式，他趁着阿姨迟疑的空当，一鼓作气地讲出了自己的计划。

卖鱼阿姨张着嘴听完，半天没反应过来，过了一会儿才缓缓地说：“你的意思是让我假扮你家长？”

“对，你就说是我妈。”余彦说。

“那可不行。”阿姨连忙摆手拒绝，“你这孩子，怎么能干这种骗人的事。”

“阿姨，这不叫骗人，这叫善意的谎言。”

“你别跟我扯了，不行就是不行。”阿姨说，“你找别人去吧。”

“阿姨，你就帮帮我吧。”余彦央求道，“我的小命都在你手里攥着呢。”

阿姨动作利落地将装着鱼的塑料袋系紧，叹了口气，“先不说骗不骗人的事，就你这些要求，我就办不到。”

“怎么办不到？”

“我不会演戏，到时候你们老师肯定一眼就看出来了，真不行。”

“阿姨你放心，我们老师也没见过我妈。”

“那也会露馅儿。”

“你就当成是我亲妈，老师说什么你随便应付两句就行。”

忽然之间，卖鱼阿姨提着塑料袋的手停了下来，仿佛有人按了暂停键,她有些迟疑地说:“你说——当成你亲妈?”

“对呀。”余彦眼见有戏,接着说,“别总想着自己是假的,从现在开始,你就是我妈。”

“你真觉得能行?”

“能行,肯定能行。”余彦说,“你怎么给你儿子开家长会的,你就怎么给我开。”

“我儿子?”

“对。”

“我儿子?”

“怎么了?”

“没事儿。”阿姨说。

她接受了。

尽管如此,卖鱼的阿姨还是表示了自己的担忧,她对余彦说:“你得好好给我讲讲,你妈是个什么样的人。”

“没这个必要。”余彦一脸自信。

“为什么?”

“你想啊,你不知道我妈是个什么样的人,我班主任也不知道啊,而且到时候你们的话题肯定都是说我,你只要知道我是个什么样的人就可以了。”

阿姨点了点头,“你这小孩主意可真多,”她说,“那你跟我说说,你是个什么样的人?”

这一句话还真把余彦给问住了。于是,少年余彦展开了自己人生中第一次的自我剖析。

“我,余彦,学习成绩一般,不太理想,但也不是每次都倒数第一,上一次甚至是倒数第五。我的兴趣是摇滚乐——阿姨你知道什么是摇滚乐吗?不对不对,不是精神病。看着像也不是。算了,你就只需要知道我喜欢音乐就可以了，反正我班主任也不懂。我会弹吉他，自学的，天天都在家里弹。我最喜欢的乐队是老鹰乐队，就是天上飞的那个老鹰，抓兔子吃的那种，有时候也抓鱼，跟你算半个同行，我最喜欢他们的一首歌叫作《亡命之徒》。”

“不是，什么王玲，是亡……哎呀，算了，这个也不重要，我班主任不可能问那么细。”

“对了，最重要的，不管我班主任说什么，你就一律说‘好’，她那人嘴快，损起人来没边儿，你别往心里去。”

家长会出奇顺利，余彦所有担忧的事情一概没有发生。他不知道卖鱼阿姨究竟用了什么魔法，让平时始终板着脸的班主任面露微笑，两个女人拉着手相谈甚欢，仿佛一对闺蜜，直到结束的时候，班主任还依依不舍，为她的“远道而来”表示感谢。

“谢谢你专程赶过来，听说你一直在南方工作，以前都是余彦的爸爸来。”班主任说。

“都是为了孩子。”卖鱼阿姨说。

“刚才忘了问了，你在南方做的是什么生意？”班主任问。

“水产方面的。”卖鱼阿姨说。

“回去好好听你妈妈的话。”最后班主任摸了摸余彦的头说，“在外地做生意多辛苦。”

“知道了，老师。”余彦乖乖回答。

余彦陪着卖鱼阿姨走出校门，他四下看了看，附近没有认识他的人，一切安全，他对卖鱼阿姨表示了感谢。

卖鱼阿姨仍然想把钱还给他，“这钱你还是拿回去吧，小孩别乱花钱。”

“不行，阿姨，你必须得收下。”余彦严肃地说，“这是我的原则。”

余彦在那个时候就相信一件事，如果这个世界真的有什么东西是有用的，除了摇滚乐，大概就只剩下“原则”。

阿姨最后没有坚持，两人在一个路口分别，一个回到菜市场，一个回到家。

余彦以为，事情在那一天就结束了，但他没想到的是，那天只是开始。

第二天中午放学，余彦刚出校门，就看到那名卖鱼的阿姨站在马路对面，她正在四下张望，余彦心里一惊，立刻躲进了人群中，低着头，余光扫过阿姨的身影，悄悄离开。

第三天，他又在相同的地方再次看到了卖鱼阿姨，而阿姨的脸上是同样迫切的表情。余彦再次躲进人群，从阿姨的眼皮底下溜走。

连续一周，余彦发现卖鱼阿姨每天都会准时地等在校门口，尽管不知道她为什么要来，但余彦觉得肯定与自己有关。他已经从容地掌握了避开阿姨的办法，放学的人流众多，都穿着相同的校服，只要混迹其中就可以了。余彦故技重施，这时候，旁边的同学忽然问道：“余彦，那人不是你妈妈吗？”

“谁？”余彦紧张地说，“你看错了吧。”

“不可能错，就是她。”同学自信地说，“上次开家长会的时候我见过。”

“没事儿，没事儿，走吧。”余彦催促。

“她是又从南方回来了吗？”同学继续问，“你不过去吗？”

“不用了。”

余彦刚要走，忽然听到耳边一声响亮的叫喊，“余彦妈妈！”接着，旁边的同学边跳着边对卖鱼阿姨招手。阿姨的眼睛看向他们，眼睛里忽然闪出了光，她小跑着来到近前，对余彦说：“我可找着你了。”

“我先走了啊，余彦。”验证了自己猜测的同学开心地离开了。

“你怎么来了？”余彦没好气地说。

余彦冷漠的反应让阿姨愣了一下，她仿佛意识到了什么，眼睛里的光瞬间黯淡了下去，“我是不是不该来？”她试探着问。

“你有什么事儿？”余彦问。

“也没什么事儿。”阿姨低声说，“我就是想把这个给你。”

阿姨说着，从包里掏出来一个粉红色的纸盒，盒子上还贴着七街玩具城的价签，虽然上面没有标注，但余彦一眼就看出来，这种玩具只适合5岁以下的小孩。阿姨将盒子递给他，说：“这是用你的钱买的。”

“我不要。”余彦说。

“买都买了，拿着吧。”阿姨又往前递了递。

“给你儿子吧。”

“我没有儿子。”阿姨面露悲伤。

余彦陌生的眼神，无情地揭开了阿姨内心的伤疤，这一刻她忽然意识到，自己并不是这个男孩真正的母亲。

“这是我第一次参加家长会。”阿姨说，“我儿子在上学之前就死了。他住院的时候，他爸跑了，我用自己卖鱼攒下的钱给他看病，但是——算了。”

余彦无声地接过了那个盒子。

那天以后，卖鱼阿姨就再也没有出现在校门口。有时候余彦会在放学后等待一会儿，但是他什么都没有等到。他曾想过去菜市场，却始终没有想到见面后该说的话，就这样一拖再拖，两个季节过去了，那片陈旧的菜市场突然被拆掉，几乎在瞬间变成了一片废砖废瓦，余彦站在废墟上，第一次领略到一种文学式的孤独。

他打听到菜市场搬去了新的地方，终于鼓起勇气去新的地址寻找，到了之后他才发现，水产区还叫水产区，但是卖鱼的阿姨已经不在那里了。他甚至还不知道阿姨的名字。

“我收到了阿姨的信。”咖啡厅里，裴昭的话将余彦拉回现实，“你也知道,我还挺有名的。”

“我不知道。”余彦说。

“阿姨在信里说,她想知道‘王玲之徒’是什么,她说自己不会上网,就去网吧里请别人帮忙查,但还是查不到。她在信里写:你是大作家,又是千山人,懂得多,一定知道。我当时看那封信,只是觉得这个说法有点儿熟悉,后来才想起来,有一次咱们排练完喝酒,你喝醉了,哭了,趴在酒桌上给我们讲过这个故事。”

“你怎么回答的?”余彦问。

“我没有回信。”

“你为什么不回信?”余彦忽然愤怒地从椅子上站起来,一把拉住裴昭的衣领,旁边的苏远赶忙起身阻止。

“那你为什么不亲自去回答?”裴昭反问,“我去过阿姨信封上的地址,那地方现在就剩下一间空房子,她的邻居告诉我,葬礼很简单,而阿姨在临死前,一直都在追问那个问题。”

余彦缓缓松开了手。

裴昭咳嗽了两声坐下,苏远紧张地看着他们。

“爸爸,我想吃冰淇淋。”旁边的韩东旭说。

“我愿意加入乐队。”余彦说。

“你说什么?”苏远愣了一下,想确定自己刚才是不是幻听。

“我说,我想吃冰淇淋。”韩东旭重复。

“我愿意加入乐队。”余彦说,“还有,赶紧给这个小孩买个冰淇淋让他闭嘴,他这一声声‘爸爸’叫得我心烦——早晚叫出事。”

苏远疯狂点头,带着韩东旭站起来,“走,爸给你买冰淇淋,你想吃什么味的?”

“巧克力。”

“再给你买个草莓的,两个掺着吃。”苏远难掩内心的兴奋。

苏远带着男孩来到点餐台前，接过两个冰淇淋递给男孩，看着他满意地一边舔一口，忽然想到那两个人刚才说了那么多，还什么东西都没喝。余彦的拿铁没动，可以给裴昭，他于是对点餐台的店员说："再来一杯美式。"

韩东旭依然兴奋地吃着手里的冰淇淋，一个转身，忽然撞到了身后正在排队的女人身上。

"我的冰淇淋！"韩东旭崩溃地喊道。

苏远转过头，先是看到了对面那个姑娘的眼睛，她的眼睛清澈如泉水，随后目光落在姑娘垂至耳旁的短发上。有一瞬间，苏远觉得自己心动了一下，但立刻自我反省：虽然我从没见过赵娜，而且赵娜可能已经开始讨厌我了，但我依然是个专一的男人。

"不好意思。"苏远看着她被冰淇淋弄脏的大衣说。

女人温柔地笑了笑。

"跟姐姐说对不起。"苏远命令韩东旭。

"爸爸，我想要一个新的冰淇淋。"

"你先说对不起，爸再给你买。"

女人看着他们的眼神变得讶异，毕竟从外貌上来看，苏远顶多算是这个初中生的哥哥。

"对不起。"韩东旭乖乖地说。

"没关系。"女人笑着回应。

"那个……"苏远有些紧张，"我给你出钱干洗吧。"

"不用了。"女人依旧笑着，"孩子也不是故意的。"

女人说着看向点餐台，对里面的店员说："你好，麻烦给我几张纸巾。"

苏远看着女人拿纸巾擦拭着身上的冰淇淋，僵立在原地。

"爸爸，我想要一个新的冰淇淋。"

“快给他再买一个吧。”女人最后说道。

苏远目送她离开咖啡厅，将擦过的纸巾扔进门口的垃圾桶里，走向街角，消失在自己的视线之外。

他像刚被解冻一样缓缓苏醒过来，终于确认了，那是赵娜的声音。

15. 今晚的嘉宾

“那是赵娜！赵娜！”苏远喊道。

“然后呢？”夜游神慵懒地问道。

“然后？”苏远的情绪突然低落下去，“然后我就追出去了。”

“再然后呢？”

“再然后……我没看到她。”

夜游神的家里的灯光依旧昏暗，烟雾缭绕。苏远觉得夜游神的烟抽得有点儿太多，呛得他直流泪，他故意咳嗽了两声，夜游神撇了撇嘴，将手里的半支烟掐掉。

“你也不能确定就是赵娜。”夜游神说，“可能就是声音像。”

这句话令苏远沉默了，他这几天其实也一直在想同样的问题，也许只是一场美好的误会，毕竟他从未见过赵娜，真的能从声音断定吗？不过，他还有最后一个方法去验证。

苏远一把拉过夜游神的手，看到夜游神的手腕上多了一个极为难看的贝壳图案的文身，夜游神一个激灵，问：“干什么你？”

苏远盯着夜游神的手表说：“看看几点了。”

手表指针显示还有20分钟，苏远迫不及待地打开了夜游神的收音机，正在播放的是节目开始前的广告，但苏远已然屏气凝神，不再说话。

“晚上好，欢迎收听《午夜千山》，我是赵娜。”

收音机里响起和咖啡厅的姑娘一样的声线。

“我感觉就是她。”苏远小声地说。

“我们今天的主题是——亲情。”赵娜说，“前几天，我在一家咖啡厅里遇到了一个很可爱的小朋友，他一直吵着要吃冰淇淋。”

苏远像有人在椅子上扎了根钉子似的弹起来，两步来到夜游神面前，抓着他的衣领，用力地摇晃起来，“你听见了吗？”他对夜游神说，“就是她，那天的人就是赵娜！”

夜游神像一个不停振动的手机，用波浪般的声音回应道，“我——听——见——了——”

“别说话，专心听。”苏远将夜游神松开，回到了收音机前。

“那个可爱的小朋友是和自己的爸爸一起来的。”赵娜接着说。

“那就是我。”苏远激动地说，“我就是那个爸爸！赵娜提到我了！”

“我知道。”夜游神说。

“你别说话，专心听。”苏远又瞪了夜游神一眼。

“小朋友的爸爸很年轻，两人看起来就像兄弟一样，这样的画面让我觉得非常温馨，因为我们大多数人的家庭，孩子与父母之间都存在着等级森严的高墙。像这样能将父子变为朋友的人，实在令人羡慕。”

“你听见了吗，赵娜夸我呢。”苏远已经无法掩饰自己的一脸痴笑，“她说我让人羡慕。”

夜游神闭口不言。

“你怎么不说话了？”苏远问。

“你不是不让我说话吗？”

“你说吧。”苏远笑着说，“我刚才太激动了。”

“这有什么可激动的？”

“不是，你没听明白是吧，赵娜刚才提到我了，还说我……”苏远忽然不笑了。

“说你什么？”

“说我……是个爸爸。”

“是啊，你现在在赵娜的印象里，可是一个有老婆孩子的人。”夜游神说。

电台里的赵娜还在说些什么，但苏远的脑中已经一片空白，他怔愣着，起身来到门口的衣架旁，取下自己的外套。

“不行，这误会大了。”苏远一边穿衣服一边说，“都怪韩东旭那小崽子，乱管别人叫爸爸。”

“你干什么去？”

“去电台啊。”苏远说，“我得跟赵娜解释清楚，我还单着呢。”

“人家现在正录节目呢。”

“那我在大楼外面等她。”苏远说。

“你魔怔了吧？”

苏远不再理会夜游神，弯腰开始穿鞋，拧开门锁，一只脚已经踏出了门外。

“我们今晚的嘉宾，是一位千山本土的音乐人。”赵娜的声音再次从收音机里响起，“欢迎邵柯与蓝莓酱乐队的主唱——邵柯先生。”

苏远将踏出房门的腿又收了回来，转过头。夜游神依然端坐在椅子上，目光落在苏远表情复杂的脸上。

“你好，邵柯。”

“你好，赵娜。”

“果然有钱有势的人家。”夜游神感叹道，“估计没少跟媒体打交道。”

“应该吧。”苏远咬着牙说。

“邵柯有一个消息要在这里公布，对吗？”赵娜问。

“没错。”邵柯说，“我们乐队即将去北京参加一场重要的乐队大赛。”

“这就是你之前跟我提过的那个比赛吧？”夜游神对苏远说。

苏远没有回应。

“说起这个乐队大赛,我之前也有过一些了解。”赵娜说,“据说要求参赛者是能够展现各自城市特点的乐队,我也想过,千山有没有这样的乐队,现在你们就出现了。”

“我们是千山最好的乐队。”邵柯说。

“是吗?”赵娜笑着问,“为什么这么自信?是因为乐队成立的时间很久,成员彼此之间有了充分的默契吗?”

“乐队成立的时间确实是不短了,但是后来有了一些人员的变动,有人离开了乐队,而且不瞒你说,我是最后一个加入乐队的,但正因为这样,我才有底气说我们是千山最好的乐队。”

“能具体说说吗?”

“我改变了这支乐队。”邵柯说,“以前的那个主唱,怎么说呢,为人固执,目光又非常狭隘,严重制约了乐队的发展,其他的乐队成员一直都被他拖累着,大家出于感情不好说什么,最后还是我出面把这件事挑明,把原主唱开除了。他走了以后,乐队才真正走上正轨,现在发展得很好,可以说是高歌猛进了。”

“听你这么形容,原来的主唱好像一无是处。”赵娜说。

苏远在收音机旁面无表情地听着。

“还是你的总结能力强。”邵柯笑着说。

赵娜接着说:“但是我一直都觉得,这个世界上不可能有一无是处的人。”

“也许吧。”邵柯语气轻佻,“但这已经跟我没什么关系了。”

“开除一个伙伴的感觉不太好受吧。”赵娜接着问。

“相反,过程非常愉快。”邵柯说,“那是在半个月之前,当时已经是半夜了,我们就在体育场附近的排练室里,当着所有成员的面,我把他从乐队给踢了出去,就像踢一条野狗一样……”

“别这么说。”赵娜打断邵柯。

“我当他面就这么说的，原话。”邵柯越说越得意，“赵娜，我给你一个免费的建议，有时候想办成一件事，说话就得狠一点儿。”

夜游神看着苏远，目光中透出怜悯。苏远的脸上是一抹疲惫的笑容，仿佛在嘲笑那天晚上的自己。

“我们还是聊聊你们的音乐吧。”赵娜急于结束这个令人不快的话题，“我听说你们主打的是流行风格。”

“没错，在我加入之前，乐队走的是金属和硬摇滚的风格，音乐做得很重，我不喜欢。那种东西早就过时了，现在我们已经……”

这是苏远第一次在赵娜主持节目时关掉了收音机。

房间里瞬间安静了，苏远颓然坐回夜游神的对面，两人都没有说话，夜游神再次点燃了一支烟。

过了一会儿，夜游神问：“你不去了吗？”

“去哪儿？”

“你刚才不还要去电台找赵娜解释吗？”

“没这个必要了。”苏远说。

“随你便。”夜游神站了起来，三两下穿好外套，同时戴上了帽子和口罩，对苏远说：“走的时候把门锁好。”

“你干什么去？”

“不该问的别问。”

苏远意识到，这确实不是他该问的，因为眼前的夜游神，就跟他们第一次深夜相遇的时候一模一样。

“哦，对了。”夜游神刚打开门，忽然又转过身，对苏远说，“以前我不太了解，而且我也觉得这跟我没什么关系，但是听了刚才的节目，我觉得赵娜是个好姑娘。”

“你说得对。”苏远语气低落地说，“这跟你没什么关系。”

夜游神关门离开，苏远听到他下楼的脚步声逐渐消失，他一个人坐在无声的房间里，再次默默打开了收音机。

“我们的新作品就快要完成了。”收音机里的谈话还在继续，邵柯说，“那就是我们即将带去北京参加比赛的作品。”

收音机再次被关掉。

赵娜是个好姑娘。如果这个晚上苏远还能有一点点安慰的话，就是刚刚夜游神的这句话，苏远觉得，那至少证明自己没有喜欢错人，可是他依然觉得自己遭受了巨大的羞辱。邵柯当着整座城市的面，当着他喜欢的姑娘的面，再次羞辱了他。

他无法违背自己的心，事实就是，此刻的苏远比任何时候都更加迫切地想要见到赵娜。他起身穿上外套，听从夜游神的嘱咐锁好了房门，一个人来到了千山清冷的街头。

电台大楼在城市的另一端，苏远踮脚张望着，等待一辆将他带到赵娜身边的出租车。

此时，距离千山市公安局第三派出所的陈警官将警车开上积雪的七街，还有677个小时。

倒计时677小时

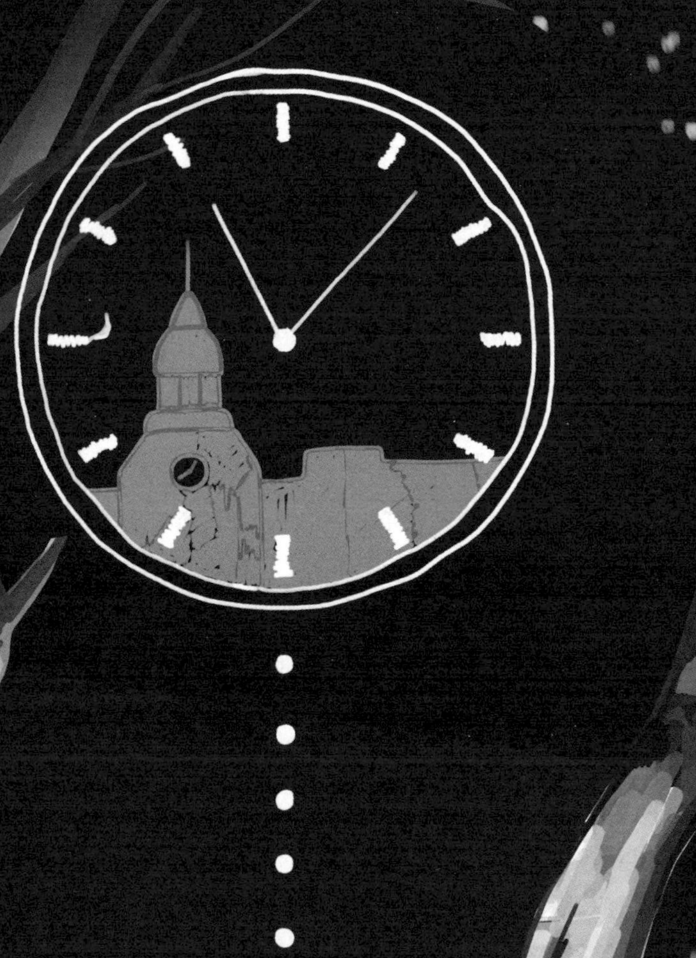

677 hours

16. 上帝之手

所有的艺术创作都需要灵感——这是人们的误解。

事实上，不只是创作，想要做好任何一件事都需要灵感的加持，那是一种被称为“神性”的东西。残酷的现实就是如此，光凭努力是不够的，你需要上帝对你伸出手。

陈斌坐在自家卧室的扶手椅上，他的双眼放空，正在等待上帝。但是上帝并没有来，来的反而是撒旦，写字桌上的收音机里，一个自称是邵柯与蓝莓酱乐队主唱的年轻人正在侃侃而谈。

除了犯罪，陈斌这辈子最讨厌的就是摇滚乐。

“我必须声明一点，我们不是一支摇滚乐队，而且也永远不可能变成摇滚乐队。”邵柯在收音机里说。

“你还算有救。”陈斌对着收音机喃喃自语。

在陈斌的印象里，摇滚乐已然成为一些荷尔蒙过剩的小子为非作歹的借口，这种声音激发了那些人原本就潜藏在内心的躁动，使其释放而出，造成的结果就是一次次的动乱。陈斌暗下决心，总有一天他要将这些人全都关进去。

他靠向椅背，仰面朝天，继续等待着上帝带给他灵感。他需要灵感来侦破那个最想破的案子，夜游神，他的眼前浮现一个没有五官的黑影，陈斌觉得自己总有一天会跟他见面，他希望那一天早点儿到来。

“那是在半个月之前，当时已经是半夜了，我们就在体育场附近的排练室里，当着所有成员的面儿，我把他从乐队给踢了出去，就像踢一条野狗一样……”旁边的收音机里继续传出邵柯的声音。

“我当他面就这么说的，原话。赵娜，我给你一个免费的建议，有时候想办成一件事,说话就得狠一点儿。”

忽然之间,陈斌觉得,上帝抓住了他的手。

“野狗。”他在嘴里念叨着。

陈斌从椅子上站起来,开始在杂乱无章的桌子上翻找,在一沓文件的下面,他找到了自己的手机,“野狗,野狗……”他继续喃喃自语,同时拨通了所里的电话。

正在值班的小宋接了电话。

“喂。”

“野狗。”陈斌说。

“什么意思啊你！半夜打电话骂我?”小宋说。

“不是说你。”陈斌说,“是那条野狗。”

“哪条?”

“你还记不记得上次被殴打进了医院的那个人?”

“记得啊,不就是绑在树上的那个吗,夜游神干的。”

“他被绑的地方是哪儿?”

“体育场附近。”小宋说。

一组齿轮在陈斌的脑海中啮合了。

“你上次不是去医院看过他吗?”小宋接着说,“后来老韩还特别嘱咐,说别管你,你愿意查就查吧。”

“我就是跟你确认一下。”陈斌说。“当时出事的时间还记得吗?”

“半个月之前。”

另一组齿轮啮合的声音。

“不对。”小宋后知后觉,对陈斌说,“这些你比我更清楚,你打电话肯定还有别的事。”

陈斌看着桌子上的收音机,里面的邵柯继续说:“以前的主唱一直想做摇滚乐,这也是他被开除的原因。”

最后的一组齿轮啮合，玩儿摇滚的小混混，能做出这种事情的人除了他们还有谁。

“要不说你是我兄弟呢。”陈斌对小宋说，“我想让你帮我查个人。”

“查谁？”

“你知道邵柯与蓝莓酱乐队吗？”

“不知道。”小宋说。

“你现在知道了。”陈斌说，“帮我查查这支乐队一个被开除的前主唱，应该挺好查的，但是别大张旗鼓，只要摸出那人的身份就行了。”

“不是，我还是没明白，这都哪儿跟哪儿？”

“谢谢。”陈斌不由分说地挂断了电话。

摇滚乐，这个陈斌痛恨的东西之一，有时候他自己也搞不清楚，究竟是犯罪更让他愤怒，还是摇滚乐。但是现在方便了，这两样危害社会的东西合二为一，正好一勺烩。

“野狗”两个字唤醒了陈斌的记忆，那个被殴打的人躺在病床上的时候，曾经说过，自己很有可能是因为这句无心之言遭遇飞来横祸。再加上刚刚的信息，陈斌觉得自己正在一点点驱散迷雾。

不过身为警察的陈斌也很清楚，现在自己掌握的这些信息，勉强可以算作模糊的线索，还不能称为证据，而那个躺在医院的受害者也没有看清对方的容貌，所以陈斌还需要一些更确凿的东西，一些足以一击即中的东西。

陈斌要求小宋低调调查，决不能打草惊蛇，他相信，只要掌握了那个被开除的主唱的身份，一直接近他，那种人是早晚会再次作案的，到时候只要当场抓获，一切就可以宣告结束了。他现在需要的是耐心，足够的耐心。

尽管此时的陈斌内心已激动无比。

电台还在播放着，陈斌听着最后的“晚安曲”，根据《午夜千山》的惯例,如果当晚有访谈嘉宾的话,“晚安曲”都会由嘉宾推荐,所以现在陈斌听到的是邵柯推荐的一首流行音乐。这首歌陈斌已经听过很多遍了,满大街都在放,歌手是一名最近当红的明星,陈斌听了一半,感受和他每一次听到这首歌时一样。手机忽然响了,他迅速关掉了收音机。

“是我。”小宋说。

“你什么时候变得这么有效率了?”陈斌笑着问,“查到那个人身份了?”

“不是这事。”小宋说。

“那怎么了?”

“又一个被夜游神袭击的人出现了。”

陈斌赶到现场时,那里已经有两名警察在了。这个案子不是他的,但他并不打算离开。

那两名警察一左一右,正在将一个全身上下只剩内裤的男人从树干上摘下来,旁边一地刚撕掉的防水胶带,那个可怜的受害者脚底发虚,险些摔倒。其中一名警察转身回到车里,拿出一件军大衣,给受害者披在身上。

“你算运气好的。”给他披军大衣的警察说,“之前那些人都是天亮才发现的,你这才两个小时不到。”

陈斌凑过去,自来熟地问:“怎么发现的?”

“你谁呀?”刚才正对受害者说话的警察回头问。

“我第三派出所的。”陈斌说。

“那这儿跟你没关系。”

现场的另一名警察见状,立刻来到陈斌的面前,这人的表情明显要和善一些,对陈斌说:“别介意啊,他这人就这脾气。”

“没事儿。”

“再说，谁大半夜接警心情能好？”

“对对，理解。”陈斌说，又问了一遍，“这人怎么发现的？”

“正好路过一个人，看见了，直接报了警。”

“报案人在吗？”

“不在，用路边公用电话报的案，没留姓名，也对，一般人都不愿意跟这种事扯上关系，能帮忙打个电话已经不容易了。”

陈斌没多想，继续追问：“确定是夜游神干的吗？”

“都这样了，不明摆着吗。”面容和善的警察说，“手段跟之前那些一模一样。”

陈斌看着受害者在搀扶下坐进了警车的后座，警察特地开了暖风。他有些沮丧，接着说：“那也就是说，这人肯定也没看见袭击他的人长什么样。”

“算是吧。”

陈斌叹了口气。然而，今晚发生的一切，调动了陈斌兴奋的神经，他比平时更敏锐，迅速捕捉到了这句话的信息，“算是？什么意思？”

面容和善的警察点了根烟，迟疑一下，又递给陈斌一根，说：“这人估计是体格好，比之前那些能强点儿，被袭击的时候没有完全昏迷，还有那么一丁点儿意识。”

“然后呢？”陈斌难掩激动的心，“他看见什么了？”

“看见了袭击他的人的手臂。”

陈斌仿佛被泼了一盆凉水，说：“那有什么用。”

警员深吸一口烟，将烟雾吐进千山的夜幕中，说道：“袭击者的手腕上，有个贝壳图案的文身。”

夜幕下，午夜的钟声响起。

17. 漫长的夜晚

她觉得，有时候这城市像一张巨大的蛛网，而人则是伏在蛛网上的一个个缓慢移动的光点，人类被复杂的线条互相勾连着，但彼此并不知情。

这就是她现在正在画的主题，她喜欢在深夜作画，只有这种时刻，灵感才会如约而至，上帝握着她的手，在画布上划过。

她的画室位于十一街一栋破旧大楼的五层，楼下不远处有一片废弃的工厂，即使是白天也让人感到阴森森的，更别说此时此刻。她觉得，自己大概是用一些人类该有的共通的感觉，例如恐惧，换取了绘画的天赋。

然而这幅画不知不觉间，被她画成了另外的样子，那些细如发丝的蛛网逐渐聚拢了起来，变成了一尊面目狰狞的佛像。当她意识到这件事的时候，已经陷入了艺术家的心流中，直到被一阵短促的手机提示音打断。

她拿起放在身后桌子上的手机，来的是一条短信：可乐，你好，我是赵娜。抱歉这么晚打扰你，我刚刚结束电台的节目，想再次邀请你接受《午夜千山》的专访，希望你能考虑一下，谢谢。

她放下手机，没有回复。

她当然知道这个专访有怎样的意义，更别说这已经是赵娜第二次提出邀请了，摆在她面前的机会是多少人想得却得不到的。赵娜在上一次邀请的时候说了她的理由，她在做一系列有关千山地下艺术家的节目，包括音乐人、诗人，以及像她这样的画家。

可她从不觉得自己是个画家，她画画的理由只是因为不知道该如何用语言去表达自己。当一些奇特的念头钻进她的大脑以后，最终呈现结果往往是变成色彩分明的图案，这同时也是她不愿接受专访的理由，她不知道要说什么。

她想将注意力放回到自己未完成的画作上，明明想画一个隐喻城市的蛛网，却莫名变成了一面佛。忽然之间，她明白了，事实上这面佛正在盯着她。

多少年来，一直如此。

等了20分钟，对方还是没有回复，赵娜收拾完直播间的文件，出来，坐在外面的一张沙发上，再次看了看手机，没有新消息提醒。

也许对方早就睡了。赵娜在心里这样想，毕竟现在已经这么晚了，不是所有人都像她一样必须在周末工作到深夜。

午夜的钟声早已过去，但赵娜并不是在话筒前说一声“晚安”后就可以立即下班的人，她还需要做一些整理的工作，以及对下一期节目的准备，当然，也不是必须现在都做完，但赵娜不愿意浪费好不容易调动起的工作状态。

韩可儿，绰号可乐，赵娜回想着那个女画家的名字。其实备选的对象还有很多，但她不想放弃，虽然她们之间仅有过一面之缘，但赵娜确信自己与对方有着某种共鸣，这是她的节目所需要的。韩可儿给她的感觉就跟此刻的千山一样，她孤独、安静，但不绝望。

赵娜打了个哈欠，迟到的疲惫感终于还是来了，她结束了今晚的工作，决定回去休息。走出电台大楼的门口时，赵娜又想起了那天在咖啡厅里遇见的父子，当时滑稽又温馨的场景再次令她不自觉地笑了笑，她站在夜风掠过的街头，等着深夜的出租车。

韩可儿叹了口气，凝视着自己刚刚画的画，眼神中不知是恐惧还是失落，她意识到，某些东西至今依然不肯放过她。

她将目光从画布移到了旁边的窗户上，黑漆的夜色下，那片废弃工厂若隐若现，更远处则是一片公共体育场，一个夜跑的人正在用有序的节奏一圈圈掠过400米跑道，仿佛永远都不会疲惫。

无数纷杂的情绪占据了韩可儿的心，就像画中的线条一样理不出一个头，她希望能从这个情绪中走出来，却无能为力。

我必须得做点儿什么才行，韩可儿在心里对自己说。

她再次回到画前，看着佛像的眼睛，忽然明白了，她真正需要的是一个出口。

韩可儿拿出手机，找到赵娜发来的信息，第一次输入回复：我愿意接受采访。

很快，赵娜的短信来了：太好了，什么时间方便？

韩可儿：什么时间都可以，但我不习惯去电台节目，能不能请你来我的画室。如果我不在，你可以直接进来，钥匙就放在门口的地垫下面。

赵娜已经在寒风中站了15分钟了，还是没等到出租车，她知道，从夜游神出现以后，千山的出租车司机就很少在晚上出来拉活儿了。

她拿着手机，指尖已经有些僵硬，对着手心哈了哈气，回复韩可儿：没问题，我去画室找你。

收起手机以后，赵娜再次望向空荡荡的街头，盼望一辆能将她带离此地的汽车。

“师傅，能快点儿吗？”坐在副驾的苏远说。

“多快算快呀？”旁边的司机慵懒地说，他打开车窗，一股冷风灌入，司机对着夜色吐了口痰，继续不紧不慢地握着方向盘。

“我赶时间。”苏远央求道。

“晚上能打上车就不容易了。”司机说，“知足吧。”

苏远得承认司机说得没错，他从夜游神家出来以后一直打不着车，几乎冻僵了才碰上这辆。他在心里抱怨起夜游神，现在的状况都是拜他所赐。夜游神早在自己之前就已经出门了，苏远猜测，今晚大概又会有一个人被扒光了绑在树上了。

他迫切地想要见到赵娜，然而这个希望越来越渺茫。苏远看着车里的时钟，已经过了凌晨1点了，节目早就结束，赵娜恐怕也已经离开了，但是他仍然不愿放弃。

车灯照亮前路，路上空无一人，苏远在心里继续排练着一会儿见到赵娜时要说的话，他希望赵娜还记得他，她应该记得，毕竟刚刚在节目里她还提到了自己。他要告诉她，那天她在咖啡厅里看见的并不是他的儿子，他没有孩子，没有老婆，更没有女朋友，他只有一颗滚烫的心。

赵娜决定放弃。她的脑中浮现出直播间外面的沙发，那个沙发不够舒服，太软了，睡一夜也许会腰疼，但是总好过继续在这里挨冻。

可刚转过身，赵娜又犹豫了，等待的时间太久，令她不甘心。而且，她无法解释为何会出现一个莫名的想法——如果我再多等一会儿，会不会有一辆车专程为我而来？

一束白光忽然在她的眼前闪了两下，那是汽车切换的远光灯，赵娜望着道路尽头，看到光柱扫过空旷的街道，越来越近，最终照在了她的身上，仿佛舞台上特地为她落下的追光。

赵娜看着那辆靠近的汽车，某种特别的感觉在她的身体里燃烧起来。

那辆车停在赵娜面前，车窗缓缓落下，里面的人喊了一声她的名字。

18. 27岁俱乐部

理论上来说，苏远拥有一支摇滚乐队，但现实是，他对此也无法确定。

目前为止，苏远都是在按照夜游神提出的方案，寻找并招募曾经风靡千山的地下乐队“疯狂的心”的原成员，过程中虽有波折，但还勉强称得上顺利。

只不过苏远仍有些不放心，他还没有见识过这些人真正的技术，而且他们如今已经是大叔的年纪，不知道还有没有体力支撑长时间的排练和演出。

现在固定下来的乐队成员，除苏远外，还有身为情感导师的贝斯手裴昭，以及靠假扮初中生家长为生的主音吉他手余彦。苏远的角色变成了节奏吉他手，主唱和鼓手的人员还没有定下来，对此其实苏远有自己的想法，只是还没来得及对另外两个人说。

事情一旦启动，就会有多如牛毛的细节，在这个过程中，他们也有过好运气，比如新租来的这间排练室。这是一家没有装修的一层商铺，大概30平方米，因为这片区域客流稀少，这间一直没能转手，所以店主以非常低廉的价格租给了他们。昨天，他们已经将排练需要的设备搬了进去。

排练室的隔壁是一家鞋店，店主每天上午9点准时开门，在门口摆一把椅子，上面放一个扩音器，打开开关，扩音器里传出店主提前录制好的声音，“最后一天大甩卖……”

苏远在这样的声音中走进排练室，裴昭和余彦已经等在里面。无论如何，苏远希望先尽快解决鼓手的问题，据说那个鼓手才是当年他们乐队里最出色的成员，裴昭的评价是“一个天才”，苏远问过夜游神，夜游神的答案是，那是千山最好的鼓手。

但他到底在哪儿？苏远想找两位大叔问个究竟。

刚进排练室，苏远就愣住了，狭小的房间聚集着一群陌生的面孔，男女老少都有，热闹异常，一套架子鼓摆在最里面的角落。苏远从人群中找到裴昭和余彦，刚想过去说话，忽然看到人群中走出一人，泰然坐到了架子鼓后面。

苏远立刻被那人的气势镇住了，一言不发，跟所有人一起凝神等待着。这人就是他们原来的鼓手吗？苏远在心里想着，但没有出声，因为那人已经拿起了鼓棒。

“可以开始了。”裴昭对架子鼓后面的人说。

那人听到裴昭的话，瞬间抡起鼓棒，上下翻飞，手脚并用，苏远的眼睛里只能看到他动作的残影，一时间鼓声震天。

几分钟后，鼓声停止，排练室里安静得仿佛真空一般。

苏远悄悄凑到了裴昭的身边。

“这怎么回事？”苏远问。

“你什么时候来的？”

“我有点儿没听懂。”苏远说，“我怎么觉得他打得有点儿乱，什么意思，打的是爵士？”

“什么爵士，”裴昭笑了起来，“他就是打得差，没有一个拍子是准的。”

苏远愣住了，说：“那不对呀，你不是跟我说你们鼓手技术特厉害吗？”

“他当然厉害了。”裴昭说，“但这人不是我们鼓手。”

“那这人是谁？”

“我也不认识。”裴昭说，“刚来的。”

苏远刚要说话，忽然从人群中又出来一个人，对裴昭说："到我了吧？"

"去吧。"裴昭说。

苏远恍然大悟，问裴昭："你在面试鼓手？"

"才看出来呀。"

"为什么要面试鼓手？"

"你组乐队没有鼓手？"

"不是，我的意思是，你们原来那个鼓手呢？"

"他？"裴昭面露沮丧，"别惦记了。"

苏远正要追问，再次响起的鼓声打断了他。苏远认真听着，比起上一个，现在这人明显节奏感更好，节奏型也相当工整，只是整体听下来略显单薄，而且全程没有踩过一脚底鼓。

"停停停！"裴昭不耐烦地喊道。

鼓棒定格在半空，鼓手疑惑地看着裴昭。

"打的什么玩意儿？"裴昭说，"你以前打过鼓吗？"

"算是吧。"鼓手说。

"什么叫算是？你干什么的？"

"我在洗浴中心给人搓澡。"鼓手说，"每次搓完了，都在顾客的后背拍这么一段。"

苏远恍然大悟，就说刚才听着有点儿耳熟，这就是澡堂子里拍背的节奏。

"捣什么乱？下去！"裴昭喊道，"不看我们的招募须知吗？我们找的是有打鼓经验的人。"

裴昭用愤怒的目光扫向人群，问道："哪个是有经验的？"

"我有经验。"

人群中再次站出一个人，这人看面相似乎比苏远还要年轻一些。

“英雄出少年。”裴昭说，“来吧。”

那人走向架子鼓，同时身后又跟出来一个人。

“你先等会儿，没到你呢。”裴昭对后面那人说。

“我们是一起的。”

“一起的？”裴昭问，“两个人怎么打？”

“你看了就明白了。”

前面那个人已经坐在了架子鼓后，跟着的那个人则走向门后，抄起他们之前用来打扫卫生的拖把，回到架子鼓前，所有人的目光跟着他移动。这两人对视了一眼，互相点点头。

站着的人忽然将拖把高高举起，随后拖把以极快的速度上下舞动起来，翻飞的拖把头甩出一片片脏污，与此同时，坐着的鼓手也随着拖把的节奏敲击起来。

“停！”裴昭抹了抹脸上的污泥，对两人说，“你们是学校鼓号队的吧？”

两人默契地点了点头。

“不看着前面打旗就不会敲？”

两人再次点了点头。

“下一个！”

“这都什么乱七八糟的。”苏远说，“差不多得了。”

“再看一个，不行就算了。”裴昭也有些沮丧。

这次出来的是一个干巴瘦的老头，佝偻着身子，看起来状态很令人担忧。他双手放在背后，缓缓踱步来到裴昭面前，问道：“你这里有没有绳子？”

“大爷，您要在我这儿上吊啊？”

“我拴鼓用。”

“什么意思，您又是哪路神仙？”裴昭问。

“老夫是广场舞腰鼓队的。”

“大爷您回广场吧。”裴昭几乎要跪下来了，“我这儿太吵，怕您心脏受不了。”

苏远经历了人生中最为魔幻的一个下午，自己听过见过那么多乐队，这还是第一次意识到一套架子鼓能折腾出如此多的花样，只不过没有一个符合他们的要求。

人群离开了排练室，苏远呆呆地站在原地，一时不知道要说什么。裴昭和余彦坐在旁边，他们同样沉默着，看起来筋疲力尽。

“太不靠谱了。”余彦终于说话了。

“还不是你的主意。”裴昭埋怨道。

“不是你们说要尽快找鼓手的吗？”余彦说，“还能有什么别的办法？”。

裴昭无言以对。

“办法也不是没有。”苏远说。

两人齐刷刷地看向他。

“我刚才就问过你了。”苏远说，“为什么不把你们原来的鼓手找回来？”

“我也跟你说了，别惦记了。”裴昭说。

“到底是怎么回事？”

裴昭叹了口气，和余彦对视了一眼，余彦轻轻点点头，似乎是在表达默认，裴昭用失落的语气说，“我们已经很多年没有他的消息了。”

直觉告诉苏远，事情比他知道得更复杂。

余彦最终告诉苏远，他们曾经的鼓手，一个技术无与伦比的天才，在自己的妹妹遇害后就彻底地消失了。

“他的妹妹——遇害？”

后来苏远知道，遇害的那个姑娘，不仅是鼓手的妹妹，还是一个从小学习音乐的姑娘,曾多次担任过他们乐队的和声。

事情发生在她27岁生日的那天,在那之前,兄妹俩因为一件小事爆发了激烈的争吵,最后不欢而散。他们的鼓手事后冷静了下来,非常自责,但他没有立即去道歉,而是决定在妹妹生日的时候送给她一件她早就看上的礼物。

那是一条价格不菲的项链,他咬了咬牙,买了下来,并要求店家在项链的吊坠上刻下了妹妹的生日。

只不过,那条项链直到最后也没能送给她,因为当他再次见到妹妹的时候,她已经变成了一具被反绑着双手、躺在七街后巷的尸体。

"她是谁杀的?"苏远问。

裴昭摇摇头,"不知道,没有人知道,那件案子到现在还悬着。我们当时都说,她加入了27岁俱乐部。"

"那天以后,他就走了,我们乐队也跟着就散了。"余彦说,"这么多年,没有人知道他的下落,现在更不可能找到他。"

"咱们需要一名新的鼓手。"裴昭说,"还需要一名新的主唱。"

他们在之前计划的是,由裴昭担任这支乐队的主唱,就像他们以前组建"疯狂的心"时做的那样,但被裴昭断然拒绝了。

"为什么?"苏远问。

"我不想再在别人面前唱歌了。"裴昭忧伤地说。尽管苏远知道他加入乐队是因为在酒吧里再次遇到了大学时喜欢的姑娘,但裴昭没有对苏远坦白的是,那次相遇还让裴昭不可避免地想起了自己当众演唱后万箭穿心的感觉,如果说年轻的自己还能对抗这种感觉,现在,他老了,心力已不复当年。

苏远并没有坚持,他在来的路上已经想到了新的主唱人选。

"主唱的事情后面再说,但是鼓手……真的找不到了吗?"

他们陷入了短暂的安静,似乎都还没从那段不愿提及的往事中走出来。

裴昭首先打破了令人失落的寂静，没话找话地看着苏远问：“你怎么回事，昨晚没睡好？”

“有那么明显吗？”苏远反问。

“看你那黑眼圈。”裴昭笑着说，“晚上有业务啊？”

苏远笑了笑，没说话，想起昨晚去找赵娜的场景，他可不愿意跟两个大叔分享这件事。

忽然之间，苏远想起了什么，问裴昭：“你刚才说，你们鼓手的妹妹死的那天是她的生日？”

“别再说这件事了行吗？”

“她生日是哪一天？”

“怎么了？”

“哪天？”苏远提高了声音。

“4月7号。”余彦在一旁说。

苏远的脑中浮现出自己第一次去夜游神家里的时候，当时的紧张感再次爬满全身，他记得夜游神有一排柜子，里面整齐地摆放着他的“纪念品”。

其中有一条项链，苏远特地拿起来看过，项链的吊坠上刻着两个数字：4和7。

19. 一线生机

一直以来，赵娜笃信一件事：生活总会给你留下一线生机。

大概是从哪本书里看到过这句话吧，赵娜在心里想，也可能不是。她的思绪游离，尽量不让自己的注意力回到身上的安全带上。这是她第一次感觉到安全带是在束缚她、捆绑她，让她产生了一种莫名的被压迫感，车里的空气也让人呼吸急促，尽管她已经不是第一次坐这辆车了。

赵娜虽然不懂车，但也完全能感受到这辆车的豪华。第一次见到这辆车，是她在单位门口快冻僵的凌晨，她正犹豫要不要去沙发上过夜时，这辆车适时出现了，像一个专程迎接她的骑士，把她安全地送到了家。

"是不是开得太快了？"赵娜终于压抑不住内心的紧张，打破了安静，"稍微慢一点儿吧。"

"怕什么？"手握方向盘的邵柯笑着说，"要不是今天路上人有点儿多，咱们还能更快。"

"就是因为人多才应该慢点儿，注意安全。"

"放心吧，这车的安全性能是最好的，就算真撞了，咱也没事儿。"

赵娜不再说话，邵柯却仿佛因为打破了沉默而变得兴奋，看得出他是真的很喜欢他的汽车，继续说道："所有的配置都是顶级的，动力、音响，还有目前全球最顶尖的卫星导航系统，一对一服务，随时响应。我给你演示一下啊——"

"不用。"赵娜打断他说。

邵柯的表情变了变，但很快变回了那张微笑的脸，他一脚急刹停在了亮着红灯的十字路口。

“咱们这是去哪儿?”赵娜问。自从上次邵柯把她送回家以后,赵娜便觉得自己欠他一个人情,所以当这次邵柯热情地邀请她出来见面时,她虽然不太情愿,但还是同意了。

“去见见我的乐队,有兴趣吗?”

这个回答倒是令赵娜有些惊讶,她本以为邵柯会带她去一些她并不喜欢的娱乐场所,所以这已经是赵娜听到的最令人满意的答案了。她觉得自己确实也有必要见见乐队的其他成员,上一次做电台采访的时候,她邀请的就是乐队的所有人,但最后只有邵柯一个人出现。

汽车驶过体育场西路,开到了一片崎岖破败的土路上,四下无人,一片荒凉,赵娜再次紧张了起来。

“别担心。”邵柯似乎看穿了赵娜,说,“排练室就在里面。”

他们在胡同口下车。

“这片儿马上要拆了,就是我家的公司负责拆。”走在前面的邵柯看着属于他家的生意,继续说,“我们现在也是将就一下,正找好点儿的排练室呢。”

两人走进一个光线昏暗的平房里面,赵娜松了口气,因为她已经听到了乐器的声音。

邵柯进门后,全部的乐声在一瞬间停住了,安静得极为突然,在场的人的表情都变得不太自然,他们用谨慎的目光看着邵柯,仿佛逃学去游戏厅的孩子看见家长进来的样子。

“来,给你们介绍一下。”邵柯说,“这位是赵娜,是咱们《午夜千山》节目的主持人。”

“你们好。”赵娜对大家露出微笑。

“这些,我乐队的。”邵柯大手一挥,将所有人一带而过,仿佛他们都没有名字。几个乐手尴尬地互相看了看,不知该如何是好。一种强烈的错位感笼罩在狭小的排练室里，简直比刚才的汽车内的气氛还局促。

赵娜并不了解一支乐队应该是什么样，但她能感觉到，这里只有邵柯一个人是放松的，其他人则小心翼翼、如履薄冰。

邵柯似乎并不觉得有什么问题，接着对其他人说："赵娜可是咱们千山的名人，你们应该都听过她的节目吧。"

他说着，很自然地摸了摸赵娜的头发，而赵娜没来得及躲闪。她感觉自己像是一只被带进房间里的名贵宠物，或者一块摆在桌上的蛋糕。

"来一首给赵娜听听。"邵柯说着，走向一个麦克架的后面，对赵娜扬起骄傲的眉毛，"这是我新写的一首歌，你是第一个听众。"

他们开始演奏，赵娜找了把椅子坐在一旁。

邵柯站在中心的位置忘情演唱，但听到一半的时候，赵娜便开始走神，思绪再次游离，她几次控制自己将注意力回到那首歌上。

赵娜从不是哪种音乐风格的追随者，她对旋律保持着顺其自然的态度，就像现在，赵娜觉得，这首歌的问题并不是出在它的风格上，流行或是摇滚，对赵娜来说都一样，风格没有错，错的是这首歌——它不够好听。

"怎么样？"

直到邵柯询问的时候，赵娜才意识到演奏已经结束了。

她露出一个体面的微笑，没有发表意见。

"我觉得还有点儿问题。"一个没有太多底气的声音传来。

赵娜看到，说话的人是乐队的贝斯手，一个胖胖的男孩。他说话轻声细语，旁边的几个人则紧张地看着他。

"你说什么？"邵柯皱起眉问，"有问题？"

"也不是问题。"贝斯手立刻解释道，"我是说，这首歌还有可改进的地方。”

邵柯从麦克架后面走出，来到贝斯手身边，一只手臂重重地落在贝斯手的肩膀上说，“你什么意思啊胖子，我这歌写得不行呗？”

“不是，你误会了。”贝斯手谄笑着说。

“是吗，误会了。”邵柯盯着贝斯手的脸，“下次别说容易让人误会的话。”

贝斯手不再说话。邵柯又盯着贝斯手看了几眼，最后一声冷笑，从贝斯手的身旁走开，抄起外套对赵娜说：“走。”

“去哪儿？”赵娜问。

“玩儿。”

赵娜对乐队成员尴尬地笑了笑，轻轻挥手作别，几个成员都是面无表情，仿佛停下的发条玩具，只有刚才说话的贝斯手的脸上仍挂着沮丧。

邵柯穿好外套，走到门口，忽然一个转身，怒气冲冲地走回贝斯手的面前：“这是你第一次，也是最后一次跟我这么说话。”他拍了拍贝斯手挂着赘肉的脸说，“下次再敢这么跟我说话，我就把你送屠宰场去，明白了吗？”

赵娜与邵柯离开排练室，这场短暂的排练前后还不到半个小时就结束了。他们回到车上，赵娜感到比平时更疲惫，她有些怀疑今天出来的意义。

“我带你去一个我喜欢的酒吧。”邵柯调整情绪，再次露出笑脸说，“他们家鸡尾酒特别好，有几款很适合女士喝。”

“我累了。”赵娜拒绝，“送我回家吧。”

邵柯犹豫了一下，脸色阴沉了下来，他迟疑了一会儿，说：“好。”

汽车行驶在前往赵娜家里的路上，邵柯说得没错，这辆车各方面都是顶级，包括隔音，现在，车里过分安静，令赵娜感到压抑。

她的头倚靠着车窗，再次使用起自己百试百灵的对抗的方法——让自己的思绪从此刻脱离。她开始想很多事，天马行空，不着边际，但的确令她度过了原本缓慢的时间，城市在赵娜的眼中向后倒退，就像一首催眠曲。

她再次感到安全带给她的压迫感，越来越紧，呼吸困难，仿佛要将她勒死在座椅上。

这时候，她醒了。

一个漫长的意义不明的梦。赵娜松了口气，意识到自己仍在车里。她不知道自己睡了多久，车窗外只有一片黑暗。"到哪儿了？"她问邵柯，对方没有回答。

邵柯的脸慢慢靠近过来，赵娜立刻意识到气氛的异常，邵柯依然笑着，但这个笑容已经有些扭曲，赵娜的情绪从紧张升级到了恐惧，她试图去解开安全带，却发现自己的双手在后面被反绑着。

"你干什么？"赵娜声音颤抖着说。

邵柯一言不发，脸贴得更近，赵娜能感觉到他温热且危险的呼吸，她再次用了用力，绑着手的绳子非但没有松动，反而越来越紧了。

"第三圈。"邵柯说。

"什……什么？"

"你试试用右手的手指，去摸左手腕上的第三圈绳子，看看能不能摸到一个凸起的绳结？"

赵娜试了试，的确有一个绳结。

"找到了吗？"

赵娜惊恐地点点头。

"拉一下试试。"

赵娜将右手弯成一个近乎扭曲的姿势，终于用食指和拇指同时捏住了第三圈的绳结，用力一拉，这条坚如钢索的绳子竟然奇迹般地松开了，从赵娜的手腕上脱落下来。

赵娜一把推开了靠近她的邵柯。

“跟你开个玩笑。”邵柯笑着说。

“好笑吗？”赵娜惊魂未定。

“这种绑法是我自己研究出来的。”邵柯得意地说，“这叫‘一线生机’。”

一直以来，赵娜笃信一件事：生活总会给你留下一线生机。大概是从哪本书里看到过这句话吧，也可能不是。现在，赵娜更倾向于相信自己是从实践中得来的。

“要是方法不当，是不可能解开的，而且会越来越紧。”邵柯接着说，“你不觉得特有意思吗，就像生活一样，一定会在第三圈给你留下一次机会。”

某个瞬间，赵娜觉得眼前的这个人可能并不像她以为的那样肤浅。

一种劫后余生的解脱感笼罩着赵娜，尽管刚刚所有的危险和恐惧都是旁边这个人造成的，但赵娜还是不可抑制地产生了与邵柯亲近的感觉。她不知道自己这算不算斯德哥尔摩综合征，也许是类似的东西，也许是因为人类的本能就是这样。

“如果我真的遇到危险了，你会救我吗？”赵娜问。

“只要能救你，我会不惜一切代价。”邵柯说。

20. 英雄救美

苏远连鞋都没换就往屋里冲。

“你怎么回事?”夜游神看着苏远划过的背影说,“电话里跟吃了枪药似的。”

苏远没有回答,径直来到夜游神家里的展示柜前,一个个巡视着,随后打开玻璃柜门,拿出那条银色的项链。

“我不是说过别动我东西吗。”夜游神说。

“这是你的东西吗?”苏远反问。

“你到底要干什么?”

苏远走近两步,指着吊坠上刻着的“4.7”,对夜游神说:“这是原来那支乐队的鼓手的。”

“呦嗬,那我还真不知道。”夜游神露出惊讶的表情,“你拿走吧,还给他。”

刚才还怒气冲冲的苏远忽然间有些不知所措,来之前,他抱着一颗质问的心,希望夜游神能够告诉他那位天才鼓手的下落,但是此刻当他看着夜游神的表情,终于沮丧地意识到,夜游神可能真的对此一无所知。

“又怎么了?”夜游神问。

“我不知道那个鼓手在哪儿,”苏远说,“我本来还想让你告诉我呢。”

“你觉得我是有目的地——”夜游神思考替代“袭击”两个字的说法,“去跟那些人接触?”

苏远没说话。

“我做事都是随缘。”夜游神说，“一般情况下都不知道对方是谁。”

苏远颓然坐在椅子上，泄了气，低头看着手里的项链。项链周身泛着一层光晕，他想象着当初那名鼓手拿着它，却看到了妹妹尸体的场景。

“没人知道他在哪儿。”苏远更像是自言自语，“他在那时候就失踪了，你可能是这些年以来唯一接触过他的人。”

“那至少证明这人应该还在千山。”夜游神说着，陷入沉思，“我把他绑在哪棵树上来着？还真想不起来了……”

苏远扭头看着他，那股无名怒火再次涌上来。尽管他一直都知道夜游神干的那些脏事，但对方这种轻佻的态度还是让苏远很愤慨。

“怂货。”苏远说。

“什么？”

夜游神虽然这样问，但苏远知道夜游神其实听得很清楚，他接着说：“你就只敢在背后袭击人。”

屋子里忽然安静了下来，夜游神没有说话，苏远仿佛能听到自己的呼吸声，他忽然意识到，最近一段时间跟夜游神的频繁接触让他放松了警惕，他几乎忘记了对方事实上是一个多么危险的人。所有的人都怕碰到夜游神，所有的警察都在寻找夜游神，自己却主动挑衅了他。

许久之后，夜游神冷冷地说：“你是不是忘了咱们俩是怎么认识的？”

这句话深深地刺痛着苏远，也提醒着他，如果在这座城市里有一个没有资格指责夜游神的人，恐怕就是他，毕竟在他们相识的那个晚上，苏远才是在背后袭击别人的人。

夜游神逼近了苏远，苏远的心随之揪了起来。

“我要是怂货，你是什么？”夜游神问，“那天晚上，你去找赵娜表白了吧，结果呢？”

苏远没想到夜游神提到的竟然是这件事，这也唤醒了他更大的屈辱，他当然知道那晚的结果是什么。

那天晚上，当苏远终于拦到一辆出租车，抵达电台大楼附近的时候，他却看到了另一幅意料之外的画面：一辆黑色的汽车横在他和赵娜的中间，苏远借着路灯微弱的光认出那就是当初停在他排练室门口的邵柯的车。这件事很快得到了证实，车窗降下，他听到了邵柯的声音，赵娜上了车。

两人在夜色中驱车离开，留下一片嘲讽的尾气，没有人注意到他的存在。

"我跟你商量个事儿吧。"夜游神说。

"什么事儿？"

"我帮你找到这个鼓手，但在这段时间里，你要对赵娜表白。"

"这两件事儿有什么关系吗？"苏远有点迟疑。

"硬说有的话，就是成功率都不高。"夜游神的脸寒着，嘴角却含着笑。

苏远的呼吸急促，心乱如麻。他知道，夜游神做事一向没什么逻辑，很有可能只是单纯地为了激怒自己，但不幸的是，他成功了。

"等这周六她上节目的时候，我去电台大楼外面等她。"苏远坚定地说。

"用不着等那么长时间。"夜游神笑着说，"你今天就可以。"

"什么？"

"赵娜今天有一个采访，就在十一街那边。"

当意识到这件事今天就要去做的时候，苏远不免紧张了起来。

"不敢去可以不去。"夜游神继续笑着说。

"你最好说话算话。"苏远站起来，夺门而出。

赵娜一直觉得，是自己的工作让自己变成了一个不容易被感动的人。因为节目的关系，她见过太多人的离合悲欢，又必须冷静地接受与处理，她觉得是这样的原因使她在生活中看起来有些冷漠。但是现在，赵娜有了新的想法，她觉得自己的平静源于没有经历过真正的危险。

因此，当邵柯说会不惜一切代价去保护她的时候，赵娜的内心泛起了连自己都陌生的波澜。她坐在副驾上，转头对邵柯说："送我去工作吧，我今晚有个采访。"

邵柯发动汽车，他们向十一街的方向驶去。一路上，两人虽然都没说话，但是车里的空气已经变得轻松很多，他们开到了一片废弃的工厂附近，环境变得荒凉了起来。忽然间，邵柯停下了车。

"怎么了?"赵娜问。

邵柯依旧没有说话，但是肢体语言让赵娜意识到即将发生的事，邵柯解开安全带，向她靠近——他试图吻她。赵娜的心跳陡然加速，她还没有做好准备。

正在赵娜不知所措，而邵柯的脸即将贴上来时，车窗外忽然发出一声巨响，两人都被吓了一跳。一个人影趴在车窗上，狠狠地敲打着。

"怎么是他?"邵柯看着车外的人，咬着牙说。

"你认识?"

邵柯没有回答，开门下车，赵娜也跟着从副驾座位上出来，她仔细打量着外面那人，那人气喘吁吁，似乎是一路奔跑着过来的。

"赵娜。"苏远上气不接下气地说。

"啊?"

一阵漫长的沉默，因为苏远喊了她的名字以后就不知道该说什么了，其实在跑过来的这一路上，他在内心中排练了无数个版本的开场白，但是现在一个都想不起来，仿佛中了病毒的电脑。

“你有事吗?”赵娜试探着问。

“你喜欢‘枪炮与玫瑰’吗?”苏远问。

“什么?”

“‘我的化学罗曼史’呢?”苏远接着问,“大卫·鲍伊? 平克·弗洛伊德?‘大门’?‘雷蒙斯’……”

“你有病吧。”邵柯骂道。

“你想说什么?”赵娜不像邵柯那么愤怒,她意识到这人没有恶意,刚刚的紧张感随之一扫而空。

“我想跟你说……”苏远做了个深呼吸,“我是个没有儿子的人。”

三个人同时陷入了停顿。

“没关系的。”赵娜的眼神充满同情,“这种事情不能强求。”

“不,不是这个意思。”苏远解释,“我的意思是,那天你看见的小孩,他见谁都叫爸爸,他不是我儿子。我还没结婚呢,我单身,我……”

“不好意思。”赵娜打断了语无伦次的苏远,问道,“你到底是谁呀?”

这句话仿佛一块从天而降的巨石,苏远被压在下面,所有的希望都熄灭了。他没有想到,原来赵娜早就把他给忘了。

“我告诉你他是谁。”邵柯得意地笑着,对赵娜说,“他就是那条野狗。”

苏远再一次受到了羞辱,因为同样的事,一而再再而三地被羞辱,而这次则因为赵娜就在旁边,变成了最无法忍受的一次。

苏远的双拳紧握,眼睛里射出一束寒光,一步步向邵柯走去,寒风吹起废弃厂房附近的砂石,盘旋在苏远身边,仿佛也感受到了他的怒火。

赵娜感到了恐惧,下意识地向后退了两步。

一旁的邵柯看到以后却笑了,脸上露出了属于胜利者的表情。他已经有过与苏远对峙的经历，此刻更是有着十足的自信，站在赵娜的身前，用一种近乎挑逗的口吻对她说："别怕，记得我跟你说的吗？我会不惜一切代价保护你。"

这句话虽然是邵柯说给赵娜的，却更像一柄利刃插进了苏远的心，他意识到自己成了一个成全对面两人的工具，怒火旋即熄灭，余烬是漫长的沮丧。他放弃了，转身离开。

"我好像……"

苏远听到身后的赵娜在说些什么，但是声音被风吹散了，他觉得一切都不再重要。

忽然间，一个黑影从苏远面前飘过，他还没来得及看清楚，身后立刻传来一声尖叫。那是赵娜的声音。

苏远转过头，看到那个黑影已经站在邵柯与赵娜两个人的面前，手上还握着一把银光闪烁的匕首。"英雄救美呀。"黑影对邵柯说，"那就看看你有没有这个能力？"

苏远迅速跑了回去，他看到邵柯的双腿在颤抖。

"快上车！"邵柯对赵娜喊道。

赵娜后知后觉，两步跑回车前，去拉副驾的车门，但那个黑影的动作更快，一条腿蹬在赵娜刚刚打开一条缝的车门上，车门"啪"地关上了，无论赵娜怎样用力去拉，车门依然纹丝不动。

另一边，邵柯已经坐在了驾驶座上。

"邵柯！"赵娜狠狠地敲着车窗，两个人隔着车窗对视了一秒，漫长的一秒，旁边的黑衣人再次亮出了匕首，利刃已经逼近了赵娜的喉咙。

他们听到了引擎发动的声音。开走的汽车带倒了旁边的赵娜，她摔在地上，仰头看着遮住脸的黑衣人。她闭上眼睛，等待命运的结局。

一阵风声传来。那并不是风，而是带着风奔跑而来的苏远，随即在一个响亮的撞击声后，苏远与黑衣人双双滚落到一旁，扭打到一起。

“快跑！”苏远对着赵娜喊道。

苏远喊完这句话，便被黑衣人抓着，两人又互相拖行了几米，直至进入了废弃厂房的内部，里面一片黑暗，身旁是早已静止的机械巨兽，他们谁都没有松开谁。

“你来干什么？”苏远问。

“帮你。”夜游神说，“打我！”

“什么？”

“打我，快点儿！往肚子上打。”

苏远一拳击中了夜游神的腹部，却发现那里软绵绵的，夜游神似乎早已在衣服里垫了毛巾，让苏远的力量消失于无形，但夜游神却发出了夸张的叫声，仿佛受了什么内伤似的，捂着肚子又在地上滚出去几米。

苏远看着演技拙劣的夜游神，感到尴尬。

“这边！”身后传来赵娜的声音。

“快去吧。”躺在地上的夜游神小声说，“回头见。”

苏远这才明白，夜游神刚才的惨叫是为了让赵娜知道他们的位置。他迅速向赵娜跑过去，赵娜一把抓住他的手，苏远感觉到了，赵娜的手是如此柔软，像果冻一样。

他提醒自己不能多想，于是忍住笑，跟着赵娜继续跑，两人仿佛电视剧里被全场追逐的逃婚的情侣。

“现在去哪儿？”苏远边跑边问。

“我知道这附近有一个能躲的地方。”赵娜说。

21. 我记得你

一直以来,赵娜笃信一件事:生活总会给你留下一线生机。现在,赵娜对此更加确信,因为她的确在地垫下找到了一把钥匙。

“这是什么地方?”苏远在进屋以后问。

赵娜没有回答,她在黑暗中摸到了墙上的开关,天花板上的灯依次亮起,苏远惊讶地看到这间不算大的屋子里随处摆放着完成或未完成的油画。

“这是我本来要采访的地点。”赵娜说。

赵娜是第二次来到这间画室,但印象跟上一次很不一样:一些画作的位置变了,一些画作她此前并未见过。

“画得真好。”苏远赞叹道。其实苏远也不知道这些画到底好不好,他只是老毛病又犯了,希望能在赵娜的面前表现自己,好像自己多懂艺术似的,很快他就陷入词穷,对画作的称赞戛然而止,只能频繁点头以示自己正沉迷欣赏,无暇多言。

不过苏远还是能发现了画作中的一些端倪的,这些画虽然并非写实风格,但仍能看出描绘的都是千山的景色,眼熟的街道、房屋、体育场,以及在午夜会准时响起的时钟。只有一幅画显得与其他不同。

“这幅画是什么意思?”苏远站在那幅异类的画作前。

赵娜来到苏远旁边,两人并肩站着,她的头发好香啊,苏远心里想,用的是什么洗发水?

“我也不懂。”赵娜看着画中面目狰狞的佛像说,“只有等作画者来解释了。”

苏远回过神,以一个同为艺术家的姿态说:“千山还是有能人啊。”

他随后问道，“这位画家什么时候来？”

赵娜看了看表，说：“还没有到我们约好的时间，再等一会儿吧。”

苏远后知后觉，意识到自己刚刚已经在毫无紧张感的状态下和赵娜聊了半天，也许是今晚经历的事情使他的荷尔蒙飙升，以至于短暂地忘记了羞怯，但是当察觉到这些的时候，他又立即变回了害羞的自己。

他看了看赵娜，脸上一阵燥热。

“你就是蓝莓酱乐队的前任主唱？”赵娜打破僵局。

“没错。”苏远沮丧地说，“我就是那条野狗。”

“我不喜欢邵柯称呼你的方式。”赵娜说，“很不尊重人。”

看到赵娜站在自己这边，苏远感到惊喜，但他无法确定这是否出于赵娜礼貌性的怜悯，现在的情况是，他仍是一段关系的局外人。

“我能问你个问题吗？”苏远试探着说。

“你问吧。”

“邵柯是你男朋友吗？”

赵娜愣住了，苏远的心脏快速地跳动着。

“不是。”赵娜很坚定地摇了摇头。

这个回答令苏远欣喜若狂，他努力让自己不要笑出来，于是来到窗台边，背对着赵娜，抿着嘴看着窗外的夜色，不远处就是自己刚刚和夜游神扭打的废弃厂房。

赵娜又站到了他身边，苏远从玻璃窗上看到了两个人的倒影。

“刚才忘了谢谢你了。”赵娜说。

“没事儿。”苏远说。

赵娜的眼睛在夜色铺满的玻璃窗上映出令人目眩神迷的光，她忽然问道：“你相信人总有一线生机吗？”

苏远仍在心里痴笑，他沉浸在此刻的感觉中，几乎可以确定这是他人生至今为止经历的最幸福的一刻。

“刚才发生的事情，让我想起来一个‘第三圈理论’。”赵娜接着说。

“什么？”苏远看着赵娜。

“你总会在第三圈找到绳结，给你一线生机。”赵娜说，“今天你就是那个绳结。”

“我没听懂。”苏远不知道这是不是赵娜的夸奖。

“没什么。”赵娜说，“这是邵柯说的唯一的一句真话。”

这句话令苏远回到了现实中。现实是，他的时间紧迫，并不确定自己还能跟赵娜独处多久，而自己还有话没对赵娜说完。

“我……”苏远再次语塞。

“怎么了？”

“我知道你不记得我了。”苏远深吸一口气说，“其实我就是你在节目里提到的，那个在咖啡厅里带着小孩买冰淇淋的人，但那个小孩不是我的儿子，当时的情况很复杂我就不多解释了。我想对你说的是……”

“我记得你。”赵娜说。

苏远僵立在原地。

“我记得你，刚才我就想起来了。”赵娜重复道，“而且，我喜欢‘枪炮与玫瑰’。”原本已经有些散去的幸福感，再次像飓风一样席卷了苏远。

“我喜欢你。”他小声说。

“你说什么？”赵娜凑近了一点儿，“我没听清。”

“我说，我……”苏远紧张了，“我有一个礼物要送给你。”

苏远在自己的身上搜索，但是他一无所获。

“奇怪了，我记得是带在身上的。”苏远自言自语，“难道是放在排练室里了？”

“什么东西？”赵娜问。

“是‘枪花’的一张打口盘。”苏远说，“我来的时候就想，如果你喜欢他们，就把那张唱片送给你，但是现在找不到了。”

“这么珍贵的东西我可不能要。”赵娜说，“你还是自己留着吧。”

“没有和你在一起的时间珍贵。”苏远小声说。

“不好意思，我又没听清。”赵娜说。

“我说……我们乐队在寻找一个女主唱，你要不要考虑一下？”

没错，赵娜就是苏远心里想的新主唱人选，他本来还准备去说服其他人，但既然裴昭已经明确拒绝担任主唱，一切便顺理成章了起来。他希望乐队里能有一个姑娘的声音。

“我从来没参加过乐队。”

“很有意思的。”

“你们是摇滚乐队吧。”赵娜问。

“对。”苏远颇为自豪，尽管乐队还没有正式组建好。

“那你们对女主唱的要求是什么样的？”

这个问题让苏远来了精神，他对此早已有过周详的考虑，对赵娜描述道：“首先，要喜欢摇滚乐，不对，是热爱摇滚乐！形象上要给人一种冷漠的感觉，就跟看谁都不顺眼似的。喜欢穿皮衣和长靴，声音条件上，最好是烟嗓。”

当时的苏远还不知道，关于一名女主唱形象的描述，只是基于他个人简单的感觉，一种印象或幻想的具体表现，那时的苏远还很年轻，后来的事情将教会他一个道理，一个人的形象，来自她至今为止生活的全部，或者说，来自她对抗世界的态度。

“你想得还真多。”赵娜说。

“这些都很重要的。”苏远很坚持。

“那你觉得我哪点符合？”

苏远无言以对，他承认自己被刚才美好的幻觉给蒙蔽了，现在清醒过来，重新审视，不得不承认的是，赵娜很好，非常好，不对，是完美，但并不是自己心里的那个女主唱。

“我其实就是想多跟你接触。”苏远这次的声音依然很小，但是赵娜听清楚了。

“就算咱们俩不是一支乐队的，现在也认识了，而且可以说是生死之交。”赵娜笑了笑，“没有什么理由不再联系。”

“我们以后还能见面？”苏远兴奋地问。

“你要是愿意的话。”

画室的门被打开了，暧昧气氛也被迫中断。苏远和赵娜同时回头，看见进来一个身影，他从赵娜的眼神中，意识到这可能就是她一直在等待的采访对象，也就是这间画室的主人。

同时，苏远甚至有些怀疑这个人一直在外面偷听他们说话，因为此刻走进的这位姑娘，身穿一件黑色的皮衣，脚踩一双黑色的长靴，留着利落的短发，画了一点儿恰到好处的烟熏妆，身上装点着几处银色的配饰，正用漠然的目光看着屋子里的两个人。

“我看门口的钥匙没有了，猜想你应该是来了。”画室的主人说。

苏远简直不敢相信自己的耳朵。

未来的很多年，除了当事者之外，没有人知道苏远在这个夜晚经历过多少惊喜，就像浪潮一样，一波一波地拍在他本该平庸的人生沙滩上。那天晚上，千山无声的夜色落在无声的废弃厂房上，而不远处这间鲜有人知的画室里，苏远感到自己正在得到一切。

刚刚说话的这位姑娘，就拥有一副让人着迷的烟嗓。

22. 打口盘

“那人,查得怎么样了?”陈斌上来就问。

他刚进门,和正要出去的小宋撞一对脸,便顺势将小宋拦住。

“哪个人?”小宋显然已经不记得了。

陈斌感到失望,看来小宋是真没把他的话当回事。

“我想起来了。”小宋说,“你那天晚上给我打电话,让我查一个玩儿乐队的是吧。”

“是一个乐队的前主唱。”陈斌说,“后来被人开除了。”

“我还有事,回来再说。”小宋急着要走。

陈斌依然拦在门口没动,目光越过小宋的肩膀,落在派出所墙上的一面锦旗上,上面写着:尽职尽责,为民服务。陈斌觉得他们现在已经离这八个字越来越远了。

“这事有那么费劲吗?”他抱怨道。

“没你想的那么容易。”小宋也不乐意了,提高了音量,“这帮玩儿乐队的就跟耗子似的到处窜,连个固定地址都没有,上哪儿找去?”

“找人哪有容易的?”

“你不看看我一天多少事?”小宋急了,“刚接到个报案,一抬头屋里就我自己,你躲开,我先去见这个报案人,你那事儿回头再说。”

看着小宋委屈的样子,陈斌自我反省,确实是有点儿过了。派出所天天就是这样,事情就像电子游戏里随机掉落的砖块,每天砸得他们焦头烂额,一刻不得闲。陈斌想,他光顾着自己,忘了小宋也有很多事情亟待处理。

“消消气,兄弟。”陈斌安抚道。

“我不是冲你。”小宋也有点儿不好意思。其实每次两人刚有点儿冲突，小宋都是更能理解对方的那个人。

“我之前说那人好查，是因为他们乐队后来继任的主唱，前几天刚接受了电台的采访。”陈斌解释道。

“那你不早说，那人叫什么——那个后来的主唱。”小宋问。

“邵柯。”

小宋听到这个名字，脸上的愁云惨雾消散了，对着陈斌露出一个灿烂的笑容。

“怎么了？”陈斌问。

“你知道刚才打电话报警的是谁吗？”

陈斌睁大双眼，“不会吧？”

“本案正式移交给陈大警官。”小宋拍了拍陈斌的肩膀，迅速脱掉外套挂回墙角的衣帽架上，接着坐回到自己的椅子上，双腿交叉搭在桌面，伸了一个长长的懒腰。

眼看着陈斌还站在门口不动，小宋问：“你怎么还不走？”

“你总得告诉我去哪儿吧。”陈斌叹气道。

陈斌是在一个酒吧里见到邵柯的，当他驱车抵达的时候，邵柯正拿腔拿调地端着一杯鸡尾酒。这个世界上就是有一种你还没跟他说过一句话就已经开始讨厌他的人，对于陈斌来说，邵柯就是这种人。

“怎么这么慢？”邵柯一见穿着警服的陈斌，立刻质问道，“我都等半天了。”

“正常情况下，你作为报案人应该主动去派出所说明情况。”

“我不愿意去那地方。”邵柯喝了一口酒说。

“你怕什么呀？”

"不是怕,就是不喜欢。"

尽管邵柯表现得很不尊重人,但陈斌还是耐心地听完了他的诉说。说起来也不复杂,邵柯告诉陈斌:昨晚他在十一街的废弃工厂附近遭遇了袭击,对方是一个身穿一袭黑衣,包裹得很严实的高大男性,并且持有管制刀具。邵柯与袭击者在车外进行了一番搏斗,最后成功将袭击者打翻在地,而后驱车离开了现场。

对于袭击者的样貌、动机及其他线索,邵柯一概不知。

"这就是你们警察的事儿了。"邵柯说,"把这人给我找出来。"

参加工作以来,陈斌接触过很多人,邵柯代表着其中的一类,这类人习惯了支配别人,警察对他们来说是另一种餐厅的服务员。

"当时现场除了你,还有没有其他人?"陈斌问。

邵柯的眼中闪过一丝犹疑的神色,陈斌敏锐地捕捉到了。

"没有,就我自己。"邵柯说。

"我有必要跟你强调一下,你必须得跟我说实话,否则你虽然是报案人,也是要被追究法律责任的。"

"我说的是实话啊。"邵柯说,"现场就我和歹徒两个人。"

陈斌没再追问,因为他还有其他的信息要从邵柯这里获取,他决定一步步来,对邵柯说:"先去现场看看吧。"

陈斌开着车,邵柯则坐在警车后座,两人来到了邵柯所说的废弃工厂。邵柯指着车窗外一片荒凉的土地说:"差不多就在这儿。"

然而现在这个地方只有枯草沙土和绵延不绝的风,足以掩盖一切痕迹。陈斌站在风沙中,心里很失落,经验告诉他,这一趟很可能白跑了。

陈斌的目光投向前面的废弃厂房,盯着看了一会儿,他回身打开警车副驾的车门,从储物箱里拿出一把手电,问邵柯:"那里面你们去了吗?"

“没有。”邵柯说。

“走，看看去。”

两人一前一后，陈斌边走边问：“你之前说，那个人是突然出现的？”

“对。”

“那他很有可能是提前藏在了这里面。”

陈斌察觉到身后的邵柯脚步逐渐迟疑，双腿似乎在发抖，这和邵柯自己的描述中与歹徒英勇搏斗的形象完全不符。

“你是玩儿乐队的？”陈斌边走边问。

“对。”邵柯说，“我刚才说过吗？”

进入厂房内部以后，两个人的说话声带着空旷的回响，气氛变得更加紧张，邵柯的声音也跟着有些颤抖。

“你们原来那主唱叫什么？”陈斌故作轻松地问。

“你知道得还挺多。”邵柯说着，恍然大悟，“你听我的电台专访了吧？”

手电光柱扫过一台台报废的机械，陈斌并没有回答。

“你喜欢摇滚乐？”邵柯问。

“不喜欢。”陈斌没有丝毫犹豫。

“那咱们俩还挺像。”邵柯说，“但是你刚才提的那个前主唱，他就喜欢，那人……”

“那是什么？”陈斌打断他。

邵柯的眼睛随着手电的光望过去，尽头有一处明亮的反光，两人缓缓走近。

“好像是个CD？”邵柯说。

那东西在一台机械的下面的缝隙中，陈斌弯腰把它掏出来，打着手电看，邵柯也凑近了一些。

"'枪花'的专辑。"陈斌反转盘盒,"打口的。"

"你知道的还不少。"邵柯笑着说,"刚才还说不喜欢。"

"就是因为知道才不喜欢。"陈斌的语气严肃。他的目光紧紧盯着那张CD,据他所知,这张专辑实际上有两张盘,他手里的是其中的第一张。这已经极为接近陈斌心里的怀疑了,与邵柯结下梁子的人、与夜游神相似的装扮,以及一张摇滚唱片,所有的线索都指向同一个人。

"刚才问你还没说呢。"陈斌说,"你们原来那个主唱叫什么?"

"苏远。"邵柯说,"你怎么总问他?"邵柯的目光再次犹疑起来,与之前的某个时刻很像,这让陈斌回想起来了,他刚才问邵柯现场有没有其他人的时候,邵柯也是这样的表情,似乎有意在隐瞒什么。

"这个苏远……"陈斌在嘴里咂摸着这个名字,接着问,"他现在人在哪儿?"

"怎么了,你怀疑他?"

"回答我问题就行了。"

"我不知道。"邵柯说,"谁知道那条野狗在哪儿。"

陈斌回想起夜游神最近的一次现身,以及那个珍贵的证据,继续问:"苏远的手上有没有一个贝壳图案的文身?"

"不太清楚。"邵柯说,"我又没仔细看过。"

"你们乐队其他人知不知道?"

"那你得问他们了。"邵柯若有所思,说,"乐队里有一个胖子跟他关系不错,两个人好像是发小。"

"你现在给他打电话。"

"现在?"

"我说得不清楚吗?"陈斌的语气不容置疑。

邵柯无奈地拿起手机,很快拨通。一分钟不到,电话挂断了。

"那胖子说,至少苏远从乐队走之前是没有文身的,但是现在他不好确定。苏远被踢出乐队以后，他们没再联系过。”

陈斌没有再说话，他将那张唱片收起来，转身走出了这片废弃的厂房，邵柯紧随其后。

现在，这个现场对陈斌来说已经毫无意义，陈斌知道，他需要的只有这张唱片。

23. 喜欢摇滚乐的理由

这并不是一首新歌，而是属于疯狂的心乐队的一首作品，当时他们排练过几次，觉得尚需调整，那时候没有人知道乐队后来会突然解散。

一曲演奏完毕，苏远努力平静了一会儿。现在他终于见到了自己与这两位大叔在技艺上的差距，这差距之大令他错愕。特别是余彦，虽然他们同为吉他手，但余彦仿佛就是苏远想象中的自己。

“感觉怎么样？”裴昭的说话声将苏远拉回到排练现场。

余彦没有回应，过去这么长时间，苏远已经习惯了余彦的沉默，即使说话的时候，他也惜字如金。

“你觉得呢？”裴昭又问苏远。

苏远试图去调和自己的感觉：这首歌很好，是他喜欢的风格，而且即使今天来听，也不觉得过时，但他依然有种隐隐的错位感，说不清楚到底是哪里不对劲。

“我觉得……”苏远迟疑地说，“这首歌的湿气有点儿重。”

“这叫什么形容？”裴昭说，但他似乎又很快理解了苏远的意思，补充道，“其实我也有点儿相同的感觉，特别是节奏上，感觉烟雾缭绕的。”

“你俩有完没完？”

说话的是他们坐在角落里的鼓手秦峰，他愤怒地喊道：“你们不就是想说我打的鼓有一股澡堂子的味儿吗？”

秦峰就是他们此前面试的一位鼓手——那位搓澡工。乐队后来经过商议，从一众不靠谱的面试者中最终选择了他。

“你别激动，先坐下。”裴昭对秦峰说，“人家苏远说得没毛病，我刚才弹琴的时候就差交手牌了。”

秦峰的表情依然不服不忿，但还是听了裴昭的话，再次坐回到架子鼓后面。

“你也是，不能这么苛刻，毕竟秦峰刚开始练。”裴昭又对苏远说，“而且咱们已经尽量把鼓的部分简化了。”

“关键是连底鼓都没用上啊。”苏远哭笑不得地说。

“我退出，我退出行了吧！”秦峰说着又站起来，“不耽误你们的时间。”

“别别别！”裴昭赶紧放下贝斯上前阻拦，“祖宗，你们都是我祖宗。”

“我就不明白了，你怎么总向着他？”苏远的怒火燃烧到裴昭身上，“他在澡堂子里给你开会员了？”

“你一口一个澡堂子，瞧不起谁呢？我那是正经洗浴中心。”

“重点是这事儿吗？现在说的是音乐。”

乐队的第一次排练，苏远和秦峰就吵了起来，场面极为混乱。

两人针锋相对，谁也不让着谁。裴昭的目光频繁在他们的身上来回移动，几次想阻拦但根本插不上嘴。很快他也发现了，吵架的这两位一直在各说各的，话头都对不上。

忽然间，排练室里传来一声巨响，那是电吉他失真的音色，余彦弹响了一个金属和弦，打断了屋内的争吵，瞬间安静了下来。余彦什么都没说，关掉音箱，将他那把Gibson吉他放在地上的琴架上。

裴昭默默走到余彦旁边，感激地拍了拍余彦的肩膀，随后，他又来到苏远面前，问道：“苏远，我问你，你第一次听摇滚乐是什么时候？”

这个突然出现的问题，猝不及防地将苏远带回到一段遥远的时光里，一段他本来以为已经忘记的时光。

当年的苏远与其说是被摇滚乐吸引，倒不如说是被摇滚乐拯救了。

苏远曾是一个孤独的人，幸运的是，孤独并不可怕。尽管自己不善言辞，在别人眼中是一个不合群的人，但苏远踏实地接受了一个人的生活，他为自己营造了一个舒适区，灵魂在这里自给自足，他从未伤害别人，也不想被任何人所伤。

然而现实是，许多伤害是无法预测，甚至是无法解释的。以前苏远经常看到路边的树或者公园里的雕像被人肆意破坏，他不理解，因为树和雕像都是沉默的，从未冒犯任何人。后来，当他自己也成了一棵树和一座雕像的时候，他渐渐明白了，那是一种无因的恶意，在一些人的眼中，他的存在就是冒犯。

感觉到自己被冒犯的是同年级的另一个男生，他是学校里的风云人物，几乎就是苏远的反面，他活泼、幽默、多才多艺，身边总有不同的女生。事实上苏远很羡慕他，却也清楚他们是两个世界的人，但苏远不知道的是，对方其实早已注意到他，并视苏远为眼中钉，原因只有一个——不顺眼。

一个从不谄媚讨好老师，远离人群，坦然地活在自己世界里的人，对于那个男生来说，就成了这个世界不公平的证据。他觉得自己看到的都是假的，是苏远的一种伪装，特别是当他喜欢的一个姑娘以他过于肤浅和油嘴滑舌为由拒绝他以后，他与这个站在反面的苏远正式成为敌人。

那天以后，苏远发觉学校里出现了一些隐隐的变化，首先是别人看他的眼神，带着某种戒备和嘲笑，后来，连苏远自己也听到了一些关于他的传言，他成为某个龌龊故事的主角，尽管那件事完全是子虚乌有。但苏远从未解释过，他默默将一切吞进肚子里。

直到他后来发现，所有流言蜚语的源头都来自那个他羡慕的男生时，依然沉默着的苏远做出了一个沉默的决定。他在距离学校一街之隔的厨具店里买了一把尖刀，藏在袖子里。

下午回到学校，苏远看到那个男生正站在操场边的树荫下与几个女孩有说有笑。他默默地走上前去，脚步坚定，心如止水，决定结束这一切。就在靠近那个男生的时候，操场广播里传来一阵噪声，他的行动被打断了。随后，广播里飘出了一段旋律。

那首歌后来成了苏远的一生所爱——枪炮与玫瑰乐队的*Don't Cry*。他默默地站在那个男生身后听完了这首歌。

当天晚上，苏远再次来到了厨具店，将那把刀放在柜台上，刀身整洁如新，没有任何使用过的痕迹。老板是个好人，二话没说给苏远退了钱。

没有任何人受伤，那个男生没有，苏远也没有。

"我是个透明人。"

这句话是苏远的心里话，但是他猛然发现，说出这句话的是刚刚跟他争吵的秦峰。

"你说什么？"苏远问。

"你先别打岔。"裴昭对苏远做了个噤声的手势，小声说，"让他接着说。"

"搓澡的吗，对吧，最底层的工作。我也承认，我确实不会干别的，就靠这个养家糊口。我每天的生活就是走进洗浴中心，换身衣服，坐在雾气里等着顾客叫我。如果他们不叫我，我就坐在休息区看电视剧，一直看，电视剧演的生活都是我没见到过的。我见到的只有赤身裸体的男人，他们要不然是从池子里出来，要不然是从桑拿房里出来，晃动着一身通红的赘肉，像刚从蒸锅里逃出来似的。大多数时候，他们不会跟我讲话，就算有，也只是固定的几句。就这样，我常常会在搓澡的时候陷入沉思，把自己想象成街边的艺术家，面前趴着的也不是脱光了的人，而是一面手鼓，我在上面敲打。有一次敲得入神，顾客喊疼，我才发现那名顾客的后背上布满了我的手印，他骂我，骂了一会儿不过瘾，接着骂我全家，我习惯了，就那么一直听着，可是那个人最后说了一句话却点醒了我，他说，我是一个随时可以被替代的人。

“我能够接受很多东西。”秦峰接着说，“接受穷，接受辛苦，接受挨骂，我以为我什么都能接受，但我发现，我不能接受自己随时能被替代，那让我感觉自己没有真正活着。”

秦峰说完，轻轻将鼓棒放在军鼓上，起身走到门口，回头说：“我走了，祝你们一切顺利。”

“先等等。”苏远动情地说，“咱们再试一次吧。”

“好。”秦峰迅速回答，小跑着回到了架子鼓后面，一秒钟都没犹豫。

苏远这才发现，秦峰的包还在地上放着，他根本就没打算走。

“这就对了嘛。”看着争端化解的裴昭笑着说，“记住，大家是一个整体。”

“说到整体，我有一个问题。”始终没说话的余彦突然开口了，他看着苏远问，“主唱呢？”

“对呀。”裴昭一拍大腿，后知后觉，“你不是说找了一个人吗？哪儿呢？也不能总是光排曲子啊。”

“我不知道，我跟她也不熟。”苏远有点心虚。

“那你刚才还有脸埋怨别人？”裴昭嘲讽地说。

排练室的门打开了，一个身材消瘦的姑娘站在门口。“你们这个破地方可真难找。”韩可儿说。

韩可儿，也叫可乐，废弃工厂附近那间画室的主人，一名画家，现在正手拿着麦克风。

音乐声响起，他们再次排练起疯狂的心乐队的那首歌，这一次，韩可儿以主唱的角色加入其中。

韩可儿没有歌词，她唱了一段呓语般意义不明的句子，为他们原本清冽的编曲风格带来了一丝迷幻的色彩。

4分37秒以后，排练室再次归于宁静，所有人都沉默了，互相看着彼此。

“牛！”还是裴昭第一个打破了沉默。

瞬间，所有人的脸上都露出了笑容，就连一直被怀疑是面瘫的余彦也同样如此。韩可儿的出现是一个巨大的惊喜，她的声音时而温柔，时而澎湃，注入这首曲子中，仿佛复活了一个沉睡的人。

“我必须得批评你，苏远。”裴昭笑着说，“有这么好的女主唱不提前跟我们说。”说着，裴昭上去试图拥抱韩可儿，韩可儿清瘦的身躯却轻轻一闪，让裴昭扑了个空，险些摔到音箱后面。他尴尬地转过头，趁被人嘲笑之前说：“今晚必须庆祝一下，我请客。”

这件事大家倒是不会拒绝，特别是后半句。

“时间还早，咱们再走两遍。”苏远说。

所有人各就各位，准备再次从头开始，忽然间，排练室的门却再次被打开了，这次进来的是一个陌生的男人。

“你找谁？”苏远问。

“就找你。”男人说。

“你谁呀？”

“谁把这房子租给你的都忘了？”

“哎呀，房东啊。”苏远终于认出来了，上去握手。

房东面无表情，没有任何反应。苏远尴尬地将手收回来，挠了挠头，问：“您过来有什么事吗？”

“有人跟我投诉，说这儿扰民。”房东说。

裴昭问："谁这么不懂艺术啊？"

房东没理会裴昭，目光死死地盯着苏远说："你在租房的时候可没说是来排练的。"

"谁投诉的呀？"苏远问，"我去沟通沟通。"

"人家都是匿名投诉，能让你知道？"房东说，"而且人家说了，你们闹腾一天了，特别影响生意，鞋一双没卖出去。"

"那不就是隔壁那鞋店吗？"裴昭叫道，"我找他去，他一天天地开个破喇叭还好意思说别人。"裴昭说着就要往外冲，被余彦一把拉住，对他摇了摇头，余彦随后问房东："那你想怎么解决？"

"不许再排练了。"

"不排练谁在你这儿待着啊？"裴昭说。

"那就搬走。"

苏远靠近一步，嬉皮笑脸地说："您通融一下吧，我们小点儿声。"

"没商量。"

"必须搬吗？"

"必须搬。"

"那给我们点儿时间吧。"苏远看着满屋子设备说，"我们找到新的排练室就走。"

"可以。"房东笑着说，"给你三个小时。"

"三个小时，你逗我呢？"裴昭说。

房东按了一下手上的电子表，说："已经开始计时了。"

三个小时以后，他们所有的设备都被扔在了大街上。

24. 推开天堂之门

这个地址倒是不难找，但就是那扇门过于隐蔽，以至于苏远已经在它面前来来回回走了四趟，还是没有看见103号门牌，如果不是赵娜眼尖，恐怕苏远还要在这条街上晃悠半天。

这扇残破的木门令苏远颇为失望，推开以后，他更是如同被浇了一盆冷水。门后是一条通往地下的台阶，又脏又暗，扑面而来一股食物腐烂的味道，台阶旁的墙上则贴满了带有性暗示的小卡片。

苏远走在前面，回头关照着："小心点儿。"

"没事的。"赵娜说。

"谢谢你陪我来。"

"正好我今天有时间。"赵娜轻描淡写。

两人下到台阶的尽头，苏远又摸到了一扇门，拉了一下，纹丝不动，他又往前推，门沿儿划过水泥地面，发出刺耳的刮擦声。

苏远记得自己上学的时候学过《桃花源记》，他觉得这就是现实版的，"开什么玩笑？"苏远露出了不可思议的表情。

"怎么了？"赵娜凑上前，立刻就明白了苏远的意思。

这里几乎可以称作天堂。

自从苏远和他的乐队被房东赶出来以后，他们刚刚步入正轨的排练计划再次被迫停滞，时间线仿佛往回跳了一下，来到一个过去的节点，他们再次面临寻找排练场所的问题。

乐队几个成员商量了一下，根据之前的经验，他们觉得有必要去找一个真正的专业排练室了，因为没有人愿意将房子租给乐队排练，如果像上次那样隐瞒用途，到头来还是要面临被驱赶的结局。

现在，穿过令人沮丧的幽暗台阶，推开天堂之门，苏远正置身于一间专业的排练室中。他用一种近乎朝圣的目光环视着排练室里的一切，音箱、调音台、麦克风——甚至包括连接线，所有的设备都比他们原本拥有的更高级，旁边还有一整面镜子墙，他看着镜子里的自己与赵娜，而赵娜正坐在角落处一个供休息的巨大的沙发上。

站在这里，苏远甚至有了一种乐队已经成功了的错觉。他走到一台巨大的马歇尔吉他音箱旁边，抚摸着音箱的边角，想象着里面传出来的声音。

“你好像挺满意的。”赵娜说。

“当然满意了。”苏远激动地说，“我从来没见过这么好的排练室，你看这——”他的声音卡壳了，目光停在墙上的一张纸上，表情很快从兴奋转变为失落。

“怎么了？”赵娜问。

“没什么，咱们走吧。”

“为什么走？你不是很喜欢吗？”

“我想再去看看其他地方。”

赵娜顺着苏远的目光，也看到了墙上的那张纸。她从沙发上起身，凑近一点儿，阅读纸上的文字，很快明白了。

那是一张租金表，清楚标记了短租与长租的价格。

苏远坦白道：“靠我在汉堡店里打工的那点儿钱，根本不够付租金的。”

“我从来没接触过排练室。”赵娜说，“这里值这个价格吗？”

“虽然贵，但确实值。”

“那就行，我可以先借你钱。”赵娜说，她似乎不想让苏远有太大的压力，为了照顾苏远的自尊似的接着补充道，“但是你得记得还啊。”

“谢谢你。”苏远感激地看着赵娜，但他眼神里的失落仍未散去，

“我不能用你的钱。”

“为什么?”赵娜笑着说,“跟女的借钱不丢人。”

“不是这个原因。”苏远说,“我的乐队现在刚刚成立,我也不确定以后能走多远,最后很有可能一无所获。其实说起钱,裴昭也很有钱,如果他现在在这儿,肯定二话不说就租下来了,但是我也不可能让他那么做。这件事是我起的头,不能让别人为我承担责任。”

“所以你才坚持自己找排练室?”赵娜问。

苏远点了点头。

现在,赵娜有点儿欣赏她对面的这个傻小子了,她没有继续坚持借钱给他的提议。苏远说得对,这件事无关尊严,但关乎一些对他来说更重要的东西,她不该去打破。

“没事。”赵娜说,“咱们接着找。”

正说着,排练室重重的门再次被推开。

“千山可真小。”刚进门的邵柯说。

苏远和赵娜都没有回应。

“你也是来租排练室的?”邵柯看着苏远问,“不对呀,刚才外面那人跟我说,这地方还没租出去呢。”

“我们刚到。”苏远说,“正要走呢。”

“你不打算租啊?”

苏远没回答,反问道:“你们不是有排练的地方吗?”

“你别跟我说是那个破平房。”邵柯露出惊讶的表情,“那地方你能凑合,我可不行。”

苏远不说话了。

邵柯将目光转向旁边的赵娜,语气轻佻地说:“好久不见啊。”

“是啊,好久不见。”赵娜说,“上次见面是什么时候来着?哦,想起来了,是你把我扔下自己逃跑的时候。”

邵柯瞪着他们，脸色阴沉。那件事是邵柯骄傲人生的一个污点，以至于他在面对警察的时候，不惜撒谎，也要隐瞒此事。

气氛陡然紧张，邵柯转过头，寻找一个提升自己地位的机会，他的目光落在刚刚令苏远兴奋的排练室的设备上，漫不经心地评价道："这些，一般吧，不过对你来说应该够用了。"

"我说了，我没打算租。"苏远说。

邵柯的眼神绕过苏远的肩膀，在他身后的租金表上找到了理由，他露出一个嘲讽的笑脸，重拾自信。

"我们走吧。"苏远对赵娜说。

"那我就不送了。"邵柯俨然已经是这里的主人，"你不要我就勉强接手了——就像之前那个乐队一样。"

"邵柯，你不要太过分。"赵娜转身怒斥。

邵柯没有理会，笑容依然挂在脸上，他指着排练室一处空旷的角落，自言自语道："这里应该可以弄个酒柜和吧台，反正也花不了多少钱。"他转身看向赵娜，说："上回说带你去酒吧你又不去，等我弄好了，有时间过来喝一杯。"

"不用了，谢谢。"赵娜说。

"你。"邵柯接着指着苏远说，"我听说你跟一帮中年大叔又组了个乐队？还要参加北京的比赛？挺有想法啊，千山已经没有正经的乐队收留你了吗？"

"我跟你不一样。"苏远说，"我不需要别人收留。"

"小心点儿，别再被人赶出去。"

"多谢提醒，你也小心点儿，别再碰到什么持刀歹徒。下次就不一定有人一边向你求救一边给你争取到逃跑的机会了。"

邵柯发出一声冷笑，表情逐渐变得僵硬。

"那人在外面晃悠不了几天了。"邵柯说，"警察正在找他，我爸已经在向他们施压了。”

苏远心里一紧，脑海中浮现出夜游神的脸。尽管他知道自己这样想是错的，但又不得不在心里承认：他希望夜游神永远不要被找到。

“说起警察我想起来了。”邵柯接着对苏远说，“你最近没犯什么事儿吧？”

“我听不懂你的意思。”苏远说这句话的时候，脑子里已经浮现出那个被他袭击的人，这个画面时常在夜深人静的时候侵扰着他。

“最好没有。”邵柯说，“我听说警察也在找你。”

苏远的心脏剧烈地跳动起来，他努力地保持着表面的平静，压低了声音说：“警察肯定要找我呀，因为我救了本该由你去救的人。”

身旁的赵娜发出轻盈的笑声，缓解了苏远心中的慌乱。

邵柯不再说话，用憎恨的目光看着他们，他意识到自己在一个占尽上风的环境中却依然感觉到挫败，这种感觉非常陌生。

而对面的苏远则觉得自己进步了，少见的嘴上没吃亏，复杂的情绪直冲脑门，他不自觉地拉起赵娜的手，离开了这间他租不起的排练室。

门外，千山正在入夜。

苏远深爱着这座城市，多少个夜晚，他觉得自己与千山融为一体。可是此刻，他忽然觉得千山已经厌倦了他，厌倦了他的乐队，以至于迫不及待地在他的身后关上了天堂之门，没有耐心为他们留下一处哪怕贫瘠的容身之所。

25. 运用你的幻想II

“停!”

那个男人对着面前的工人喊了一声,但无济于事,他的声音瞬间便被电钻声盖过去了。于是,他又上前两步,一把将蹲在地上钻孔的工人拉开。

电钻声戛然而止。

“你干什么?”被拉开的工人惊魂未定,看着手里的电钻说,“我差点儿没捅着自己。”

“你还问我?”男人满面怒色,“你干什么呢?”

说话的男人正是这间排练室的老板,他个子不高,但身材已经走样,一头卷曲的披肩长发掩盖不了发际线后移的现实,大码的黑色卫衣上印着英国金属乐队“污秽摇篮”的一张唱片封面,下嘴唇戴了一个唇钉,他仿佛在用这种旗帜鲜明的形象来证明自己仍然有一颗20岁的心,灵魂倔强地留在了某一个逝去的时代。

“干活儿呢。”工人回答,“这地方要装一个吧台和一个酒柜。”

“谁让你们装的?”老板看着自己一片狼藉的排练室,痛心疾首。

“我。”身后传来邵柯的声音。

老板转过身,看见来的是一整支乐队,邵柯站在最前面。他瞪了邵柯一眼,指了指墙上租金表旁边贴着的另一张纸,上面写着《排练室使用公约》。

“这上面怎么说的?”老板问邵柯,“禁止破坏排练室陈设——看不见吗?”

“看见了。”邵柯满不在意。

“看见了你还干?”老板说,“你这已经不算普通的破坏了,直接在地上给我挖了个大坑。”

“那后面还有呢,你没念完。”邵柯说。

老板看着纸上后面几个字:违者双倍赔偿。

“啥意思啊,你要赔钱呗?”

“你算算吧,多少钱,回头给我个数就行。”邵柯说,“等以后我们不在这儿排练了,吧台和酒柜都免费送给你。”

老板迟疑了。他经营这间排练室多年,生意不好不坏,也遇到过弄坏设备的人,在这种事情上,往往当事双方都觉得自己是无辜的,老板会觉得是乐队的过错,他们从不珍惜租来的设备,而乐队则坚信设备早有隐患,他们只是一场击鼓传花的游戏中倒霉的最后一个,所以最后的结果往往是双方各退一步,合力出资将设备修复。像邵柯这样上来就准备好赔偿的人还是第一次见,他不禁在头脑里盘算起这笔账。

邵柯冷笑着看着他。

你赢了。老板在心里说,用舌尖拨了拨唇上的银钉,这是他遇到尴尬时的习惯动作,最后扫视了一眼他的排练室,从众人中间挤过,离开房间。

“还接着弄吗?”老板走后,等了半天的工人问。

邵柯对着满地狼藉,下巴一扬,示意工人继续,电钻的声音再次响起。

因为排练室施工,乐队现在是没法排练的,邵柯这次只是带几个成员来认认门,展示自己对所有事情的控制。

他们看着面前的一切,没有人发表意见。自从邵柯加入了——或者叫接管了他们的乐队以后,任何事都变得不确定:你不知道自己的哪句话会得到称赞,哪句话又会触怒邵柯,尽管这两句话可能是完全一样的,所以每次面对这样的情况时,他们都会谨慎地保持沉默。

只有一个人例外。

“比赛的时间很紧。”乐队的贝斯手滕磊担忧地看着地上的坑洞说，“咱们有必要弄这些没用的东西吗？”

忽然间，滕磊感到后腰一股冲力，他身体失衡，跌进了面前的坑洞里。

正在专心钻孔的工人被吓了一跳，回头大喊：“你们又干什么？这儿很危险看不出来吗？”

邵柯看着坑里的滕磊，兴奋地笑起来，滕磊肥胖的身躯卡在坑洞的两沿，不上不下，极为狼狈。

“什么叫没用的东西？”邵柯问地上的滕磊，“比你还没用吗？”

滕磊没有回答，依旧努力地想从坑里爬出来。

“真想让我把你送屠宰场去？”

这不是邵柯第一次用这句话来威胁滕磊，但是这次，邵柯的语气中更多的是轻蔑而非愤怒。

滕磊仍在试图挣脱这个坑，忽然悲从中来，他感到此刻的处境正是自己人生的一个缩影，曾有过的那些美好的时光大概永不会再回来了，他最好的朋友苏远如今只是一个局外人，自己则成为一个背叛者，命运因此变得面目可憎。

滕磊奋力起身，在一阵疼痛中，终于爬出了深坑，同时听到了一个东西掉落在地的声音。

邵柯先他一步捡起地上的那张唱片。

这是枪花乐队的专辑《运用你的幻想II》，苏远送给他的礼物，当时苏远自己留下了第一张，将第二张给了他，那代表着两人如今已经无法挽回的友谊。滕磊的心再次被刺痛了。

“呦，‘枪花’。”邵柯笑着端详起手里的唱片，“哪儿弄的？”

“跟……跟别人手里淘的。”滕磊没有提起苏远的名字。

邵柯作势要将唱片扔掉，滕磊紧张地阻拦了一下，险些又失足掉回坑里。

邵柯大笑着，将唱片塞回滕磊的怀里。“跟你闹着玩呢。”他说。

滕磊觉得邵柯的眼神有些奇怪，躲开了那个目光。邵柯就是这样，他喜怒无常，你永远不知道他下一秒会做出什么事。

忽然，邵柯的语气又变得亲切，甚至有些温柔，继续问道：“跟我说说，从哪儿淘的？”

当初苏远将这张唱片送给他的时候，他也问过苏远一样的问题，“在‘千山之城’论坛里。”滕磊转述了当时苏远的回答。

“我还真不知道那个论坛里还有二手交易。”邵柯说。

“那里面有个摇滚专区。”滕磊说起这个，不自觉地来了精神，“那个专区是单独注册的，现在已经关闭了，只有一些有账号的老用户还能进去，外人不行。”

“行了行了。”邵柯打断他，“说起来还没完了。”

那一天后来的时间，邵柯没有再为难滕磊，邵柯的心情一直不错，直到离开的时候依然笑容满面。

邵柯开着车，行驶在千山的夜路上，脑中再次浮现起滕磊的那张唱片，以及他和那个警察在废弃工厂里捡到的另一张唱片。

他确信那是一套。

“‘千山之城’。”邵柯握着方向盘，目视前方，嘴里不自觉地念叨起这个论坛的名字。

邵柯的人生几乎没有经历过失败。几乎——但也不是从未有过。在邵柯的理解中，失败等同于失去，他不喜欢这种感觉，因为曾经发生过，只有一次，刻骨铭心的一次。

现在，邵柯意识到自己正在经历第二次的失去，失去赵娜。他回想着赵娜和苏远在他面前的场景，心中的怒火被点燃，车速越来越快。

这种愤怒在他将车停在自家车库里的时候仍未消失。上了楼，走进自己的房间，打开笔记本电脑，他问自己：那个警察究竟为什么要找到苏远？他不知道答案，可他不觉得真如苏远所言，是在寻找一个见义勇为的优秀市民。因为很明显那个警察并不知道当晚在废弃工厂的还有别人，警察已经接受了他的故事。

如果警察真的找到苏远，那事情将会不可阻止地走向他不愿看到的结果——苏远会成为英雄，而他则变为一个临阵脱逃的小丑。

他要在这一切发生之前做点儿什么。

邵柯打开"千山之城"论坛，真的在首页一个不起眼的角落里看见了摇滚区的入口，点击进去，页面只有一片黑色。那个死胖子说得没错，普通的论坛账号无法进入这个区。

页面黑色的背景上浮现出一排红色的字：欢迎回来，真正热爱摇滚的你。

邵柯试着去注册一个摇滚区的专有账号，果真如滕磊所言，注册通道早已关闭了。他没有办法，只好退了出去。

回到论坛首页，邵柯随便逛了逛，在几个不同的专区里，大家都在讨论相同的一个人——夜游神。

这个当下在千山最神秘的人物，正在网络上被赋予各种不同的意义，人们津津乐道地猜测着他的身份，讨论他在夜晚犯罪的目的。所有讨论的人，他们都不知道夜游神到底是谁。

邵柯看了一会儿，逐渐失去兴趣，他正准备关上电脑，忽然想到了什么，停住了。

房间里没有开灯，此时已经入夜，屋内一片漆黑，屏幕的光映在邵柯的脸上，而那张脸正在缓缓浮起一丝微笑。

他回到论坛中关于夜游神的话题区，点开了一个发布话题的界面。

26. 遗失的歌

"晚上好，欢迎收听《午夜千山》，我是赵娜。"

她的声音依旧温柔且清澈，令苏远如沐春风，过去的那些日子里，当一个又一个忙碌、焦虑，甚至鸡飞狗跳的一周结束后，苏远总会在这样的声音中平静下来，忘记一切。

此刻依然如此。

"你对人表白过吗？"赵娜对着麦克风说，"很久以前的一期节目里，我们聊过这个话题。那时候我们在'千山之城'论坛的节目专区里特别征集了一些表白的话，其中有一个……"赵娜莞尔一笑，"有一段话是对我说的，当时我对那段话的评价很低，不过现在我改变了想法，我觉得，我喜欢那段话，尽管它依然肉麻做作，但我喜欢它。"

抱着收音机的苏远缓缓扭过头，看着坐在旁边的夜游神，脸上露出幸福。

"你听见了吗？"苏远说，"她说喜欢。"

"我又不聋。"夜游神说。

"我可是做到了，你呢？"苏远问。

"我？"

"这么快就忘了？之前是不是你说的，我去跟赵娜表白，你去找到'疯狂的心'的鼓手。"

"没忘啊。"夜游神说，"问题是，你表白了吗？"

苏远一时哑然。他确信自己与赵娜的关系已经变得更为亲近，但他的确没有对赵娜说出过自己的心意。有几次话到嘴边，勇气却消失殆尽。

苏远总希望赵娜能够自己明白他的心意，她是个聪明的姑娘，如果两个人默契地跨过友情的边界，一扭头一对眼，成情侣了，多好。

“你刚才也听见了，赵娜在电台里主动提起我的留言。”苏远给自己找补道，“这不就相当于她接受了我的表白吗？”

“别扯淡了。”夜游神说，“表白只有一种方式，不是什么电台留言，也不是写信、发短信，就是面对面，看着她，清清楚楚地对她说你喜欢她，明白吗？”

苏远当然明白。

夜游神指了指苏远怀里的收音机说：“人家赵娜现在是给你机会呢。”

“你觉得我有戏？”

“再拖下去就够呛了。”

这句话让苏远感到了一丝紧张。

“不过我还是会尽快帮你找到那个人。”夜游神说。

“谁？”

“怎么一提到赵娜就什么都忘了，‘疯狂的心’原来的鼓手。”

“哦，他呀。”苏远反应过来，“其实我也不是特别着急。”

“怎么了？”

“其实我们现在已经有一个鼓手了，虽然技术很差，但我还是决定留下他。”

“那跟我没关系。既然我已经答应你了，就肯定会帮你找，至于以后怎么办是你们自己的事。”

苏远皱了皱眉。夜游神给苏远的感觉就是这么矛盾，大多数时候，这个人令人害怕和担忧，但也有一些时刻，比如现在，苏远会察觉到他的善良。苏远不知道这是不是自己的错觉，或者，一种伪装，但感觉是真实存在的，无法忽视。

“接下来我们插播一则广告。”电台里的赵娜忽然说。

这句话对所有的听众来说都是一个意外，因为一直以来，除了节目开始之前的几个固定时段会播出广告外，赵娜从不会在节目中插播广告。

“大家是不是正感到奇怪呢。”赵娜回应着听众心里的疑惑，“其实这并不是商业广告，我是想拜托大家帮我一个忙。”

苏远听着。

“我想要找一间可以接受乐队排练的房子。”赵娜说。

苏远的嘴角不自觉地扬起弧线。

“房子的要求很简单，因为乐器的声响非常大，所以隔音要很好，一定不能扰民。另外，排练的是一支摇滚乐队，希望这间房子的装修也能有一些摇滚的感觉。空间不用太明亮，哪怕暗一些也没关系，我想这样也许更能激发乐队的创作灵感，如果能接受乐队进行一些简单的布置就更好了。最后，也是最重要的，它要很便宜。”

苏远从不敢在赵娜面前露出寻求帮助的姿态，也不想把自己该做的事推向别人，可赵娜主动地做了这些，令苏远在惊讶之余尤为感动。他们在四处找房的时候，曾不经意地聊过一些关于排练室的想法，没想到赵娜竟然全部记在心里。

一间排练室，邵柯一边听着电台一边想，一间黑暗的便宜的排练室。

现在，邵柯已经拥有了最好的排练室，而且正在修建着他要求的酒柜和吧台，可是失落感还是扑面而来，仿佛刚刚赵娜那些话是故意说给他听的，目的也不是真的帮苏远找排练室，而只是为了羞辱他。

邵柯再次刷新电脑页面，没有任何变化，几个小时前令他感到兴奋的计划似乎正在落空，他愤怒地砸了一下键盘。

“如果您有符合以上条件的房子，欢迎您联系我们。千山需要一支真正的乐队，但是在此之前，这支乐队需要您。”赵娜说。

此时，邵柯确信赵娜就是在针对他了。“一支真正的乐队”——他在不久前还是这个节目的嘉宾，他们谈论他的乐队，现在，赵娜却说千山需要一支真正的乐队。

面前的电脑响起一个短促的提示音。那是论坛的私信，邵柯迫不及待地点开，私信的内容很短，只有一句话：我就是你要找的人。

邵柯有些激动，但还是要确定一下，于是回复：我怎么知道你说的是不是真的？

他焦急地等待着对方的回应，时间忽然被拉得很长，一分钟以后，回信来了：我曾被夜游神袭击过，但我没有报警。

邵柯回复：为什么不报警？

对方回复：因为我不相信警察。

邵柯思考着这句话的意思，经历了一次危险以后，现在的他变得更为谨慎，一个不相信警察的人总是令人觉得不太可靠，而且说不定会带来另一些不必要的麻烦，他迟疑了。这时候，对方再次发来私信：你是不是真的能帮我抓到夜游神？

邵柯回复：你为什么要抓他？为了报仇？

对方回复：报仇不重要，但他拿走的东西对我很重要。

“最后，是我们的‘晚安曲’时间……”赵娜在电台里说。

听着赵娜的声音，邵柯决定孤注一掷。

邪了门儿了，陈斌愤愤不平地想。

陈斌以前对《午夜千山》这个节目没什么意见，虽然算不上节目的忠实听众，但他和所有的千山人一样都习惯了赵娜的声音，只是最近，这节目开始走偏了。前不久刚刚请那个玩儿乐队的邵柯去做现场嘉宾，现在，竟然明目张胆地开始在节目里为一支摇滚乐队找排练的地方。陈斌自言自语：“干脆改叫《午夜摇滚》算了。”

陈斌正准备关掉收音机，听到赵娜在里面说道：“最后，是我们的‘晚安曲’时间。今天这首歌有些特别，它是一首‘遗失的歌’，来自著名的摇滚乐队‘枪炮与玫瑰’，我想把这首歌送给所有还没有开口表白的人。”

服了，真服了。陈斌在心里说，连最后的‘晚安曲’也是这样。他的手触碰到收音机的电源键，刚刚准备按下，忽然停在半空，脑子里再次闪出刚刚赵娜说的那四个字：遗失的歌。

陈斌站起来，走向旁边的抽屉，从里面拿出那张在废弃厂房里捡到的唱片，《运用你的幻想I》，双碟中的第一张。他翻过盘盒，看见背面的歌单上写着这首正在播放的歌曲的名字。

在陈斌并不算长的从警生涯中，他见过一类人，这类人总是目光单纯，甚至可以说有些茫然，看上去非常无辜，但事实上这些人总是在无意间帮助那些穷凶极恶的罪犯，而抓到那些罪犯的突破口，也往往来自这些人。

现在的赵娜在陈斌的印象里，就是这样一个人。

此时此刻，这座城市所有正在收听节目的收音机都在播放着同一首歌，它的旋律婉转悠扬、动人心魄，而即将在午夜敲响的钟声，已经做好了它的准备。

27. 和解

一直以来，由于生活总是不尽如人意，苏远已经很难相信自己会获得好运了，特别是那种突如其来的好运。所谓事出反常必有妖，一成不变的生活才最令他感到安心，哪怕是一成不变的低谷。

但是最近，特别是在与赵娜的关系亲近以后，事情一顺百顺，仿佛宣告着苏远真的开始转运了。所以当邵柯突然对他示好，并邀请他去排练室见面的时候，苏远虽然心里打鼓，但还是同意了。

毕竟他真的很想再去看看那间排练室。

“来了。”苏远刚开门，就听见邵柯热情地迎了上来。

邵柯友好地伸出手，苏远犹豫了一下，握手回应。

“你找我有什么事儿？”苏远说着，眼睛却已经迫不及待地环顾起排练室的四周，一切仍如第一次来的时候那样令人欣喜，但是苏远很快看到，角落一个空置的地方被挖了一个深坑。

邵柯注意到苏远的目光，解释道，“上次在这儿的时候不是说了吗，我想修个酒柜和吧台，正弄着呢，有点儿乱。”

苏远以为邵柯那句话只是说说而已，没想到他真的这么干了。

“要修那么长时间吗？”苏远看着被凿坏的地板，满眼透着心疼。

“本来早应该好了，我先让停工了。”邵柯说。

“为什么，这不耽误排练吗？”

“没关系。”邵柯一带而过，接着问，“我听电台了，赵娜好像在帮你们找排练的地方，现在怎么样了？”

苏远警惕地看着邵柯，但是刚刚邵柯的语气中并没有什么异常，不像是在挑衅，甚至能隐隐听出一些真诚的关切，他说道：“有几个联系的，但都不太合适。”

“理解，这种房子不好找，一般人都不愿意租给乐队。”

这件事他们倒是可以达成共识。

“我知道，咱俩之前有过一些不愉快。”邵柯笑着说，“但是那都过去了，其实回头一想，你和我也没有什么真正的矛盾。”

“没有吗？”苏远问，“你把我的乐队都给抢走了。”

“那你不是也把赵娜抢走了吗？”

苏远知道这不是事实，但是“抢走赵娜”这个说法还是令他沾沾自喜，他觉得自己可能真的是个强大的对手。

“我还是那句话，都过去了。”邵柯重复道，“我反省了一下，别看我岁数比你大不少，但心理还没你成熟呢。我得承认，之前我确实是故意处处针对你，其实是因为我……”邵柯迟疑了。

“因为你什么？”

“因为我嫉妒你。”邵柯小声说。

“你？嫉妒我？”苏远手指着自己问，“千山还有能让你嫉妒的人？”

“我是认真的。”邵柯露出真诚的表情，从怀里掏出来一张纸，接着说，“这首歌是你写的吧？”

苏远的心抽动了一下，邵柯手里那张纸正是他被乐队开除的当晚带去的曲谱。他仍记得在一切发生前，自己对于未来的无限憧憬。

“我在刚跟乐队的乐手接触的时候，就知道你写歌写得好。”邵柯看着曲谱说，“但我没想到，竟然这么好。”

邵柯的这几句话令苏远重拾自信，他忍住笑，在心里告诫自己，决不能得意忘形，越是这个时候，越要冷静克制，必须看上去波澜不惊，大师都是这样的。

“那首歌也就是个半成品。”苏远说，“还有很多要调整的地方。”

“已经足够好了。”邵柯继续表现得像个歌迷，“能证明你的才华。”

“行了行了，别说了。”苏远打断，有点儿无所适从。

“我看完了这个谱子之后，觉得咱们之间那点儿事根本不值一提，说到底，虽然咱们俩喜欢的风格不一样，但都是热爱音乐的人，没必要弄得跟敌人似的。”

邵柯接着说，“当然了，能不能和解取决于你，但我是真心希望能得到你的原谅。”

音乐，一个化解矛盾的充足理由，在苏远看来，这是完全值得相信的，因为他自己就是这样的人。他所崇拜的艺术家，那些摇滚音乐人，他们没有一个是完美的，很多在生活中的恶劣足以使他们归类为人渣，但艺术就是艺术，苏远在很小的时候就明白了去欣赏作品而非指摘人格。

“再说吧。”苏远把架子端起来，随即又给了台阶，“不过你今天确实不像之前那么招人烦了。”

邵柯笑了笑，接着说：“还有个事儿。”

“什么事儿？”

“为了表达我的诚意，我决定跟你们乐队共用这个排练室。”

这句话令苏远震撼了一下，仿佛飞箭击中了靶心。

“你的意思是……”他试探地看着邵柯。

“你们乐队也可以过来排练。”邵柯说，“我刚才问你找没找到排练的地方，就是这个原因。这地方我已经长租了下来，但是我们也不可能24小时都在这儿，咱们可以把时间错开，等那边的酒柜和吧台修好以后，你们也随便用。”

“那我不成占你便宜了吗？”苏远说。

“你快占我点儿便宜吧，要不我心里不踏实。”邵柯说，“你要是能原谅我，就接受，不能原谅我就拒绝，我不勉强你。”

现在，主动权到了苏远的手中，他甚至有了一个充足的理由接受邵柯的好意。在外人看来,他完全不是因为垂涎这间排练室,而单纯只是因为他是个宽容大度的人。

“那个酒柜和吧台什么时候能弄好?”苏远的问题便是回答。

邵柯笑了笑,仿佛一块石头落地,他走向角落的深坑,低头凝望着说:“应该快了。”接着忽然沉默,眼神直直地盯着一个地方。

“怎么了?”苏远问。

“现在的工人干活儿真不行。”邵柯抱怨道,“说了多少遍了,这个地方就是弄不平整。”

“哪儿啊?”苏远也凑过去看。

“帮我个忙。”邵柯回头对他说,“音箱上有个工具箱,帮我把里面的胶带和裁纸刀拿过来。还是得自己弄。”

苏远找到了邵柯要的东西,他没想到这人竟然还会做这些事。他将胶带和刀递给邵柯,邵柯没空接,便对苏远说:“先放地上吧。”

“哦,对了。”邵柯又回头,“我那天看滕磊拿着一张唱片,‘枪花’的,叫什么……”

“《运用你的幻想II》。”苏远说,“我送给他的。”

“我说呢,他简直都当成宝贝了。”

“那确实是个宝贝。”

苏远心里涌起一丝忧伤,与滕磊过去的点点滴滴迅速在他面前闪过。曾经他们视彼此为这个世界上最好的朋友,可是在那个夜晚以后,他们再也没有说过话。有时候在深夜,苏远想给滕磊打个电话,但每次都放弃了。

此时与邵柯的和解,让苏远再次觉得,也许真的到了该修复这段友谊的时候了。

“我听这专辑的名字,是不是还有第一张?”邵柯的话将苏远拉回现实。

“第一张在我那儿。”苏远说着，又沮丧地补充道，“本来在我那儿，后来丢了。”

邵柯没有回应，他背对着苏远，没有让苏远看到自己嘴角正扬起的笑。这样就和他此前猜测的一样，而且他知道那张丢失的唱片在哪里，但他并不准备告诉苏远。

一直以来，生活并不尽如人意。苏远应该继续相信，好运是不会毫无理由地到来的，但他现在已然沉浸在忘我的喜悦中，忘记了一个重要的准则：矛盾可能会轻易发生，但谅解不会。

邵柯转过头，对苏远说：“现在我们算是朋友了吧？”

“还不行。”苏远说，“但算一个开始。”

他们再次握了握手。

苏远带着一颗澎湃的心离开了这间钟爱的排练室，邵柯仍然留在这里，他的理由是要去修正那个工人没有弄好的地方，但他只是继续凝望着那个深坑，仿佛里面会爬出一个吞噬人心灵的鬼怪一样。

邵柯想着那张丢失的唱片，它在那个和他一起去废弃厂房的警察的手里，他决定让这张唱片变成一个不可撼动的铁证。他从兜里掏出一副崭新的白手套，戴在手上，轻轻捡起此前被苏远递过来的胶带和裁纸刀，小心翼翼地放进了一个塑料袋中。

28. 鬼

“看来我对你的第一印象没错。”夜游神说，“你脑子确实有点儿问题。”

“你脑子才有问题呢。”苏远反击道。

“你再好好想想，那个邵柯真能有那么好心？”

夜游神提出的问题像一盆从天而降的冷水，浇灭了苏远燃烧的热情，他原本是来找夜游神分享自己的喜悦的，但是现在冷静下来，也觉得夜游神的话更有道理。回想此前与邵柯见面的种种细节，仿佛在看一部正在重播的拙劣的电视剧，哪儿哪儿都别扭。

同时，苏远想起的另一件事则彻底令他坐立难安——赵娜还在竭力地帮他寻找排练室。

赵娜在节目里插播广告，也不知道会不会影响她的工作，苏远觉得自己真不是个玩意儿，见邵柯扔过来一根橄榄枝，便急不可耐地接了过去，殊不知那只是一根扔在地上的骨头。

现在唯一庆幸的是，苏远并没有明确地接受邵柯共用排练室的提议——虽然当时的对话也基本算是默认接受，但也可以解释成一种暧昧的态度，一种避免令所有人都下不来台的成熟的处理方式。

尽管听上去像是答应他了，但我也可以不去。苏远坚定地想。

“他肯定有别的目的。”夜游神接着说。

苏远紧张了，问道：“什么目的？”

“那就不知道了。”夜游神叹了口气，“防着点儿吧。”

苏远正为自己的愚蠢与得意忘形感到懊恼，手机忽然在口袋里震动了一下，是一条短信。苏远看了一眼，激动地站起来，正陷入沉思的夜游神被他吓了一跳。

“你这一惊一乍的毛病什么时候能改?”夜游神问,“回回吓我一哆嗦。”

“找到了。”苏远说。

“什么找到了?”

“排练室找到了。”苏远将手机屏幕怼到夜游神的脸上,“这是赵娜发的短信。”

问题仿佛迎刃而解,苏远即刻通知了乐队的其他成员,半小时以后,他们集结在一个路口,随后拦下一辆出租车,前往赵娜在短信里提到的地址。赵娜早已等在那里。

到地方之后,苏远迷茫了,这地方很难形容。他转头看着乐队的成员们,大家面面相觑。

“地址是这儿没错吧?”苏远问。

“你带我们来的,你问谁呢?”裴昭说。

“先进去看看吧。”

他们小心翼翼地走进那个房子,像是在探索凶宅——如果你见到这个地方,就会知道这甚至不能算作夸张。

“怎么样?”赵娜的声音突然出现。众人吓了一跳,好在赵娜的声音永远那么温柔,而她等在这里也证明乐队并没有来错地方。

“不好说。”苏远调动自己并不充裕的词汇储备说,“有点儿奇怪。”

“我知道。”赵娜似乎早有准备,“但你不觉得这地方特别符合你们的要求吗?”

“怎么说?”

“首先空间够大,你们那些设备都放得下,而且隔音特别好,一般的专业排练室都不一定比得过,还有就是气氛很昏暗,多有摇滚氛围啊。”

“我觉得有点儿瘆得慌。”裴昭说。

“能不瘆得慌吗?”韩可儿说,“这不就是鬼屋吗?”

韩可儿说这里是鬼屋,她的意思就是鬼屋,那种你花钱买一张票,走进去,被里面的各种道具、声音及故弄玄虚的工作人员吓得半死的鬼屋。

“先不说这些。”裴昭说,“关键是为什么要租给我们,生意不做了?”

赵娜还没等说话,黑暗中忽然传来韩可儿的一声尖叫,众人急忙上前护住她,却愣住了,所有人僵立在原地,甚至没人敢大声呼吸。他们惊恐地看着对面,一个双眼闪着绿光的骷髅正缓慢地向他们走来。

“你们好。”骷髅说。

听到骷髅开口说话,裴昭不禁也吓退了两步,将苏远和余彦往前推。

“你们别害怕,我是人。”骷髅接着说,“这是我的工作服。”

“你谁呀?”苏远颤抖着声音问。

“我是这间鬼屋的老板,也负责藏在这里面吓唬顾客。”骷髅说,“你们今天算来着了,免费享受了我的服务。”

众人镇定了一些,借着微弱的光线,他们看到对面这具骷髅确实是一身逼真的服装。

“你能先把头套摘下来再说话吗?”苏远说。

骷髅没有动,似乎在犹豫。

“有什么问题吗?”赵娜问。

他们听到骷髅头套里传来一声叹息,仿佛在懊悔自己的死亡。他迟疑了一下,还是缓缓摘下头套。

惊魂未定的众人看着骷髅头套下那张逐渐浮现的脸,再一次全部沉默了下来,这次不是因为恐惧,而是某种更复杂的感觉,这种感觉的一部分是遗憾。现在他们知道了这个鬼屋的老板不愿摘下头套的原因。

“车祸弄的，面部神经受损。”鬼屋老板指着自己面容扭曲的脸说，“后来又做过两次整形手术，但都维持不了太久，最后还是会变成这样。”

苏远看着鬼屋老板，心里一阵同情，他从小接受的教育就是不能以貌取人，但现实世界却是相反的，再善良的人也会因为陌生人的长相而做出下意识的评判，他们顶多将评判藏在了心里。

这不禁让苏远怀疑起自己的感情，一直以来，他以为自己是因为声音而喜欢赵娜，但现在回想，如果那天在咖啡厅里他所见的赵娜不是一个漂亮的姑娘，他是否有底气对自己说他的感情不会消失？

苏远没有答案。

“我叫杨凡。”鬼屋老板自我介绍说。

“你好，杨凡。”此前一直躲在后面的裴昭首先打破了尴尬，拿出了自己情感导师的态度，“我知道你对自己的外表不自信，但是你要知道，没有人会永葆青春靓丽，决定我们人生的是一些更重要的东西。”

“你不用安慰我。”杨凡说，“这些话我在很多地摊上的烂书中都看过，但是没用。一开始的时候连我的家人都嫌弃我，我的朋友也都无声无息地消失了，但我现在觉得挺好的，至少清静，况且我还有这么一间鬼屋，有这么一副头套。”

苏远意识到，这个鬼屋就是杨凡的避风港，而他所扮演的鬼怪，大概才是他真实的自己。

“既然这样，你为什么还要把这里租给我们？”苏远问。

“现在基本没什么生意了。”杨凡沮丧地说，“鬼屋就是这样，玩过一次你就不会来第二次，除非换了装修，有了新的机关和布景，但我没有钱搞这些，所以顾客越来越少，顾客越少，就越没钱，没钱就不能换机关和布景，不换机关和布景，就不能……我是不是已经说了一遍了？”

“确实。”

“反正就是这意思，再这么下去，我可能连店面都要转让出去。你们要租的话，还能帮我勉强维持一段时间。”

气氛变得沉重又脆弱，现在，选择权又回到了乐队的手上。

“我是觉得挺合适的，所以叫你们过来。”赵娜第一个说话，“当然租不租还是要看你们。”她看着苏远，似乎在等待他表态。

“娜娜觉得好，我就觉得好。”苏远说。

“娜娜是谁呀？”

“你呀。”

“少套近乎。”

“哎。”苏远尴尬地挠了挠头，看着其他乐队成员，“那你们觉得怎么样？”

“我的设备都搬过来了，不想再折腾了。”裴昭说。

“这儿离我的画室倒是不远，来回也方便。”韩可儿说。

“我觉得比洗浴中心的环境要好。”秦峰说，“至少没那么大湿气。”

“行。”余彦说。

“那好，既然大家意见统一，这里就是咱们新的排练室了。”苏远做出决定，回头看着杨凡，“租金的事儿已经跟你说过了吧，我们确实只能出这些。”

“没问题。”杨凡说，“苍蝇再小也是肉。”

尽管经历了一些波折，但是乐队总算是再次走上了正轨。刚刚裴昭并不是瞎说，他的确把排练用的设备都带来了，就装在一个跟随他们的出租车而来的小货车里面。他们将设备依次卸下，开始在鬼屋里布置起来。

两个小时以后，这里终于有了一点儿排练室的样子，乐器、音箱和其他设备分别放置在不同国籍的鬼怪旁边，竟然产生一种奇妙的和谐。待了这么长时间，他们已经渐渐接受了这里的环境，被兴奋所取代。

“择日不如撞日。”裴昭将贝斯挂在身上，搂着旁边双目圆睁的伽椰子说，“我看咱们现在就开始排练吧。”

赵娜说：“我先给你们拍张合影吧。”

赵娜的提议立刻得到了所有人的呼应，自从乐队组建以后，他们确实连一张真正的合影都没有。赵娜从包里掏出一个拍立得相机，开始安排大家的站位，几经调整后，闪光灯骤然亮起，一张相纸缓缓吐出。

乐队成员与僵尸鬼怪们肩并肩手挽手，一同从相纸中浮现出来。

赵娜拿过来一支马克笔，对苏远说：“把你们乐队的名字写在照片后面吧。”

苏远愣住了。

“怎么了？”

“我们乐队还没有名字。”苏远说。

“这么长时间连名字都没有？”

“之前想过几个，都不太满意。”裴昭说，“也考虑过沿用我们之前乐队的名字，后来还是觉得不合适，那都是过去了。”

“我有个提议。”赵娜回头看着杨凡，问道，“你这个鬼屋叫什么名字？”

“荒岛。”杨凡说。

乐队成员彼此交换了一下眼神。

“就叫‘荒岛’。”苏远说，“荒岛乐队。”

“双喜临门。”裴昭说，“一连解决两件大事。我们抓紧再把上次那首歌走一遍。”

大家纷纷来到属于自己的位置上，开始调音。一切准备就绪后，鼓手秦峰节奏有序地敲击着鼓棒：一、二、三、四。

“先等会儿。”苏远说。

刚刚响起的音乐声再次戛然而止。

“又怎么了？”裴昭气愤地说。

“还有个问题。”

“就不能一次说完？有屁快放。”

“你们还记不记得我之前说过，咱们组乐队有一个重要的目标。”

“去北京参加比赛嘛。”裴昭说，“你不把歌练好，拿什么去参加比赛？”

“问题就在这里。”苏远说，“那个……比赛有一个要求，必须是用没有公开发表过的原创音乐参赛。”

刚刚情绪亢奋的众人纷纷沉默了，因为他们此前排练的都是原来疯狂的心乐队演出过的歌曲。

“你的意思是要现在写歌？”一直没说话的余彦问道。

余彦的问题让他们意识到了事情的复杂，尽管距离去北京参赛还有一段时间，他们可以利用这段时期去创作一首新歌，但没有人能够保证这首歌能让他们满意，创作的不确定性现在成为一个危险的倒计时。

“你要想笑就笑吧，别憋坏了。”韩可儿看着苏远涨得通红的脸，没好气地说。

“怎么回事？”经过韩可儿的提醒，其他人也发现了苏远强忍着笑的神情：裴昭恍然大悟，对苏远说：“你是不是有藏货？”

苏远没有回答，他拧开了吉他的音量旋钮，踩了两下效果器，用一个冰冷的音色弹奏起一段旋律。

旋律结束以后，苏远的脸更红了，这次是因为紧张。他怯生生地问道：“你们觉得怎么样？”

“你写的？”余彦问。

“对。”苏远说，“写完没多长时间，就被我之前的乐队开除了。”

“好听。”赵娜说。

苏远转过头，看到赵娜的眼睛里闪着光。苏远见多了虚伪的敷衍，正因如此，他才知道此刻赵娜的眼神里是一种无法掩饰的真诚。

她是真的喜欢。

“确实不错，之前小看你了。”裴昭说，“但还有一些需要调整的地方。”一旦涉及音乐创作的事情，裴昭就像变了个人。裴昭的话说进了苏远的心里，他赞同道：“当时写的时候就是个半成品，现在咱们一起把这首歌完成吧。”

“我觉得这首歌很有潜力。”余彦说，“弄好了真的可以去参赛。”

大家的评价给了苏远强烈的自信，这种感觉很久没有出现过了，他很激动，说：“比赛还有一个要求，就是参赛歌曲要能代表乐队所在的城市，也就是说，咱们这首歌要有千山的特点，但我一直没想好那个特点是什么。”

“这就是咱们接下来的任务了。”韩可儿说，“找到千山的特点，把这首歌写完。”

有了目标以后，事情就变得清晰，清晰后，便充满希望，这是苏远在此刻领悟到的道理。一切正在变好，就像赵娜相信的那样，生活总会给你留下一线生机。

而此时，距离千山市公安局第三派出所的陈警官将警车开上积雪的七街，还有270个小时。

倒计时270小时

270 hours

29. 陌生来电

邵柯坐在车里，开着暖风，眼睛再次瞟向放在副驾座位上的塑料袋。

那个塑料袋里装着一把裁纸刀和一卷防水胶带，自从苏远上次碰过以后，他便小心翼翼地收了起来，再没有任何人触碰过。

邵柯关掉头顶的灯，车内陷入一片漆黑，继而闭上眼睛，嘴里念念有词。他在重复着自己的计划，就像之前已经做了无数遍的那样，只有这一次机会，他需要确保一切滴水不漏。

再次睁开眼睛以后，邵柯看了眼车里的时钟，晚上9点30分他仍在等待着那个和他私聊的人。

邵柯本想约在晚上10点，但对方却提议要在晚上9点47分，有零有整，并且拒绝解释。

邵柯并不介意，只是有些担忧他要见的人心理不太正常。不过事已至此，他只能忽略这个细节，计划一旦开始执行，便没有了回头路。

时钟又跳动了一下，距离邵柯和那个陌生人见面的时间越来越近。

这是千山为数不多的私人影院，24小时营业，大多数顾客是一对对情侣，他们在各自的包间里，选择一两部电影，然后在余下的时间几乎不会再看向屏幕。

只有407号包厢里坐着一个孤独的男人，他面前正在播放的是经典电影《罗马假日》。屏幕上奥黛丽·赫本与他对视，这是他第47次观看这部影片，也是最后一次了，他需要停留在这个数字上。多年以前，他还是在家里第一次看这部电影，他的妹妹从学校对面的音像店租了一张盗版光盘。

电影结束了，但没有人催促他出去，他依然怔怔地坐在原地，眼睛里映着屏幕明亮的光。忽然之间，他站起来，坚定地走出门。

邵柯被车窗的敲击声惊醒，他睁开眼睛，看见车里的时钟显示着9点47分，扭过头，车窗外站着此前在电影院里的那个男人。他们彼此对视，邵柯笑了笑，但男人面无表情。

车窗降下，邵柯问："你就是给我发私信的那个？"

车窗外的男人反问道："你确定你能抓到夜游神吗？"

"只要你按照我说的计划去做就行了。"

男人听到这句话，迟疑了一下，开始解外套上的扣子。

"你别在外面脱呀，不怕冷啊。"邵柯惊讶道，"上车里脱。"

"不用了。"

男人说着，迅速将全身的衣裤脱下，扔进了汽车的后排，身上只留下一条平角内裤。

邵柯见状，也放下了戒备，他随后下车，从兜里掏出此前戴过一次的那双白手套，绕到副驾，拿出装着裁纸刀和防水胶带的塑料袋，指着身后一棵他早就选定的树，对男人说："委屈你了。"

男人来到树旁站定，邵柯轻轻撕开防水胶带，一点点缠绕在男人的身上，将他和树干绑在一起，一边绑一边说："好多年不干这种事了，有点儿生疏，你理解一下。"

"为什么要搞这么麻烦？"男人问邵柯。

"之前不是已经跟你解释了吗，这就是我的计划。"

"你不是说你知道夜游神的身份吗，咱们直接去找他不就行了？"

"哪有那么容易？"邵柯笑着说，"千山那么多警察都没找到他，能让咱们俩跟居委会大妈似的给堵家门口？咱们必须得伪造一个现场，才能吸引夜游神的注意。"

“那你怎么就确定他今天晚上会出来?”

“你要是不相信我,现在走还来得及。”

男人不再说话了。

“不过我倒是觉得有点儿奇怪。”邵柯绑完了最后一点儿胶带,对男人说,“那个夜游神到底拿了你什么重要的东西,值得你付出这么大的代价去找他?”

“跟你没关系。”

“随便,爱说不说。”邵柯并不关心。

胶带都缠好以后,邵柯将那把裁纸刀轻轻放在树干旁边。他之前在一些电影里看见过,说是物品上的指纹会保持很长的时间,是警察破案的重要证据,其实他也不确定真假,但他只能相信是真的,至少值得一试。

更何况,他的计划还有另一重保障。

邵柯回到车上,从储物箱里拿出来一部全新的翻盖手机,旁边还有一张同样全新的电话卡,他将卡装好,随着清脆的开机铃声响起,手机逐渐接收到通信信号。

“你不介意我把车开远一点儿吧?”邵柯在车里问,“停这儿太显眼了。”

“随便。”男人的声音有些颤抖,应该是冻得发抖。

邵柯将车隐匿到了一片黑暗中,拿起那部翻盖手机,现在,他要确保夜游神如约出现在这个现场,他拨通了苏远的电话。

几秒钟以后,听筒里响起了一声“喂。”

确实是苏远的声音。

“我捡到了你丢的唱片。”邵柯捏着鼻子,用假声说出了准备好的台词。

“什……什么?”电话那头的苏远显然有些疑惑。

“一张打口盘，是‘枪花’的专辑《运用你的幻想I》。”邵柯接着说，“是不是你丢的？”

“是，是我丢的。”苏远兴奋地说，语气又在顷刻间变得谨慎，“你怎么知道是我的，还知道我的电话，你谁呀？”

“你别管那么多了。”

“不是，哥们儿，我怎么觉得不太对劲呢？”苏远说，“你这声音是故意的吧。裴昭！我一听就是你，你有病啊大半夜给我打电话！”

邵柯无奈地看了一眼车窗外的夜色。

“我是在论坛里问的，那上面有人说当初买走这张唱片的人就是你。”

“那都什么时候的事儿了。”苏远后知后觉，“你真不是裴昭？”

“当年那唱片不好找，整个论坛就这一张。”邵柯接着说，“我再问你一遍，你要不要，不要我就卖了。”

“别别，我没说不要！”苏远急了，“谢谢了哥们儿，你定个地点，明天我过去找你，那什么——我没有太多钱。”

“就现在。”

“什么？”

“就现在。”邵柯重复道，“我明天要出差，你现在要是不过来，那就下个月再说吧。”

电话那边的苏远似乎在犹豫，迟迟没有回应，只能听见急促的呼吸声。

“行了，我看你也不太想要。”邵柯说，“我挂了。”

“别挂，别挂！”苏远喊道，“你现在在哪儿，我过去找你。”

“体育场东路。”

“你等着我啊，我现在就出门，到了给你打电话。”

电话挂断了，邵柯顺势将翻盖手机两边折断。他再次向外张望，借着月光,依然能够看到那个男人被绑在树上瑟瑟发抖的身影,邵柯冷笑了一声,“白痴。”

他将汽车暖风又开大了一些,再次打开储物箱,从里面拿出另一部一模一样的全新翻盖手机,以及另一张全新的电话卡。

现在,现场已经布置完毕,演员也正在赶来的路上,邵柯盘算着时间。最难的部分来了,他需要像一个导演一样准确地调度接下来发生的剧情。

毕竟,今晚要出现在这里的人,可不止苏远一个,而邵柯要控制时间。不早不晚,让两个人准时见面。

邵柯将汽车开到了外面的路口,这里跟绑着那个男人的地点还有一段距离,他继续等待,看着车里的时间缓慢走过,这时候,后视镜里出现了一个人影。

看来那张唱片对他真的很重要。邵柯心想,苏远出现得比他预料的更早。

邵柯立刻拿起那部新手机,拨通了陈斌的号码。

30. 猎物

陈斌还是睡不着。

他的失眠越来越严重了，已经到了需要药物帮助的程度。这些年来，他有过几次失眠的时刻，但没有哪一次像这次持续得这么久，陈斌已经快忘记睡一个舒服安稳的觉是什么感觉了。

同样，跟此前的失眠不同的是，他在白天并未感到浑浑噩噩，相反却极为亢奋，他知道这对于健康来说并不是一个好的信号，但至少证明自己没有被时间抛弃，于是，在这样的深夜里，他宁愿让自己双目圆睁，盯着面前的电脑显示器。

屏幕上是“千山之城”论坛的首页，以前他很喜欢这个论坛，甚至是最活跃的一批人之一，关于千山的一切都可以在上面讨论，但是最近，他已经很少再看了。再次打开的时候，陈斌惊讶地发现论坛的页面已经改版，变得陌生，自己也不再能轻车熟路地操作，想看任何信息都要笨拙地点击半天。

他回想起今天白天在所里和小宋的对话。

当时陈斌将捡来的CD唱片放在桌子上，小宋看到了，随手拿起来，对陈斌说：“‘枪花’？”

陈斌抬头看着他。

“是正版的不？”小宋接着问。

“当然是。”陈斌说，“不过是打口的。”

“那可真不好找。”小宋接着说。

“没听说你也爱听摇滚呀。”陈斌说。

“现在听得少了。”小宋说，“当年也算资深摇滚乐迷了。听过‘疯狂的心'吗？上学的时候我还去看过他们的现场呢。"

"没听说过。"陈斌一把夺回唱片。

"那说明你段位还不够。"小宋一脸得意地说，"那可是当年咱们千山传奇的地下乐队，可惜后来解散了。"

陈斌不说话，试图无声地结束这个话题。

"'枪花'这张打口盘……"小宋显然没有意识到陈斌的冷漠，沉思着说，"这是不是之前论坛上转让的那张？"

"什么论坛？"陈斌问道。

"'千山之城'啊，你不知道？"

"那我肯定知道。"

"不是不是，你没听明白。"小宋说，"我说的是'千山之城'论坛的摇滚专区，需要独立账号登录的，早就关闭注册了，有账号的都是资深的老摇滚迷。我记得当时有人在那上面转让一套'枪花'的唱片，打口盘，双碟，这不会就是其中的一张吧？"

"你有那个专区的账号吗？"陈斌问。

一直面露得意之情的小宋忽然不说话了，他扭过头，拿起桌上的一沓文件假装翻阅起来。

接下来的一整天，他们再也没有谈论过有关摇滚乐的话题。

小宋的行为证明，他并不是自己所形容的那种"资深的摇滚乐迷"，这让陈斌觉得自己还能勉强跟他相处下去，毕竟小宋是跟他朝夕相处的同事，也是陈斌如今唯一的朋友了，所以陈斌并没有说出自己对摇滚乐及那些玩儿摇滚的人的真实看法。

不过小宋还真在无意间给了陈斌重要的信息。如果这张唱片真的是在那个专区里转让的，那倒是一个值得去追查的线索。

陈斌在论坛主页上寻找了半天，终于在一个不起眼的角落里找到了专区的入口，他点进去，页面瞬间变成了黑色，接着亮起一行红色的字，傲慢地写着：欢迎回来，真正热爱摇滚的你。

除此之外，什么都操作不了。小宋说得没错，如果没有专属账号的话，只能返回。

陈斌继续盯着这行字，不出意外，这行红字将陪着失眠的他一起度过漫长的夜晚。

忽然，他的手机响了。

“喂？”

“请问是陈警官吗？”电话里传来一个男人的声音，陈斌觉得这个声音有点儿耳熟，但想不起来是谁。

“哪位？”

“陈警官，我要报警。”对方说，“我好像看见夜游神了。”

“在哪儿？”陈斌立刻站了起来，肩膀夹着手机，开始穿外套。

“就在落日公园的小树林里面。”电话里的男人说，“我晚上出来跑步，看见一个人影，鬼鬼祟祟的，跟之前新闻上报道的夜游神很像。”

“你确定吗？”

“我怎么能确定。”对方说，“不过我刚才好像听见了撕胶带的声音。”

“你在那边等我，我马上就到。”陈斌说。

对方没有回应，而是挂断了电话。陈斌试图打回去，语音提示他无法接通。

一切都像个圈套，陈斌在刚接起电话的时候就有这样的感觉。首先，那个人报警没有打“110”或者派出所的电话，而是直接拨打了他的手机。其次，对方在他尚未询问的时候，就主动交代自己是出来跑步的，仿佛是在念准备好的台词一样。还有最重要的，就是这个无法回拨的电话。

陈斌作为一名民警，当然知道这时候更应该做的是谨慎行事，他不应该去，至少不应该自己一个人去，所有的细节都在对他发出警告。

但他并未停下脚步。

因为他真的有可能找到夜游神，哪怕只是百分之一的可能。

出门之前，陈斌又回头看了一眼电脑屏幕上的那行红字。

现在已经过了午夜12点，陈斌将车停在了落日公园门口，公园的大门虽然紧锁，但旁边的侧门却开着。他走进去，望着公园里左右两片相同的树林，不知道该选择哪个方向。他再次回拨那个电话，依然无法接通。

头脑中的警铃提醒着陈斌，现在离开还来得及。

他选择了左边那片树林。

钻进丛林深处，陈斌被一棵棵树团团围绕，举目四顾，方向已经消失了。他曾在白天无数次来过这个公园，却从未像此刻这样感到茫然，仿佛自己并非在城市中，而是置身荒野。

除了偶尔的几声鸟鸣，陈斌能听到的只有自己踩在落叶上的脚步声，他慢慢向前走，一棵树一棵树地检查，他没有任何时候比现在更期待找到一个被袭击的受害者。

时间又过去了很久，当陈斌穿过最后两根相似的树干时，面前豁然开朗，夜色平铺在眼前，他已经走出了这片树林，什么都没有发生，什么都没有发现，他安然无恙。

解脱和失落同一时间在他的心中涌起，陈斌在夜色下深吸一口冰凉的空气，向另一片树林走去。每一棵树都是光秃秃的，毫无生气，仿佛垂死的人，脚下的枯叶依旧发出清晰的响声。忽然之间，陈斌意识到，自己正在成为一个黑暗中的靶子。

他无法阻止自己踩在枯叶上，而这样的声音让他变成了一只挂着铃铛的猫，如果一切真的是个圈套的话，他显然正固执地自己往里面钻。退一步说，就算那个报警电话是真的，夜游神也真的就在自己附近，那只说明他的处境更加危险，他很可能已经是一个猎物了，是明天的新闻头条，“一名警察，被夜游神绑在了树上，全身扒光只剩下一条内裤”。

他甚至希望自己穿了一条体面干净的内裤。

他想象着那个画面，想象着夜游神。尽管他从未见过那个人，但在脑海里，他总是能勾勒出一个清晰的形象，有时候他甚至觉得那个想象出来的人就是夜游神，以至于在街上遇到长相相似的人，都会忍不住上前盘问一番。

忽然间，树林深处的一声呻吟打破了陈斌的想象，他停下脚步，保持安静。

呻吟声再次传来，这次更加清晰。

陈斌缓慢地向那个声音靠近，直到他在树林间洒下的微弱月光中，看到了一个被绑在树上的人。

那是夜游神的手段，毫无疑问。

陈斌并没有急着接近，他停下脚步，保持安静。他知道，危险并未解除，夜游神很可能仍在附近，陈斌等待着，他想到了狼。

狼。陈斌记得自己在电视里看过，狼之所以能生存下来，是因为它们有着足够的耐心，它们会一直盯着猎物，但从不急于攻击，只为了等待一个最佳时机。现在，他可能是狼，而那个并不确定是否在附近的夜游神，也可能是狼。

被绑在树上的那个人在又一声呻吟后抬起了头，陈斌看到了他的脸。他惊讶地发现，这个人并不陌生。

31. 天才

对方没有提钱，这是令苏远疑惑的部分，尽管如此，苏远还是带了一点儿现金，如果电话里那个人真的捡到了他的唱片并且还给了他，他愿意表示适当的谢意。

他们约定的地方在体育场东路，苏远已经到了路口，他有点儿紧张，前面那条路漆黑深邃，一望无际，理性告诉苏远，正常来说，没有人会在这种地方与陌生人见面。

他决定先跟对方联系一下再做打算，拿出手机回拨了那个人的号码，却听到语音提示他对方无法接通。事情因此变得更加奇怪了，苏远知道，他现在后悔还来得及。

万一呢，万一那个电话里说的都是真的呢？苏远在心里问自己，我是不是有可能因为一时的胆怯而错失将自己珍爱的唱片找回来的机会？那个是我本来想要送给娜娜的礼物。

苏远踏入了黑暗中。夜色包裹了他，继续向深处走，到了一条没有路灯的小径，对方并没有说在体育场东路的什么位置，苏远只能边走边像只猫一样地探寻。

忽然间，苏远看到了一个人影站在远处，他定了定神，向那个人影招手，人影没有任何反应，依然平静地站在一棵树下。

苏远又向前走了几步，终于看清了那个人影，只是对方并不是站在树下，而是被胶带绑在了树干上。而那人应该早就看到了前来的苏远，只是无法发出任何声音，因为他的嘴也被胶带牢牢地封着。

树干旁，一套衣物整整齐齐地叠好放在了地上。

陈斌拍了拍绑在树上那个人的脸。

经过了漫长的等待，陈斌确定这片黑暗的丛林中并没有第三个人，他刚刚只是可笑地与自己幻想中的危险对峙着。

树上的人抬起自己无精打采的脸，清醒过来，他也立即认出了陈斌，面露惊喜的神色，语气虚弱地叫道："陈警官。"

"行啊，邵柯。"陈斌说，"怎么又是你，你都快成我的大客户了。"

苏远并不认识绑在树上的这个人，可对方瞪大了眼睛看着他，似乎是在等待苏远将他从树干上放下来。

"外行就是外行。"黑暗中突然传出一个苏远熟悉的声音。

夜游神从身后缓缓走过来，越过苏远，对树上的男人说："不好意思，我把你嘴贴上，是怕你乱喊。"

苏远觉得自己被耍了，愤怒地盯着夜游神说："你有病吧，大半夜绑了一个人，还特地叫我过来参观？"

"我没那么闲。"夜游神说，他指着树上的男人，仿佛那是一件失败的雕塑，"我不是说了吗，这是外行干的，你看那胶带缠得乱七八糟的，稍微用点儿力就能挣开，我刚才特地又紧了两圈。"

"那是谁干的？"苏远问。

"邵柯。"

"邵柯？"

陈斌开始撕扯绑在邵柯身上的胶带，每撕一下，邵柯就发出一声杀猪似的号叫。陈斌听得心烦，但也知道，这还真不能怪邵柯，这胶带缠绕得极其牢固，撕完几条，基本上相当于免费的全身脱毛了。

最后一圈胶带撕掉以后，邵柯颓然蹲坐到地上，陈斌给他一点儿喘息的时间，他看到邵柯身上那条浮夸的内裤，上面印着令人眼花缭乱的桃心和红唇。

“你衣服呢？”陈斌问。

邵柯有气无力地说：“不知道。”

陈斌叹了口气，脱下自己的外套披在邵柯身上，接着问：“你看没看清袭击你的人长什么样？”

蹲在地上的邵柯仰起头，站在他面前的陈斌像一座高耸入云的黑塔，他们目光对视，陈斌在等着答案。

“我彻底蒙了。”苏远说，“邵柯为什么要干这种事？”

“因为你。”夜游神说。

“我？”

“你想想你为什么会跑到这儿来？”

“我接了个电话。”苏远如实相告，“说是捡到了我丢的唱片，约在这儿见面。”

夜游神指着绑在树上的人说：“给你打电话的就是邵柯，他跟邵柯是一起的。”

“你们是一起的？”苏远靠近了两步，树上的人还是无法出声，苏远只能从对方的眼神里寻找信息。

“之前我就说邵柯肯定有点儿什么企图。”夜游神接着说，“就跟踪了他一段时间。”

“到底是怎么回事？”

“邵柯的目的就是把你引出来，他特地布置了一个模仿我的现场，等你出门一段时间以后，他再打电话报警，这样你跟警察前后脚到了，警察就会把你当成夜游神。”

“怎么可能，我又没碰过……”苏远正说着，忽然看到那人身上的胶带和地上的一把裁纸刀，他认出来了，那就是在排练室里邵柯让他递过去的东西。

“也就是说，根本就没有人捡到我的唱片?”苏远咬着牙说。

“都快进局子了还想唱片呢，心可真大。”夜游神说，“不过唱片还真被人捡走了，只不过不在他们手里。”

“那在谁手上?”苏远兴奋地问。

“警察。”夜游神说，“警察在那个废弃厂房里捡到了，应该就是咱俩那天在里面打滚的时候掉下来的，所以警察怀疑那张唱片和袭击邵柯的人有关。按照邵柯的设计，今晚警察如果在这儿把你当场抓获，再确定那张唱片就是你的，基本上算是定死了。”

“这人怎么那么多心眼。”苏远叹了一声，又疑惑道，“不对呀，其实用不着那么麻烦，反正邵柯已经知道那张唱片是我的了，他直接告诉警察不就行了?”

“他也不确定警察的态度。”夜游神说，“那张唱片只能证明你之前出现在废弃工厂里，你有可能是袭击者，也有可能是见义勇为的，邵柯又不能直接问警察，所以才设计这么一套，给你安了个身份。”

苏远听得心惊肉跳，他没想到，在自己满脑子都是乐队、赵娜还有那张丢失的唱片的时候，暗处却涌动着如此多试图射向他的利箭，而夜游神——这个全千山最痛恨的人，却像一堵墙一样横在他的面前，将所有的暗箭挡在了外面。

“你怎么知道这么多的?”苏远问。

“我亲自问的邵柯。”夜游神轻描淡写地说。

苏远意识到，自己光顾着接收一个个令他震惊的信息，全然忘记了那个策划一切的邵柯本来也该在这里，他看着夜游神脸上的表情，已经不难猜测邵柯此刻的下场。

“邵柯现在在哪儿?”苏远问。

“脑袋冻傻了?”陈斌不耐烦地问,“有没有看见袭击你的人是谁?”

陈斌盯着邵柯的眼睛,期待着他能说出一个自己预料之中的人。

邵柯也同样如此,他知道这是一个千载难逢的好机会,尽管自己此刻颜面尽失,繁复的计划也宣告流产,但是再次沦为受害者以后,此刻他拥有了另一个掌握事情走向的主动权。苏远的名字就在嘴边,他只要告诉面前的警察,两次袭击他的人就是跟他有过过节的那张唱片的拥有者,那么他的目的便几乎实现了。

“我不知道。”邵柯咬着牙说。

“真不知道?”陈斌怀疑地看着邵柯。

邵柯的脑中浮现起自己在昏迷之前最后一个清醒的时刻——一个黑影站在他身边,用冰冷且不容置疑的语气告诉他:“下次再敢碰苏远,我弄死你。”

“真不知道。”邵柯坚定地说。

“起来,我送你出去。”陈斌已经不想再浪费时间了。

夜游神回头看着那个绑在树上的人,他的嘴依然被胶带封着,夜游神缓缓走过去,对方露出惊恐的目光。

“你要干什么?”苏远问。

“别紧张。”夜游神这句话是同时对他们两个人说的,“他虽然参与了邵柯陷害你的计划,但并不是有意的,我不会伤害他。”

“那他为什么愿意听邵柯的?”

“为了找我。”夜游神说。

“找你?”

夜游神站在了那人的旁边,对他说:“这也是我把你的嘴封上的另一个原因,我希望给你道歉的时候,你别太激动。”

接着,苏远看到了一个他无法相信的画面,夜游神站在那人的身前，毕恭毕敬，90度鞠躬，“对不起，拿走了对你非常重要的东西。”

夜游神从口袋里拿出那个吊坠上刻着“4.7”的项链，递给苏远说：“我说过我会帮你找到他。”

苏远瞬间明白了，激动地喊道：“你就是疯狂的心乐队的鼓手？”

对方的眼神给了苏远答案。

苏远走上前去，撕掉了那人身上缠绕的胶带，那人全程没有发出一点儿声音。

走到落日公园的西门，他们发现了邵柯的汽车。

邵柯走上前去，看见自己的衣物扔在后座，他将外套还给陈斌，穿好自己的衣服。

直到驱车离开，两个人再也没有说过一句话。

“我知道你一直在找杀害你妹妹的凶手。”夜游神说，“我也知道你肯定怀疑过我，但是我想告诉你，那件事不是我干的。”

“我之前袭击过你，拿走了你的东西，这些我都承认。”夜游神说，“如果你觉得刚才的道歉还不够，你可以把我交给警察。”

气氛忽然变得紧张起来，苏远左右看着他们两个人，两人矗立在夜色中，犹如一场格斗游戏开始前的画面。

“我不相信警察。”那个被称为天才的鼓手终于说话了。眼见危机似乎已经解除了，苏远悬着的心终于放了下来，他那颗只能处理一件事的单线程大脑再次嗡嗡地旋转起来，仿佛已经忘记了今晚发生的一切，激动地对这位消失已久的鼓手说：“你愿意加入我的乐队吗？”

“你的乐队？”

“裴昭和余彦都在，乐队还有一个特别厉害的女主唱。”苏远说道，他马上意识到自己失言了，提到女主唱，难免会令对方再次想起曾为他们担任和声的那个已经离开世界的姑娘，但是对方并没有表现出来，他依旧面无表情。

夜风从他们中间穿过，苏远平静地等待着答案。

“你们有原创吗？”

“有是有，不过……”苏远迟疑了。

“怎么了？”

苏远想起上次他们在鬼屋里的演奏，他接着说：“那首歌缺少一些能够代表千山的元素，但是到现在我们还没想到那个元素是什么。”

忽然间，午夜的钟声响起。

当——当——当——当——当——五个不同的音符。

他们在同一时间望着钟声传来的方向。月光下，苏远的脸上露出一个纯真的笑容，他意识到，这个夜晚他不虚此行。

32. 善良与完美

苏远觉得，现实生活最大的问题在于，它不是电影。谁也无法准确预测接下来发生的事情，连猜测都很难，现实的不确定性直接导致了情绪的不确定性。下一秒是喜是悲？明年呢？没人知道。

如果是电影就好了。你走进电影院的时候，确定自己买的这张票是一部喜剧，那么无论主角遇到了多大的麻烦，遭受怎样的摧残，你都会对他充满信心。你看了一眼时间，知道距离影片结束还有半个小时，也就是说，主角有足够的时间搞定一切，赢得大团圆。不止喜剧如此，悲剧也一样，当你确定结局会让人悲伤的时候，你会为此做好充足的准备，没有猝不及防的悲伤就不是真正的悲伤。

但还是那句话，现实生活不是电影，它的不确定性让苏远很不安，尽管一件好事正在发生，他却依然忧心忡忡。这件好事就是，他们的这首原创有了令人惊喜的进展。

一个小时以前，苏远在鬼屋排练的时候，用吉他弹奏了一段由五个音符分别作为根音的和弦进行，这是他重新编写的前奏。

"有点儿耳熟。"裴昭说，"好像在什么地方听过。"

"钟声。"苏远说。这就是他找到的属于千山的元素，这座令人感到迷茫的城市，总是在午夜敲响钟声。

"我觉得这段写得很好。"余彦表达了他的欣赏，"午夜钟声是千山独一无二的标志，我们后面可以把这个钟声采样进来，配合苏远的演奏。"

"我同意。"裴昭笑着看着苏远说，"可以呀，小子。"

现在，他们有了这段代表千山的旋律，加上此前苏远写好的第一版曲谱,创作变得更加容易,他们决定各自用自己最习惯的方式独立创作,最后再加以合练调整。

大家像身处自习室一样,埋头在属于各自的一小块空间里,互不交流,只有频繁响起的乐器声证明着乐队的存在。韩可儿则独自来到另一个房间,靠在一个脑门上贴着一道符的清朝僵尸身上,思考着她要唱的歌词。

整个下午,他们都是这样度过的。

当大家再次聚到一起以后,他们的脸上洋溢着不同款式的自信,这首作品的第一次合练开始了。

苏远依然用那段钟声的和弦作为前奏开始了这首歌,裴昭的贝斯声在一个巧妙的时刻融入——这一段苏远用的是清音,铺在下面的贝斯声清晰稳重,像一个值得信赖的长辈。

随后,在贝斯的带领下,秦峰的鼓声进入——他的技术的确与其他人差距巨大,所以鼓点的编排并没有多么复杂,但也保持了节奏的稳定。

当余彦配合着苏远弹响了一个充满力量的金属和弦时,韩可儿那魅力四射的嗓音悠然响起。韩可儿重新创作的歌词像一首意义朦胧的现代诗,比起他们第一次排练时韩可儿即兴唱的句子,现在的歌词更加清晰。苏远从她的歌词中看到了一幅幅油画,画中的千山变换着分镜,在时间的洪流中不断重现。

副歌结束以后,余彦迅速地踩下几个单块效果器,他的吉他音色忽然变得像冰川一样冷冽,他弹奏起自己刚刚写好的一段 solo(独奏)。

这段solo充分展示了余彦的技术,苏远一边为他伴奏,一边羡慕地看着余彦在指板上上下翻飞的手指。余彦并非为了炫技而弹,但他展现的技术是苏远不知道还要再练习多少年才能拥有的。当这段令人沉醉的solo结束后，韩可儿的歌声再次回归，直到结束。

第一次合练的效果令人震惊。

“我觉得都可以直接去比赛了。”裴昭兴奋地说，“没想到这么顺利。”

其他人的表情都和裴昭差不多，余彦的脸上也露出了难得的笑容，只有苏远高兴不起来。

他当然知道这首歌的完成度已经相当高了，远超他的预期，尽管还称不上完美，但苏远可以接受不完美，他相信有缺憾的事物同样充满魅力。可现在，一种愧疚感正在刺痛着他，眼前浮现一个天平，一边是完美，一边是善良。

苏远偷偷瞟了一眼坐在架子鼓后面的秦峰，对方仍然沉浸在喜悦中，苏远想，他能够体会秦峰的喜悦，那样子就像他自己第一次组乐队的时候一样。

突然间，韩可儿发出一声惊恐的尖叫。所有人的目光随着韩可儿的声音望去，一个黑影缓缓从鬼屋中浮现。裴昭看着那个黑影，声音几乎颤抖地说：“这地方不会真闹鬼吧。”

这个黑影便是苏远愧疚的实体。

“老许？”余彦比较镇定，他盯着那个黑影，好似辨认出了什么。

“都这么大岁数的人了，怎么还跟小崽子似的？”疯狂的心乐队的鼓手，被称为天才的许亦冰说道。

“真是你？”裴昭放下贝斯，激动上前，仿佛许亦冰是一件鬼屋里活过来的道具。

“好久不见啊，各位。”

“我给你们几个介绍一下。”裴昭对不认识许亦冰的几个人说道，“这是我们以前乐队的鼓手，苏远，你不是一直想找他吗？”

“是我让他来的。”苏远平静地说。

许亦冰接下来对其他几个人讲述了他与苏远的相识，他省略了自己被邵柯利用，绑在树上，并且遇到了夜游神的经历，所以那个故事经过大量的简化，变成了两个人的意外结缘。不过没有人怀疑这件事，尤其是裴昭和余彦，他们已经陷入了与许亦冰重逢的激动中，只有苏远听着大叔们的寒暄，思绪渐渐抽离。

与许亦冰相识后，苏远知道了10年前那起案件的更多细节。在妹妹遇害以后，许亦冰将所有的希望都寄托在警察的身上，但是案子迟迟未破，渐渐地，许亦冰失去了对警察的信任，他开始独自追凶。每个夜晚，他都会在七街的后巷附近徘徊，也遇到过几个看上去可疑的人，但最后都证明与他妹妹的遇害无关。日复一日，他过着相同的生活，逐渐变成了一具在黑夜游荡的灵魂，也是因为这样才遭遇夜游神的袭击，那是一次意外，却让许亦冰丢失了身上最重要的东西。

“来，亮亮活儿。”裴昭的大嗓门将苏远拉回到现实，他不知道什么时候已经将鼓棒拿在手上，递给许亦冰。

“干什么？”

“你说干什么？”裴昭笑着说，“我可没少替你吹，让他们听听你打鼓。”

“算了吧。”许亦冰说，“多少年没碰了。”

“我也想听听。”余彦说，“好几次我做梦还梦到你打鼓呢。”

许亦冰环顾四周，最后视线落在苏远的脸上。苏远的表情满怀期待，他一直渴望着这一刻，想见识见识这个传说中的天才的技术。

许亦冰接过鼓棒，秦峰默默地站起来，从架子鼓后面走出，许亦冰在所有人的注视下坐在鼓凳上，简单调整了军鼓和镲片的位置，踩了两下秦峰从没用过的底鼓，深吸一口气。

苏远注意到，许亦冰的眼睛里反射着镲片金色的光。

鼓声响起。

这段鼓打了大概一分钟，停下时，鬼屋里鸦雀无声，他们沉默着，互相交换眼神。

打破沉默的仍然是裴昭，他无声地走到苏远的面前，小心翼翼地说：“我没骗你吧？”

“你骗我了。”苏远表情迟滞，说，“你跟我说他的鼓打得好，但你没说打得这么好。”

“干别的不行，拍马屁一流。”裴昭笑着拍了拍苏远的后脑勺。

“宝刀不老啊。”余彦赞叹道。

许亦冰只用了一分钟的时间，便证明了他对得起所有人的赞誉，也让苏远意识到，这就是能让他们这首原创作品走向完美的最后一块拼图。

裴昭忽然走开，将排练室里的几台音箱的电源依次关闭。

“你干什么？”苏远问。

“今天就到这儿吧，不练了。”裴昭说。

“为什么？这还早呢。”

“上次我就说要请你们吃饭，结果咱们被人从排练室里赶了出来，这事儿也忘了。现在歌儿也弄得差不多了，老许也回来了，双喜临门，还练什么，必须得喝点儿庆祝一下。”

苏远赞同这个提议，至少可以让他从愧疚的情绪中暂时解脱一下，他抬头看了一眼一直没有说话的秦峰，在秦峰与他的眼神接触之前躲开了。

裴昭很快就预订了一家餐厅，距离不太远，他们决定步行前往。乐队一行人离开鬼屋，来到夜幕降临的马路上。

走出一段距离以后，裴昭心里一凛，暗自责备自己的草率，因为要想走到他预订的餐厅，必须经过七街。

大家在抵达七街的时候,默契地保持了沉默。

七街是许亦冰心里的一处伤疤,但是他们当时并不知道,距离千山市公安局第三派出所的陈警官将警车开向这里,还有177个小时。

倒计时177小时

177 hours

33. 欢迎回来

陈斌用力揉着自己的太阳穴，连日的失眠令他患上了偏头痛。

陈斌觉得，偏头痛在所有疼痛中的地位，大概相当于失望在所有情绪中的地位，它们都不够强烈，不会杀死你的心，却时刻提醒着你生活依旧如此糟糕。

他回忆起独自前往落日公园的那个晚上，无论怎么看，那都是一个冒险的举动，没有遭受意外已经是一个幸运的结果，但现在，他只懊悔自己没有去得更早一点儿，没有一开始就摸到正确的那片树林里。他错过了抓到夜游神的最好时机。最后，只有一个穿着花里胡哨的内裤被绑在树上的邵柯，以及邵柯提供的一点儿用都没有的信息在那里等着他。

陈斌的脸色通红，不过是他面前显示器的光映照的。显示器的页面依旧停留在"千山之城"论坛的摇滚专区上，黑色的页面上面有着鲜艳的红色文字：欢迎回来，真正热爱摇滚的你。

一阵手机铃声打破了屋里的沉默，陈斌看着来电显示，皱了皱眉。"又怎么了，大客户？"他接起电话后说。

"陈警官还真幽默。"电话另一边的邵柯说。

"有话快说，有屁快放。"

"是这样的，那天晚上在公园里的时候，你不是问我记不记得袭击我的人是谁吗，我当时有点儿蒙……"邵柯说，"现在我再一回忆，想起来一些东西。"

陈斌立刻从椅子上起了起身，调整坐姿，声音也亮了："你想起那人是谁了？"

他的脑中浮现起苏远的名字。

“那倒没有。”

失望。陈斌揉了揉太阳穴。

“那你想起什么了?”

“那个人的手腕上有一个贝壳图案的文身。”邵柯说。

陈斌叹了口气,单这个信息无法帮助他锁定任何人。

陈斌想到另一件事。他带着邵柯去废弃厂房的那次,问过邵柯文身的问题,当时的邵柯也联系了他们乐队的其他人,陈斌得到的回答是苏远的手腕上没有文身,但那是在苏远被乐队开除之前。邵柯不可能不记得那件事,陈斌经过几次跟邵柯的接触,知道这人不老实,话只能听一半。

“邵柯。”陈斌语气冰冷地说,“在公园那次,我问你的时候,你应该就已经想起来那个人有文身了吧。”

电话另一边沉默了,过了一会儿,响起邵柯听不出情绪的笑声。

“当时你为什么不说?”陈斌坚定了自己的猜测。

“那人威胁我。”邵柯说,“我虽然看不清他长什么样,但是确实跟他说上话了,我怕我说得太多他会来报复我。”

“你现在就不害怕了?”

“我在家里,他拿我没办法。”邵柯说,“而且我也想明白了,陈警官,这么害怕也不是个事,这人一天不抓起来,我就一天过不踏实。”

“我怎么听你那意思,好像把他抓起来,就能把你给放出去了似的。”

“陈警官,他才是罪犯,你觉得你这样说我一个遵纪守法的良好市民合适吗?”

陈斌没有继续与邵柯幼稚的斗嘴游戏,挂断了电话,尽管他依然觉得邵柯应该另有所图,但那也是后面的事情了。邵柯至少有一件事没有说错,那个手臂上有贝壳图案文身的人才是罪犯。

而且,陈斌此时脑中产生了另外一个想法,这个想法让他兴奋。因为此前他们只证实了苏远在被开除出乐队之前是没有文身的,但有一种可能是在离开乐队以后进行了文身。

陈斌重新梳理细节,发现了另一个足以支持这个猜测的证据:夜游神作案的时间非常长,远早于苏远被开除出乐队的时间,可是在那之前,没有任何一名受害人见过那个文身,而声称看到过文身的,时间线都在苏远被踢出蓝莓酱乐队之后。

时间上的吻合令陈斌振奋,他必须找到苏远。陈斌再次拿起手机,刚准备回拨邵柯的电话,手却悬在拨号键上,没有按下去。

陈斌想到,如果苏远就是夜游神,他一定非常警惕,说不定现在邵柯的一举一动都在对方的注视下,如果通过邵柯去找苏远,无异于打草惊蛇。陈斌需要一种更隐秘的方式,以一个陌生的身份在人群中与苏远相见,尽管这可能需要绕一段路。

他的目光再次落在电脑屏幕上那行傲慢的文字上,脑海中浮现出四个字——遗失的歌。赵娜曾这么介绍道。

陈斌拿出那张在废弃厂房里捡到的CD唱片,接着翻箱倒柜,终于找到了自己多年前买的一部卡片相机。他还记得自己刚买到这部相机时激动的心情,但这份激动并未持续太久,因为那些曾被兴趣所点燃的热情,又总被天赋熄灭。当陈斌意识到自己并没有摄影的天赋时,这台相机便变成了一个沉默的故人。

不过眼下他要做的事情,并不需要什么摄影天赋,他只需要把这张唱片的细节拍摄清楚。

陈斌前前后后对着唱片拍摄了七八张,再次回到电脑前,晃动鼠标,在摇滚专区的红色文字上点击了一下,弹出来一个提示登录的对话框。

论坛普通的账号是无法登录的，上次跟陈斌说这件事的是他的同事小宋，当时的小宋满脸得意，在陈斌面前表现出一个资深摇滚乐迷的优越感，但当他问到小宋是否有这个专属账号，小宋不好意思地转移了话题。小宋并不是自己以为的那种资深的摇滚乐迷，这让陈斌觉得他们还能像以前一样好好地相处下去。

陈斌看着提示登录的对话框，整个千山，能通过这一步的人并不多。

他输入了自己的账号和密码，点击回车，黑色页面瞬间消失，仿佛尘封在时间里的摇滚专区缓缓打开。

陈斌发现，尽管论坛的首页已经改版到自己认不出来的样子，但是摇滚专区还是和当年一模一样。这里四处弥漫着一股老派的气息，是旧时光，是收容所，是陈斌错过的许多年。

陈斌在专区里发布了一个话题，接着将相机的内存卡连接到电脑上，将刚刚拍摄的几张照片导出来，输入文字：出售，枪花乐队，《运用你的幻想I》，打口不伤歌，有意者私信。

话题发布。

他坐在电脑前等待着，不自觉地点起一支烟，陈斌已经有半年没有抽过烟了，他并没有刻意戒烟，吸烟的欲望只是像一个汽油用尽的老爷车一样自然地停了下来，从此那包烟始终在他的桌子上放着，经过漫长的时间，已经失去了烟草原本的味道。

第一条私信出现了：有意收购，请问多少钱出？

陈斌没有回复，继续等待。

第二条私信：可不可以拍一下盘面的照片，想看看打口的情况。

陈斌依然没有回复。

很快，第三条，第四条……私信像是从天而降的雨，陈斌一直以为，这个拒绝新人入场的摇滚专区，早已变成了一片坟墓，但是他错了——也许没错，这里的确是一片坟墓，但是每一个坟墓中的灵魂都会在夜晚醒来。

就像不知不觉间点燃香烟的自己，此刻坐在黑暗中，映着显示器的光，陈斌看起来就像他年轻时候的样子。

他的表情平静，很清楚这将是又一个不眠的夜晚，好消息是，他原本就睡不着。私信依然在轰炸着他，他一条条看过，值得他回复的还没有出现，他在等待着论坛里能伸出一只将他拉出深渊的手。

34. 告别

幸亏裴昭提前打电话预订了一个包厢。当他们来到这家火锅店的时候，店里已经人声鼎沸，所有的座位都坐满了。以前苏远还纳闷，千山人一到晚上都哪儿去了？现在他明白了，都围着酒桌混呢。

铜锅里的水很快沸腾起来，服务员把他们点的食材一样样往包厢里送，雾气拍在他们的脸上，所有人都满面红光。

“这还是咱们乐队第一次喝酒吧。”裴昭一边用筷子起啤酒瓶盖一边说。

“应该是。”苏远说，“那儿有瓶起子。”

裴昭鄙夷地扫了一眼桌上的瓶起子，筷子在手里一撬，“嘭”的一声，瓶盖飞上天，啤酒沫从瓶口溢出。

“人不齐。”裴昭接着说。

“还差谁?”苏远环顾四周。

“差赵娜呀，下次也带上。”裴昭一边倒酒一边说，“家属也是乐队的一分子。”

苏远听完心里一喜，他喜欢“家属”这个说法。

“你跟赵娜好上了?”一直在看着他们的韩可儿问，“赵娜怎么没跟我说过?”

“算好上一半吧。”苏远说。

“什么意思?”

“我这边单方面同意了，赵娜目前还不知道。”

“说了半天是暗恋啊。”

苏远尴尬地低下头，小声说:“一直没当面表白，总有事儿拦着。”

“想做什么事就抓紧去做。”许亦冰忽然插话，他用认真的表情看着苏远说，“有的事情你现在不做，以后可能就再也没机会了。”

苏远被许亦冰严肃的语气镇住了，想起他经历过的事，瞬间体会到这句话的重量。

“我明白。”他对许亦冰点了点头。

裴昭忽然拿着酒杯在桌子上响亮地磕了两下，喊道：“都满上吧。”接着将酒杯举至半空，环顾众人，说，“那什么，我讲两句。”

“你讲什么讲。”余彦说，“直接喝得了。”

“你让他说吧。”韩可儿劝道，“要不一会儿该没人买单了。”

大家分别将自己的酒杯斟满，等着裴昭，裴昭不紧不慢地说：“这个，这是咱们乐队第一次正式的聚会，很高兴，啊，很高兴。”裴昭微笑着，停顿了一下，接着说，“咱们乐队呢，能组起来不容易。特别要感谢苏远，年纪虽然比咱们都小，但是很成熟。另外呢，也还要庆祝老许正式归队。哎呀，看见你们我就感慨，时光如白驹过隙，一眨眼，10多年过去了，想当初咱们也像苏远这么大……”

“他到底要说到什么时候？”苏远小声问韩可儿，“我胳膊有点儿酸。”

“行了行了，喝酒！”余彦也受不了了，站起来打断裴昭，其他人见状也纷纷跟着起身，所有的酒杯在火锅的烟雾中碰撞到一起，又像花朵一样四散开，大家一饮而尽。

“不是，老许，你怎么回事？”端着空杯的裴昭笑着看着许亦冰。

许亦冰杯里的酒一口没动，眼神专注地盯着左手腕的手表，他没说话，又等了一下，随后也端起杯喝光。

“你什么毛病，喝酒还掐表，糖尿病啊？”裴昭问。

许亦冰敲了敲表盘，对裴昭说：“刚才是第47秒。”

裴昭收起了脸上的笑容，其他人也随之安静了下来，他们都知道这两个数字对许亦冰来说意味着什么。

“老许,这些年你都是这么过来的?”余彦问。

“习惯了。”

裴昭离开自己的座位,走到许亦冰的旁边,一把搂住许亦冰的肩膀说:“老许,你是个爷们,这点我佩服你,但是有的事,差不多也该放下了,你这样是在折磨自己。”

许亦冰拍了拍裴昭落在自己肩膀上的手。“谢谢了兄弟。”他说,“可是我放不下,我也不敢放下。你觉得我是在折磨自己,但是对我来说,让自己记住这两个数字,我心里才能踏实,我晚上才能睡得着。兄弟,这就是我的命。”

“你不能这么想,命运是能改变的。”韩可儿说。

苏远注意到,韩可儿在说这句话的时候,眼睛里闪着泪光,他知道许亦冰的故事很悲伤,但韩可儿的反应也未免过于强烈了。

韩可儿似乎是注意到了苏远的眼神,转过头,迅速且隐蔽地擦了擦眼泪。

“这些年你找到了什么线索吗?”余彦问。

许亦冰沮丧地摇了摇头,苦笑了一声,说:“只有绳索,没有线索。”

“绳索?”

“我妹妹的尸体被发现的时候,双手是反绑着的。”

这事儿苏远听裴昭他们说过,但第一次听许亦冰讲起更多的细节。

“绑着她的那根绳子,一开始没觉得有什么特别的地方,后来警察发现,这根绳子的绑法非常特别,谁都解不开,最后还是剪断的。后来我在网上查过很多绳子的绑法,都没见过相同的,所以怀疑这是凶手独创的绑法。我这些年,就是在找会那种绑法的人。”

许亦冰的话使酒桌上陷入压抑的气氛中,裴昭虽然很同情自己的这位老朋友，但也不希望开开心心的聚会变成一场集体追思，现在其他人似乎都和许亦冰一起陷入了悲伤里。裴昭只能搜肠刮肚，希望找到一些轻松的话题。

“咱们不说这个了。”裴昭想到了，接着说，“老许，我们乐队现在可有意思了，你知道鼓手以前是干嘛的吗？”

许亦冰摇了摇头。

“我让你猜一宿你都猜不出来。”裴昭大手一挥，仿佛一场秀的主持人，高声介绍道，“给你介绍一下，来自金麟洗浴中心，每天阅裸体无数，千山市搓澡行业的翘楚……”

裴昭一下愣住了，问其他人：“秦峰呢？”

“路上的时候还在，我还以为他去买东西了。”余彦说。

“这么一个大活人不见了你们没发现？”裴昭说。

“你不也是刚刚发现吗？”苏远说。

苏远担心的事还是发生了，原本已有些缓解的愧疚感再次涌上来。找到许亦冰的那一刻，他就不可避免要陷入此时的纠结中，站在乐队的角度考虑，如果许亦冰愿意加入，无疑使乐队得到极大的补强。可是那个技术生涩，原本只是一名搓澡工的秦峰，却曾真切地感动过他们所有人。苏远知道，他自己如果尚存一点点人性，就不应该让秦峰离开，他比任何人都更了解被乐队开除的感受。

可是现在，秦峰却自己消失了。

“最后是谁跟秦峰说的话？”裴昭问。

大家的沉默便是回答，因为在许亦冰到来之后，他们一直忽略了秦峰。

“真不是人。”裴昭愤愤地说。

“谁不是人？”韩可儿问。

“咱们，有一个算一个，都不是人。”

“我给他打电话。”苏远说着拿起手机，刚准备找秦峰的号码，忽然收到了一条短信，他看了一下，随后将手机举起来，让其他人凑近。

那条短信就是秦峰发来的：苏远，不好意思，我先撤了，就不跟你们打招呼了，替我跟大伙儿说声抱歉。我想了想，我现在也挺忙的，全千山的大老爷们儿都脱光了等着我呢，估计以后也不能一直跟你们排练了，所以还是退出吧。我祝福你们，祝福荒岛乐队，希望你们能替我赢下那场比赛。秦峰。

包厢里陷入了长久的沉默，苏远收起手机，看到裴昭一个人默默地给自己倒满一杯酒，说道：“来吧，敬咱们荒岛乐队的前鼓手，终生的荣誉成员秦峰同志一杯。”

所有人再次举起杯，大家的脸上露出了苦涩的笑容，杯子碰在一起，裴昭做了一个稍等片刻的手势，他们等着看表的许亦冰。

第47秒的时候，大家一同干杯。

当他们喝完了一箱啤酒以后，酒局终于进入了下一个阶段，这时候大家都有了些醉意，终于一扫此前沉重的气氛，变得轻松了起来，人群分成了几拨，开始各聊各的，说话声囫囵成一片。

裴昭拉把椅子坐在许亦冰旁边，再次勾上许亦冰的肩膀，“我跟你说啊，老许，”裴昭指着他们对面的余彦说，“别看你这些年活得挺偏执的，跟这孙子一比差远了。”

“我是你大爷。”余彦喝多了以后，话也开始变多，问道，“我怎么就偏执了？”

裴昭痴痴地笑着，对许亦冰说：“老许，你看他有变化吗？”

许亦冰红着脸，眼神也有些迷离，从上到下对余彦打量了一番，说：“没变化，除了岁数大点儿，还跟以前一个德行。”

“我就说吧。”裴昭应和道，“你，余彦，从我认识你那天就这模样，冬夏都是一双马丁靴，换了多少把琴，除了Gibson不用其他的品牌，还有抽烟，是不是还抽万宝路呢，兜掏出来我看看……”

“你懂个屁。”余彦说，“我那叫从一而终。”

“嘿嘿，说两句还急了。”裴昭依然笑着，从椅子上滑下来，顺势去掏余彦的口袋，“给我一根，我也想抽你那烟了。”

“没了。”余彦一摸兜说，“我出去买吧。”

余彦站起来，在裴昭夸张的笑声和整间火锅店里喧嚣的杂音中走出店门，来到清冷的街头。

35. 群架

酒精会打开人身上的某个开关，像电子游戏一样，将人切换到简单模式。在这个模式下，身边的一切都变成了平铺直叙、语言直白，一个真实的自己被不加修饰地扔在大庭广众之下。

苏远也是如此，他喝醉之后有这样几个毛病：第一个，话多，而且没有重点，想到哪儿说到哪儿，什么话题都能聊，仿佛一个对万事万物都充满兴趣的新生儿。第二个，亲切，过分亲切，猛然之间看谁都顺眼，对任何事都秉持着一种包容的态度，什么都可以原谅。第三个，自我反省，通常出现在两个阶段，一个是醉酒的当下，冷不防地便开始忏悔起来了，并发誓改过自新，尽管大多数人到最后都没听明白他到底在忏悔什么；第二个阶段是在醉酒的第二天，反省的内容就十分具体了——前一晚自己的丑态。

此刻，因为苏远还没有醉得离谱，他尚处于第一个状态中，也就是话多，这个状态非常舒适，因为还保持着一小部分的清醒。他拉着韩可儿的手，喋喋不休："你刚才听老许说话时是不是哭了？你哭什么？你心里有事儿，对吧。我一眼就看出来了，具体什么事给我讲讲……"

韩可儿一句都没有回答。

苏远像一个好不容易载到顾客的寂寞出租车司机，继续自顾自地说着，根本不需要回应。忽然，苏远感到后背被人捶了一下，裴昭像一块从天而降的五花肉拍在他的身上，对苏远说："别老缠着人家可乐，你不是都有赵娜了吗？"

"谁缠着了，不是你们仨聊起来不带我们吗？"

"有意见了？"裴昭笑着问，"你发没发现这屋里少个人？"

“你喝多了吧。”苏远说，“秦峰根本就没来，他不是还发短信了吗？短信在谁那儿？拿出来再给他念念。”

“你也喝多了。”韩可儿对苏远说，“短信就是给你发的。”

裴昭也说：“我知道秦峰没来。”

“那你还说少——”苏远打了个嗝，“少个人。”

裴昭说，“你再数数。”

苏远开始点人头，“一、二、三……，”眼前一糊，“重来。”他的手指回到第一个人，“一、二……”

“别费劲了。”韩可儿说，“余彦不在。”

苏远的手停在半空，“他干吗去了？”

“好像说是买烟。”

“买烟就买去呗。”苏远说。

“不对。”韩可儿说，“他是什么时候出去的？”

几个人大眼瞪小眼，才都意识到余彦离开的时间有点儿太长了。

包厢门被猛然推开，一个女人来势汹汹地冲进来，苏远顶着酒劲儿，用残存的意识认出来人是火锅店的老板娘。

“外面那人是不是跟你们一起的？”老板娘气喘吁吁地说。

几个人摇摇晃晃地互相搀扶着从火锅店里走出，一阵凉风迎面而来。苏远感到眩晕，他想吐，胃里翻腾了一下，还是忍住了，定了定神，寻找余彦的踪影。

他们没看到余彦，却看到门口的台阶上一个身影蜷成一团，一动不动，旁边一个男人正在用尖头皮鞋踢向地上的人。

“你别打了！”说话的并不是苏远这边的人，而是对面一个穿着白色羊毛大衣的女人。她长发披肩，发梢微卷，脸上的妆容精心打理过，站在踢人男子的旁边，她看年龄比那个男人小不少，正在奋力阻止男人的踢踹。

“你是想打死他吗?”女人带着哭腔,拼命拉扯着,她手里的提包掉在地上,摔出来一地化妆品。

苏远注意到,那个女人并没有真的哭出来,脸上的妆也没花,她只是做出了哭泣的神态,像个拙劣的演员在拍哭戏前等着给自己滴眼药水。而现场一阵阵绵延不绝的哭声则来自女人身后站着的一个初中生模样的小男孩。

“你还护着他是不是?”打人的男子将怒火燃烧到拉架的女人身上,“你还说你们俩没事?”

“我要说多少遍你才能信?”女人接着喊,“我真不认识他。”

“那他呢?”男人指着大哭的孩子,又指了指地上的人说,“他都管这人叫爸爸了。”

男人说着,换了个方向,一脚将地上的人踢了个翻个儿,原本蜷缩趴在地上的人,此刻仰面朝天。

“我真不知道是怎么回事。”女人说。

“我的妈呀,那不是余彦吗?”裴昭指着地上挨打的人说。

大家来不及多问,对着打人的男子一拥而上,他们本来就已经喝得上头,加上地面湿滑,顿时脚底打晃,像一排倔强的保龄球瓶,冲在最前面的裴昭眼看就来到了那个男人面前,一个脚下拌蒜,重重地拍在了地上。

将裴昭绊倒的不是别人,正是躺在地上的余彦,裴昭的倒地也随即带倒了身后的苏远和许亦冰,三个人以叠罗汉的姿态,一点儿没浪费,全砸在了余彦的身上,本就受伤的余彦发出一声沉闷的哀号。

苏远不确定自己是怎么站起来的,他努力想让自己的视线聚焦,随着旁边那个小男孩的哭声越来越响亮刺耳,众人重整旗鼓,再次扑向踢打余彦的男人。顷刻间,拳头乱作一团,根本无法分辨,苏远产生了一种去超市抢打折商品的心态,先打,打的是谁最后再说。

事后证明，当时他们基本上处于乐队内部互殴的状态。

苏远在迷茫地挥舞了一通王八拳后，记忆忽然像水波一样荡开了。他就觉得那个大哭的小孩有点儿眼熟，但因为喝了太多酒，他刚才并没有想起是在哪里见过那个孩子。

现在，苏远猛然想起来了。“你。”苏远指着小孩说，“你不是韩东旭吗？”

“爸爸。”韩东旭止住哭声，对着苏远喊道。

“怎么回事？”对面的男人暴怒，“怎么又出来个爸爸？”

苏远看明白了，这个一直殴打余彦的男人就是韩东旭的亲爹。

“你能不能管管你儿子，别见人就叫爸爸，缺心眼吧。”

“你才缺心眼呢。”穿羊毛大衣的女人吼道。

苏远又看明白了，这女的是韩东旭的母亲。

“他去过那个补习班。”苏远说。

“什么补习班？”女人也停了下来，看着旁边的韩东旭说，“我没给你报过补习班啊。”

地上的余彦冒出一个含混的声音，似乎是在告诉大家他还没有死。

“你说什么？”苏远凑近余彦。

“客户。”余彦虚弱地解释说，“这孩子是我的一个客户。”

“还客户呢。”苏远说，“都让人揍成这德行了还不忘装模作样呢。”

裴昭的脚下不稳，像个不倒翁晃来晃去，但是手还死死地抓着韩东旭父亲的衣领，苏远这才有机会看清楚对方的容貌，这人的年纪看起来比他乐队的这群大叔更大，至少过了50岁，头发黑灰参半，脸上有一些皱纹。而韩东旭的母亲，看起来也就30岁出头。

“都是误会。”苏远搀起地上躺着的气若游丝的余彦，帮余彦解释道，“他假扮过你，替你儿子去开过家长会。”

对方用一种看白痴的眼神看着苏远。

“你是不是没去过你儿子的学校？”苏远问韩东旭的父亲。

“我在北京工作。”对方说，“一年回来不了几次。”

“那就对了，让人钻空子了。”苏远说，又看了看韩东旭，一声长叹，接着说，“余老师那是工作，他不是你亲爹，你怎么还入戏了呢。”

“我叫的不是他。”韩东旭抽噎着说，“我在商店里喊我爸爸，余老师正好进来，他就答应了，然后我爸爸就打了余老师。”

“闹半天是你入戏了。”苏远对余彦说，“没事儿瞎答应什么呀？”

“我喝醉了。”余彦说，“职业习惯。”

“我看你们是把我当缺心眼了。”韩东旭的父亲大喊道，“你职业是给人当爸爸？”他再次扑打上来，比之前任何一次都更凶猛，苏远这边虽然人数占优，但不过是一群灌了酒精的人肉沙袋而已。于是刚坐起来没两分钟的余彦又挨了一脚，怎么起来的又怎么躺下。

苏远一回头，看到火锅店被雾气笼罩的门内，老板娘正一边紧张地看着他们一边打电话。他知道老板娘是打给谁，但他不知道是该先去阻止老板娘报警还是先阻止韩东旭的父亲打人，最后他决定去阻止韩东旭父亲，因为老板娘的电话已经挂断了。

苏远一把将韩东旭的父亲扑倒在地，两人滚作一团，这是他人生中与另一个人最亲密的接触了，将这样重要的时刻献给一个50多岁的男人，苏远一边滚一边感慨人生无常。

翻滚中，苏远看到对方的衬衫已经被裴昭扯坏了，衣领敞开着，上面的两颗纽扣不知去向，在他裸露的胸前，苏远又看到一个眼熟的东西，却想不起来到底在哪里见过。

“都别打了！”另一个女人的声音划破夜空。

这个声音在苏远所有热爱的声音排行榜上位列第二，第一名是赵娜。

主唱韩可儿冷漠地看着这群混乱的男人。

第一个停下来的就是韩东旭的父亲，10秒钟前还像疯狗一样的人，现在却表现得比他的儿子还乖巧，他呆呆地站在原地，看着韩可儿，脸上写满了做错事的表情，不自觉地拽了拽破开的上衣。

道路尽头，一辆警灯闪烁的汽车正在向这家火锅店驶来。

36. 第一次相遇

陈斌想，反正也睡不着，不如出去溜达溜达。他穿上外套走出家门，路上经过一个深夜亮着灯的小超市，买了一条烟和几盒泡面，回到了派出所。

事实上陈斌是听说刚带回来几个半夜在外面斗殴的酒鬼，担心值班的小宋应付不过来，决定过去帮忙，但陈斌并没有这么说，他从来都不是一个善于表达自己真实意愿的人，哪怕是善良的意愿。

一进派出所，陈斌就看到靠墙齐齐整整蹲着一排人，个个双手抱头。他冷笑一声，将装着烟和泡面的塑料袋扔给小宋，说："生意不错啊。"

"旺季。"小宋回应。

陈斌的目光扫过地上的那排人，发现今天和以往不同。以前他们抓到的喝酒闹事的人通常都是半大小子，一帮头脑简单精力充沛的笨蛋，这次不太一样，来的是一群上了年纪的大叔，看岁数比他还大。当然，也有年轻人，最右边蹲着一男一女，20岁出头，更有意思的是其中还有一个妆容精致的女人和一个初中生模样的小孩。这样的组合令陈斌来了兴趣。

"什么年龄段都有啊。"陈斌挪动椅子，对距离他最近的一个人问道，"怎么回事？"

"误会。"说话的男人很胖，头顶已经秃了，四周一圈头发奋力地遮盖这片"地中海"。

"到这儿都说误会。"陈斌说。

"真是误会。"另一个男人抬起头说，陈斌的目光望去，发现说话这人看起来年纪最大，头发灰黑参半，衣服已经被扯烂了。

“误会说开了吗?”陈斌问。

“说开了,说开了。”胖子迫不及待地说。

陈斌仔细看了看这个胖子,觉得有点儿眼熟,但他并没有想起来他以前从一个小偷身上没收的那本书,而是忙着搞清楚人物关系,问道:“你们谁跟谁是一伙儿的?”

“他自己一伙儿。”裴昭指了指刚才说话的那个年纪最大的男人,“我们剩下的一伙儿。”

“挺有出息啊。”陈斌怒气上涌,“一帮人欺负一个上岁数的,你们真不怕把人给打坏了?”

“我们败了。”裴昭说。

“什么?”

“败了。”裴昭重复道,“惜败。”

陈斌忍着没笑出声,现在他意识到,以这些人展现出的战斗力,的确无法对社会治安造成真正的威胁。

裴昭说的也是事实,他们的误会的确已经解除了。进了派出所以后,苏远又跟韩东旭的父亲详细解释了事情的原委,对方也终于搞明白了这件从头到尾都很荒谬的事,接下来,遭殃的该是用自己的零花钱请人冒充家长的韩东旭了。

现在,除了对面的韩东旭一家三口,派出所里还有乐队的三个男人与韩可儿,余彦并不在这里,他受了伤,现在应该已经送到医院了,苏远有点儿担心他。

“喝点儿酒就不知道自己姓什么了。”陈斌一边说着,一边滑动椅子来到他的办公桌前,打开电脑,抬头对小宋说,“等醒酒了就让他们滚蛋吧。”

小宋也笑了笑,显然他也是这么想的,这种事他们见得多了,不过是另一个夜晚的小插曲。

陈斌再次打开“千山之城”论坛，瞄了一眼小宋，见小宋的注意力并不在他身上，于是偷偷登录进摇滚专区，看到又进来几条私信，但依然没有他想要看到的内容。

“大半夜地跑到这儿来蹲着，丢不丢人？”陈斌用大声说话掩盖鼠标点击的声音，“喝酒我能理解，但是喝完酒就老实地回家睡觉，跑街上闹什么闹。”

“阿 Sir，我们错了。”裴昭说。

“谁是你阿 Sir？拍电影呢？”

“警察同志，我们错了，我们反省。”裴昭又说。

“少跟我这儿油嘴滑舌的，再废话就在这儿蹲到天亮？”

旁边的许亦冰推了推裴昭，示意裴昭不要再说话。

“我看你们一个个岁数也不小了，就不能干点儿正事儿？”

“我们有正事儿。”裴昭似乎是跟警察聊上瘾了，根本没意识到许亦冰的阻拦。

“什么正事儿，你们都是干什么工作的？”陈斌问。

“我们是一乐队。”裴昭说，“玩儿摇滚的。”

裴昭也没料到这句话撞枪口上了，他看到陈斌猛然从椅子上站起来，满脸通红，眼睛里闪着火光，赶紧闭上了嘴。

陈斌最讨厌的就是玩儿摇滚的，之前他还觉得，那都是不务正业的小崽子干的事，没想到这一个个人模狗样的中年人竟然也是如此。无名怒火在陈斌的身体里燃烧，他克制着，知道自己不能因为这个原因就将火气发泄在这些人身上。

“滚吧，别在这儿碍眼。”陈斌像轰苍蝇似的挥了挥手。

陈斌看到，第一个站起来的是那个妆容精致的女人，她拉着旁边小孩的手，走向年纪最大的男人，示意他一起走。那个男人犹豫了，目光落在依然蹲在地上的年轻女孩身上，女孩抬起头，与他对视了一下，又迅速移开了目光。

他们三个人离开了派出所。

“你们几个怎么还在这儿？包夜啊？”陈斌厌恶地看着他们。

“我们再等会儿。”裴昭说。

“等我给你们买早点？”

“等人过来接。”

“几个大老爷们儿找不着家是吧？”陈斌看了看表，都快12点了，接着说，“接你们的人什么时候过来？”

“她还没下班呢。”

“干什么的这个点儿还不下班？”

陈斌刚说完，听到外面传来了午夜的钟声，蹲在地上的几个人相视而笑。

“还待上瘾了。”陈斌虽然嘴上这么说，但已经不再管他们，就算他们真在这儿蹲一宿陈斌也不在乎。

又过了一会儿，接他们的人终于来了。陈斌没想到，他们等的竟然是一个姑娘，她看上去和蹲在地上年轻的一男一女年龄相仿。

原本陈斌对这个时间还在“工作”的女人有一些不好的猜测，但此时来到派出所里的姑娘却不像是他见过的那些人，她的动作举止并没有陈斌想象中的风尘气。

“给您添麻烦了。”姑娘对陈斌抱歉地说，“我这就带他们走。”

这个柔美的声音打动了陈斌，他觉得自己似乎在哪里听过。

“赶紧带走吧。”小宋说。

陈斌看向电脑上的日期，刚刚过了午夜12点，到了周日，也就是说，这个姑娘工作的时间是周六的晚上，午夜的钟声，陈斌猛然想起来了。

她是赵娜。

记忆像拼图一样在陈斌的脑中汇聚到一起:袭击现场的打口盘、节目中播放的被称作“遗失的歌”的“晚安曲”。

陈斌看到赵娜特别朝着地上那个年轻的男生伸出了手。

如果她真的是赵娜,陈斌想,那这个人会不会是他一直在寻找的——

“苏远,快走吧。”赵娜说。

“等等!”陈斌自己也没意识到他会发出这么大的声音,以至于连旁边的小宋都吓了一跳。

苏远回过头,这是他们第一次真正见面。

很多年以后,陈斌和苏远都会记得两人初次见面的这个晚上,并且有相同的感觉,他们都认为当时的自己不够体面。

但是现在,苏远并不清楚眼前正在发生的事情,也不明白这个一直没拿正眼看过他们的警察,怎么会突然变成这样。

“还有什么事吗?”赵娜谨慎地问。

陈斌没有回答,他在众人的目光中一步步走向苏远,直到苏远的眼神里泛起一些异样的东西,那是恐惧。陈斌意识到,苏远害怕了,这种怕跟之前所有人的都不一样,那是一种不确定的怕,一种隐瞒了什么事,担心自己的秘密被挖出来的怕。

现在,陈斌坚信他对面站着的就是夜游神,他只需要一个证据。

陈斌不由分说地一把拉住苏远,看到苏远的外套搭在手臂上,身上穿着一件过长的灰色毛衣,他抓住苏远的手,将苏远右边的衣袖推上去,露出一截手臂。

苏远的手腕上并没有文身,无论是贝壳图案,还是别的什么。

“那只手!”陈斌看起来仿佛灵魂出窍。

“什么?”

陈斌没有回答,抓起苏远的另一只手,搭在手臂上的外套掉在地上，他再次撸起苏远的毛衣袖。

然而，他还是什么都没看到。

“不应该。”陈斌说。

“陈儿，你到底怎么了？”小宋紧张地问。

“不应该。”陈斌继续喃喃自语。

“什么不应该？”小宋接着问。

“我们能走了吗？”赵娜目光惊恐地问道。

“可以了。”小宋说，“走吧。”

“不行！”陈斌再次拦在他们身前。

“为什么？”苏远问。

陈斌也想知道为什么，为什么不能放他们走？因为你是夜游神。证据呢？没有证据。

或者，证据消失了。

陈斌开始心虚起来，思考着一切的可能性，也许那些受害人看到的根本就不是文身，是贴纸，一次性的，回家就能洗掉。对，一定是这样。这是苏远在晚上变成夜游神后给自己弄的标志，就像古代人在上战场前往脸上画的战妆。

陈斌思绪翻飞，心乱如麻。

总之，不能让他就这么走了。

忽然，派出所里响起一个短促的声音。

“你的电脑。”小宋对陈斌说。

陈斌也听到了，那是论坛私信的提示音，他这才意识到自己还没有关掉“千山之城”论坛，如果让小宋看到他登录了摇滚专区，恐怕很多事情就没法解释了，他决定先去关掉网站。

“站这儿别动。”陈斌警告苏远，迅速回到了办公桌前。

他本来并不打算打开私信的，但鼠标还是习惯性地点了上去。

那条私信犹如一道闪电劈开了窗外的夜空，一瞬间，陈斌此前所有的假设都随之烟消云散。

他几乎是僵立在原地看完这条私信的，上面写着：你捡到了我的唱片，什么时候还给我？

陈斌回头，看见苏远还等在那里。

不可能。陈斌在心里说，知道这件事的人只能是夜游神，现在，夜游神就在他的面前。

也有可能是别人。陈斌忽然又想到，如果说当年这张唱片就是在论坛里转手的，如今再次出现在论坛上，一定有人认出那不是之前购买的账号，自然也会猜测，发布出售信息的陈斌是捡走的唱片。

换句话说，对方在赌，赌自己可能免费得到这张唱片。

除非现在给他发私信的那个人知道更多的信息。

陈斌快速回复道：你倒是说说我是在什么地方捡走的？

陈斌焦急地等待着，同样等待的还有派出所内的其他人。

对方的回复很快出现了：你是在十一街的废弃厂房里捡到的，我说过了，这张唱片是我的。

所有的希望都熄灭了。

“警察同志，我们能走了吗？”赵娜说。

“陈儿？”小宋也在试着征求陈斌的意见。

陈斌看看他们，又看看私信，鼠标移动到右上角，关掉了论坛，沮丧地对着他们挥了挥手。

苏远在他的眼前离开了派出所的大门。

37. 乐队解散

千山市立医院住院部302号病房宽敞明亮，临近中午，一缕阳光从窗外洒进来，落在余彦的脸上。

余彦刚刚睡了一个回笼觉，并做了一个意义不明的梦，梦里他在游泳，非常累。很快，他发现自己是一条鱼，意识到这件事的时候，他被抓了起来，送去了菜市场的生鲜区，透过一面巨大的玻璃鱼缸，他看到那位给他开家长会的阿姨正在热情地招待一名顾客。他拼命喊，却发不出任何声音。

余彦缓缓睁开眼睛，看到细小的灰尘在阳光下飞舞，忽然理解了书里说的“岁月静好”原来就是这种感觉。他深吸一口掺着药水味的空气，直抵肺腔，打着石膏的右手又一阵瘙痒。

走廊里传来吵嚷的声音，乱七八糟的脚步声由远及近，余彦听到一名护士在外面喊道：“你们几个能不能安静点儿？逛菜市场呢？”

声音渐弱，余彦的病房门被推开，乐队的另外三个男人提着大包小裹笑嘻嘻地看着他不说话。

“差不多得了。”直挺挺躺在病床上的余彦说，“怎么跟遗体瞻仰似的？”

三人将带来的东西放在病床旁边的桌子上，果篮、鲜花，以及一些包装精美但成分可疑的营养品。裴昭笑着说：“我谨代表荒岛乐队全体成员，祝余彦先生早日康复。”随后一声令下，“鞠躬！”

三人站在桌旁，齐刷刷对余彦90度鞠了个躬。

“行了行了。”余彦说，“一会儿大夫误会，直接给我推太平间去了。”

“我听说你们几个在派出所蹲到半夜?”余彦接着问。

“屁事儿没有。”裴昭满脸不在乎地说,“进去了我还跟警察聊呢,都让我聊蒙圈了。”

余彦看了看裴昭,问苏远:“他没尿裤子吧?”

“没有。”苏远说,“忍住了。”

“警察也懒得管我们,嫌烦就给放了。”裴昭接着说。

“你们几个是挺烦的。”一直在门口盯着的小护士说,“能不能小点儿声? 隔壁房还有病人呢。”

几个人回头频频对小护士点头致歉,护士扔下一个白眼后消失在走廊拐角,苏远忙不迭地关上了病房门。

“什么时候出院?”许亦冰问。

“还得再观察两天。”

“也行,正好当休息了。”裴昭说,“咱们的歌也弄得差不多了,不差这两天。”

余彦忽然沉默了,表情复杂地扫过了三个人的脸,缓缓掀起盖在身上的被子,露出打着石膏的右手臂。

“这什么情况?”裴昭弯下腰,挑西瓜似的敲了敲坚硬的石膏。

“桡骨骨折。”余彦说,“保守估计,还需要固定六周。”

“那孙子给你打成这样?”裴昭愤愤不平,“我找他算账去。”

裴昭作势要走,几步来到病房门口,一回头,发现无人阻拦。

“谁把那孙子地址告诉我?”裴昭站在门口说,“今天我就要废他一条胳膊。”

“差不多得了。”余彦说,“这不是他打的。”

“不是他? 那是怎么回事?”裴昭说着话顺势又回到了病床旁。

“记不记得你们几个刚从火锅店出来的时候,一个个全压我身上了?”

三人面面相觑，仔细回想，昨晚的场景浮出水面，当时他们都喝多了，但那段记忆还在。

“就是那时候折的。”余彦说。

“我给你洗个水果去。”裴昭迫不及待地说。

“你消停点儿吧，我又没怪你们。”余彦说，“我知道你们是为了帮我，放心吧，没事儿，大夫都说了，恢复好了跟原来一样。”

尽管这么说，裴昭还是小跑着去给余彦洗了一个苹果回来，又坐在床沿上剥橘子，一瓣一瓣往余彦嘴里送，伺候完又不知道从哪儿弄了个花瓶，倒上水，将带来的一束鲜花插在上面，极为殷勤。

“你们也别不说话。”余彦等裴昭终于忙活完了，对其他人说，“我知道，我这事儿耽误进度了，肯定是赶不上北京的比赛了。”

苏远心里一直在想的就是这件事，但他没好意思说，毕竟余彦已经这样了，他如果还表现得只关心自己的乐队就显得有点儿太不是人了，但现在的状况也的确令他心急如焚。

“你们的当务之急，就是赶紧找一个替补吉他手。”余彦说。

没人接余彦的话。

“你们刚才也说了，这首歌弄得差不多了。”余彦接着说，“只要能找到一个技术合格的吉他手，再排几次应该就可以了。”

依然没有人回应。

“你们怎么都不说话？”

最后还是裴昭第一个打破了沉默，他坐在床头，目光如炬，缓缓开口道：“余彦，我问你个问题，你说咱们为什么费这么大劲儿要重组乐队？”

“为了去北京参加比赛啊。”余彦回答。

“没错，但就这一个理由吗？”裴昭说着，目光投向旁边的许亦冰和苏远，“除了苏远这小崽子之外，咱们几个都不年轻了，有时候我也纳闷，这么多年了，已经各有各的生活，犯得上再折腾这么一回吗？现在我有点儿想明白了，其实我根本就没有什么摇滚梦，那玩意儿是假的、虚的，我真正喜欢的是跟你们在一起的感觉，一起写歌，一起排练，一起喝酒吹牛逼，只有这种时候我才会觉得很多事情没有改变，我还年轻，还‘活着’，这比什么比赛、什么奖金、出专辑之类的东西要重要得多。”

“走心了，大作家。”余彦说。

“我没跟你开玩笑，我认真的。”裴昭脸红着说，“如果不是跟你们，我宁愿不组这个乐队。”

“我能理解。”余彦说，“我又不是死了，现在的问题是，如果真因为我的原因导致你们都不能去比赛，还是太可惜了。”

“还有没有其他的办法？”许亦冰问，“让你以现在的情况也能参与到乐队里面来。”

几个人同时陷入了沉思。

“用牙呢？”裴昭忽然说。

“牙？”

“你记不记得当年咱们一起看过Mr.Big乐队的演出，那时候还是老许带的盗版光盘吧，其中有一段就是他们的吉他手保罗·吉尔伯特用牙弹奏吉他的表演，抱着个琴跟啃羊排似的。”裴昭看着余彦手上的石膏说，“反正你左手还能按弦，直接用牙弹不就行了？”

“你扯呢？”余彦说，“那是他一时兴起的炫技，我这么长一段solo怎么可能用牙弹下来？”

“你这个明显不靠谱。”许亦冰也说道，回头看着余彦，“我觉得就简单点儿，你把背带的位置调高，正好到这个石膏的位置，右边手臂虽然不能动，但是手指还是能拨弦。”

“我想过了。”余彦说，“那样的话，石膏包括外面的衣服都会压在琴弦上，弹不出声。”

两人的建议都被否决了，裴昭和许亦冰不约而同地看着同为吉他手的苏远。

“这样吧。”苏远说，“把你的这段solo改掉，换成全部由左手点弦的方式进行演奏。”

“这倒是个办法。”余彦说，“应该也能做到。”三个人刚刚露出惊喜的表情，余彦却再次说道，“但是这样一来，那段solo就没有原来的感觉了。”

余彦看着苏远的眼睛，他们两个吉他手都知道这意味着什么。

“咱们明明已经做到了那首歌最接近完美的版本，你们忍心破坏掉吗？”

没有人回答这个问题，因为大家的心里都有相同的答案，对于他们来说，很难接受对外展示一个退而求其次的作品。

他们再也没有想到其他的方法，残酷的现实摆在面前，时间和运气都不站在他们一边。

病房里的四个男人脑子里浮现起一件相同的事情，但谁都不愿意说出来，包括苏远，他知道，如果不能去北京参加比赛，他的乐队在事实上已经解散了。

“对了。”在沉默了许久后，余彦问道，“可乐怎么没来？”

几个人互相看了看，最后将目光集中落在苏远的脸上，好像他理所应当知道韩可儿的下落一样。

“我给她打过电话。”苏远说，“没接。”

余彦说：“人家还是个小姑娘，就跟你们进了局子，估计昨晚给吓坏了。”他露出勉强的笑容，求助似的看看其他人，没有人跟他笑。

苏远无声地叹了口气，忍不住回想起自己这段时期的经历，横垄地拉车——一步一个坎，比去西天取经还费劲，好不容易搞定了排练室，搞定了创作，甚至连许亦冰都回来了，他们却还是倒在了最后一级台阶上。

这就是命。苏远心说。

“我累了。”余彦说，“让我自己待会儿吧。”

他们不知道余彦是真的累了，还是想一个人静一静，但这并不重要。三个人离开病房，路过走廊里嫌他们吵的小护士，小护士看着蔫头耷脑的三个人，表情还挺诧异。

刚出医院大门，裴昭忽然停住，对苏远说：“那个……我知道这个乐队是你组起来的……”

“你别说了。”苏远打断裴昭，“我同意。”

“真的吗？”

“以前我一直觉得自己就是想组个乐队去比赛而已，但是刚才听你在里面那么说，我也明白了一件事，我以前对乐队的理解是一群人聚在一起做一件相同的事，现在我发现，真正的乐队是一群做着相同事情的人聚在了一起。我和你们短暂地经历过这么一段，够了。我知道你们每个人都有自己的生活，我也该有了。”

“谢谢你，苏远。”裴昭意外地认真。

三人在医院外面道别，裴昭和许亦冰去一个方向，而苏远则决定去另一个方向。

与此同时，陈斌正从派出所里出来，他去的是第三个方向，15分钟前，他与那个给他发私信的唱片“失主”再次取得了联系。此刻的陈斌心潮澎湃，他希望自己回来的时候不是一个人，最好能带回来一个夜游神。

陈斌并不知道，此时距离他将警车开向积雪的七街，还有整整160个小时。

倒计时160小时

160 hours

38. 女儿

离开医院以后，苏远选择的方向并不是回家的路，但裴昭和许亦冰没有留意，他们似乎仍沉浸在此前的阴霾中，无暇顾及苏远的异常。

无论从哪个角度看，现在的苏远都更应该找一个无人的角落，以一个充满仪式感的方式去安抚自己那颗受伤的心，但是生活并不总会给你处理每一件事的空间，此刻的苏远还有另一件事要去做，他只能一边走一边在心里悲伤。

接触摇滚乐以后，苏远喜欢上很多乐队，如今这些乐队大多数都已经解散了。也许这就是乐队的宿命，他这样想着，就像现在的他自己，被生活推着，不得不继续向前。

对于韩可儿来说，此刻同样如此。韩可儿将自己一个人关在画室里，她庆幸自己还有这么一个地方，这里是她的树洞，她的故乡，以及她永恒的避难所。她觉得自己有一天会死在这里，死在某一幅没有完成的画作前。

画画是韩可儿面对人生的解题思路，每次当她陷入一些情绪无法逃离的时候，她就会将那种情绪画出来，这样，困难和忧伤便不再是不可捉摸的概念，而是有了具体的形状，可以直面，可以擦除，甚至可以撕毁。

现在，韩可儿就准备撕毁其中的一幅画。那是摆在角落那幅双眼燃着怒火的佛像，韩可儿站在佛像的面前，一步冲上画架，举起了画布。

“不要！”

突如其来的声音来自画室的门口，韩可儿转过头，看到了那个男人，心里仿佛有一万只蚂蚁爬过。

这个人就是在火锅店门口和他们打起来的男人，他是韩东旭的父亲，也是她的父亲。

此时这个男人已经不像之前那样狼狈，他明显做了一些精心的打扮，穿着一件浅灰色的长款大衣，黑灰参半的头发整齐地向后梳去，一丝不苟，胡子刮得干干净净，整个人一副商业精英的模样。

“把画放下。”男人说，“画得那么好，毁了就太可惜了。”

“你是怎么找到这儿的？”韩可儿问道，她不自觉地将画布放回了画架上。

“我在论坛上看到了你的专访。”男人露出一抹堪称优雅的笑容，“你比我想象的优秀多了。”

“说得好像你多了解我似的。”韩可儿冷冰冰地说。

男人羞愧地低了低头，随后踱步走进画室。韩可儿迟疑了一下，没有阻拦。

男人的目光缓缓扫过四周，在每一幅画上都停留片刻，眼睛里闪着一些不明所以的光芒，嘴唇微动，近乎崇拜地说：“画得太好了。”他的目光最后回到了韩可儿的身上，“你终于实现了你的理想。”

“开一间画室没有那么难。”韩可儿咬着牙说，“只要没有人百般阻挠就可以。”

“你还是不愿意原谅我吗？”男人问。

“我不是什么伟大的人，所以也没那么容易原谅别人。”韩可儿说，“这话可是你教给我的。”

“没错，我是说过这句话。”男人说，“我说过很多错误的话，也做过很多错误的事，其中最大的一件就是伤害了你。”

“是抛弃了我。”

“抛弃了你。”男人承认，“也伤害了你。”

“你做得对。”

“我不懂你的意思。”

“我说，你做得对。”韩可儿重复道，“当初如果不是你毅然决然地抛弃我，我就不可能放手做自己喜欢的事情，更不可能有现在的画室。这是你对我做过的唯一一件正确的事情，我谢谢你。”

男人没有反驳韩可儿这段近乎嘲讽的话，他接受了，仿佛这是对他迟来的审判，他说：“如果骂我能让你心情好点儿，我也觉得自己没白来这一趟。”

“别太高看自己了。”韩可儿说，“你可以走了。”

男人没有说话，韩可儿仿佛他并不存在，她默默走到了窗前，看着外面的世界，不远处的废弃工厂依然安静地矗立在那里，如同此刻沉默的两人。韩可儿猛然回头：“你怎么还不走？”

“我来找你，还有另外一件事。”

“我不想听。”

“说完我就走。”男人说，“如果你不同意的话，我不勉强。”

韩可儿犹豫了一下，扭过头，“什么事？”

“跟我去北京吧。”

“什么？”

“这次和之前不一样。”男人慌忙解释，似乎是为了抓住这稍纵即逝的机会，他语速变得更快，说，“这一次我不会再强迫你放弃你的理想、放弃绘画。相反，我会全力支持你，让你接受全国最好的培训，北京的机会更多，你不是跟我说过吗，很多你喜欢的画家就在北京，现在你有机会去见到他们了。可儿，跟我走吧，让我尽一点儿做父亲的责任。”

这些话是男人一路上反复在自己脑中排练过的，他说完以后，两人再次陷入了久久的沉默。忽然之间，韩可儿抬起头，对着他笑了笑。

紧张的气氛被缓解了，不再像刚刚那样剑拔弩张，韩可儿的语气也变得轻柔了许多，问道："那你现在的老婆和那个刚上初中的小儿子怎么办？他们会接受我吗？"

"我会让他们接受的。"男人见到了突破口，立即说道，"我相信他们也会理解的，毕竟你是我的亲生女儿。"

"是啊。"韩可儿说，"亲生女儿。"

"当年离开你是我的错。"男人乘胜追击，继续说道，"那时候我跟你妈的感情出现了问题，我当时争取过让你跟我走，但是你因为我不想让你学美术，最后还是选择跟你妈过，这件事我一直很愧疚。"

"我妈也不支持我。"韩可儿说，"但是她跟你不一样，她根本就不管。我跟她过了两年，她又找了个男的，家里已经没有我的位置了，你知道吗，那时候我找过你。"

"你找过我？"

"我打听到了你的地址。"

"我怎么不知道这件事？"

"当时是你的小老婆见的我，我说了我是谁之后，她没让我进门，直接告诉我你不在家，现在已经在北京工作了，一年也就回来一两次，她说完就把大门关上了。那天晚上从火锅店到派出所，她一直没认出我来，我就知道，那次她甚至没用正眼看过我。"

"对不起，当时我如果在家的话，就不会像现在这样了，那时候北京有一个更好的机会。"

"机会永远大于感情，果然是你做事的风格。"

"我承认我始终没有平衡好家庭和事业，年轻的时候，我总想往上爬，以为自己只要能混出点儿人样就是成功的，至于家庭，完全可以等。现在我老了，开始反省自己，可儿，我想补偿你，尽一点儿做父亲的责任。"

韩可儿避开他的目光，她觉得自己的心正在被一只有力的大手抓着。

“跟我去北京吧。”男人再次请求道，“我会给你你想要的生活，我在北京的这些年，从一开始给人打工，到后来独立创业，被大公司收购，现在我们公司和很多知名的车载导航品牌都有合作，发展得非常……”

男人正说着，忽然意识到自己的得意忘形，对面韩可儿原本已经柔软的目光再次变得冰冷。

“总之你就是很成功对吧。”韩可儿说。

“我的意思是……我可以给你提供很好的条件，让你无忧无虑地去创作。”

韩可儿笑了笑，但是没有回答，男人一脸焦虑地等着她的答复。

“我好像已经原谅你了。”韩可儿说。

男人笑了。

“不对，确切地说，我从来都没有真正恨过你。”

“听到这句话我太高兴了。”

“因为你不值得我去恨。”

“什么？”

“你到现在还是这样，从来没变过。”韩可儿接着说，“这些年你真的有想过我吗？没有吧？你说你是看见论坛的采访才找到我的，但是我已经在这里好几年了。这么多年，你回来过多少次，有试着找过我吗？包括这次，如果不是在饭店门口跟人打起来，你还是不会找我的对吧？你现在心情好了，有顶尖的工作和收入，摇身一变成了成功人士，开始施舍起来了，但是你忘了，这些年你虽然没变，但我已经不是原来的自己了。”

韩可儿最后说：“你可以走了。”

男人知道自己已经无力再挽回，他走到门口，背影就像是没有讨到骨头的流浪狗，他的一只脚迈出画室大门，忽然停住了。

“我来找你的原因并不是什么施舍。”男人背对着韩可儿说，“我来见你的原因，和你愿意见我的原因是一样的。”

“我不懂你的意思。”

“那幅画，”男人回头指了指差点儿被韩可儿毁掉的画布，“那幅画上的佛像，那天晚上你也看到了吧。”

韩可儿想要否认，但她没能做到，因为她的确看到了。

在余彦被打的那个晚上，最后从饭店里出来的她，一眼就认出了她的亲生父亲，辨认的理由不仅是黑暗中朦胧的样貌，还有他被扯开的衣领里露出的佛像吊坠。

那年年幼的韩可儿走在街上，被一个假和尚巧言令色地骗走了身上全部的生活费，买了一个看似是玉，实则为染色石头雕刻的佛像，她把这个佛像当作珍贵的护身符送给了她的父亲。那时的韩可儿并不知道，那是她还拥有那个家的最后一年。

“那是我收到过的最珍贵的礼物。”

“你走！”韩可儿几乎是怒吼出来。

“我在年底之前都会留在千山，如果你改变主意，随时可以找我。”男人从兜里掏出一张名片，默默放在门口的柜子上，低头离开。

他刚一出门，迎面看到了站在楼梯旁的苏远，他不知道苏远站在那里多久了，也不在乎，他们之间的恩怨早已消散。

两个不同时代的男人互相点点头，一个离开，一个走进了画室。

“最好不要。”韩可儿对苏远说。

“不要什么？”

“不要安慰我。”韩可儿说，“我不想听。”

“我也没打算安慰你。”苏远说，“但我还是想劝你考虑考虑你父亲的意见，那对你有好处。”

“这么快你就站在他那边了？”韩可儿简直不敢相信苏远的话。

“北京的确有更多的机会，你在千山什么都得不到。”

“我已经得到了。”韩可儿说，“我有自己的画室，还有咱们的乐队，就算是去北京，我也不是跟他去，而是跟你们，跟乐队一起去。”

忽然间，韩可儿看到苏远的目光里透着一种忧伤。

“你怎么了？”韩可儿似乎意识到了答案。

“没有乐队了。”苏远说，“荒岛乐队解散了。”

39. 重逢

陈斌摇了摇已经空了的牛奶盒，听见吸管在里面撞击的声音，他还是觉得不甘心，又奋力吸了两口，直到牛奶盒里的空气都被吸干了，整个瘪下去像一个饿透了的前胸贴后背的人。他降下车窗，刚准备将空盒扔出去，犹豫了一下，还是放回了车里。

每次在面对重大的任务之前，陈斌都要喝一点儿牛奶，这有助于缓解他的紧张。这个习惯维持了七八年，起初陈斌是痛恨牛奶的，特别是童年时期，闻到鲜牛奶的味道就会呕吐，当时刚参加工作的时候，有一次跟着师父韩林生去乡下抓一个外地逃到这边的流窜犯，爷俩儿盯了半个月，没吃上几顿饱饭，一天半夜陈斌饿急了，喝了师父的一盒牛奶，身体竟然没有任何排斥，就是那天晚上，他们把嫌疑人摁在了逃亡的村路上。

这件事情让陈斌相信，你有可能对任何事物改变看法，从爱到恨，从恨到爱，再极端的情绪也不会永远是固若金汤的城池，牛奶如此，音乐如此，人也如此。

陈斌又看了看表，约定的时间就快到了。见面的地点是对方在私信里决定的，陈斌没有选择，他看着前方黑漆漆的废弃厂房，这里就是当初他捡到唱片的地方，地形对陈斌不利，易守难攻，里面布满了障碍物。

他不是不知道自己今晚可能会遇到危险，但还是那句话，他没有选择。从夜游神的第一次作案被曝出后，陈斌就在等着见到这个人，他很希望那个叫苏远的男孩就是他寻找的答案，但很可惜，苏远还是在最后一刻挣脱了。

陈斌忽然觉得自己不能再这样坐在车里了，他已经过于被动，需要做点儿什么，于是他下了车，踩着月光铺就的沙土路走进了那片曾来过的废弃厂房中。他打开手电，漫无目的地四处照了照，以求当危险真正发生的时候，自己至少能够找到一条逃生的路。

所有的钢铁机器都沉默着，仿佛在注视着他，陈斌在灰尘的味道中穿梭于机器之间。忽然，他听到身后传来金属的敲击声。

陈斌立刻转过头，手电的光束照向声音发出的地方，光线下他只看到一个直角的机器悬在半空，像巨型螳螂的前臂，手电又左右晃了晃，依然没有看到任何可疑的人。

"出来，看见你了。"陈斌虚张声势地喊了一声。

无人回应。

又一个短促的敲击声响起，这次声音来自陈斌的右后方，他迅速调转方向，但手电的光线还是没能捕捉到任何移动的物体。

陈斌觉得自己在玩小时候玩的那种抓鬼的游戏，一个人被蒙上眼睛，凭借声音去抓其他人，而被抓的人则会不断制造干扰你判断的声音。想到这些，陈斌恼羞成怒，觉得自己正在被戏耍。

"别给我装神弄鬼！"陈斌再次喊道。

"我没想到你真的会来。"

黑暗中传来一个男人说话的声音，陈斌一惊，那个声音就在耳旁，他本能地后退了两步，架起手电。强烈的光线正好打在那个男人的脸上，男人抬起手臂挡了挡刺眼的光，露出一个诡异的笑容。

这个男人的个子比陈斌高一点儿，身穿一身黑，但并没有戴着帽子和口罩，似乎并不担心露出自己的真面目，在他遮挡光线的那条手臂中，陈斌看到袖子里探出的手腕上有一个贝壳图案的文身。

他就是夜游神，即使不需要文身来分辨，陈斌也可以完全确认这件事，因为他和陈斌无数次在脑海中幻想过的夜游神的形象几乎一模一样。

“我肯定会来的。”陈斌回应说，“我一定要亲眼确认那个人是你。”

“现在你确定了。”夜游神说，“你怎么想？”

“我一直都希望我是错的。”陈斌沮丧地叹了口气，又立即振作起来，对夜游神说，“雨铭，咱们俩多少年没见了？”

“15年。”夜游神说。

陈斌的脑中浮现起15年前那一段令他气喘吁吁的楼梯。

他奔跑着上楼，两次差点儿摔倒，但还是没有停下来。到了四楼，陈斌一边喘着粗气一边猛敲右边的一户房门，他急不可耐，直到听到门内有走动的声音，猫眼上浮起一只黑眼球。

房门只打开了一条缝，还是少年的张雨铭站在门内，他穿着一身条纹睡衣，眼睛即使睁开着也只有两条缝隙。

“干什么你？”张雨铭问，“我这一个单元的人都让你敲出来了。”

陈斌喘匀了气，兴奋地盯着他在这个世界上最好的朋友，挤出一抹坏笑说：“晚上有事儿吗？”

张雨铭似乎意识到了什么，立刻说道：“有事儿。”

“得了吧，肯定没事儿。”陈斌成功识破了张雨铭的谎言，接着说，“晚上在七街的酒吧有场演出，‘疯狂的心’，我好不容易才托人搞了两张票。”

“不去。”张雨铭想都没想便拒绝道，“我一猜就是这事儿。”

张雨铭不喜欢摇滚乐这件事，是陈斌在两人相识之初就已经知道的。当然了，不喜欢某个事物是完全不需要理由的，更何况张雨铭是一个对大多数事物都持悲观态度的人，他总是被一种不知名的忧郁笼罩着。

陈斌则完全相反，在他的青春时代，他始终是个充满热情的傻小子，也是因为这个特质，他成为隐身在角落里的张雨铭唯一的朋友，他不厌其烦地向张雨铭推荐自己喜欢的乐队，强行将耳机塞进张雨铭的耳朵里，尽管如此，依然无法改变张雨铭对于摇滚乐的态度。

无法与最好的朋友分享自己的热爱，这令陈斌感到沮丧，但他并不会就此放弃。现在，陈斌再次做出努力，“疯狂的心”是千山最好的地下乐队，陈斌相信现场的力量足以撼动张雨铭的心。

“你就当是为了陪我，行吗？”陈斌说，“不爱听你就走。”

张雨铭犹豫了一下，显然这张友情牌打出了效果，张雨铭问，“几点的演出？”

“8点开始。”陈斌说。

“还有两个多小时呢，你现在来干什么？”

“我也不知道要劝你多长时间。”陈斌的脸上已经露出控制不住的笑意。

“说好了啊，我要是不爱听就走。”

“一言为定。”

陈斌将一张门票塞进张雨铭的手里，满足地转身下楼，听到身后房门关闭的声音。他再次一路小跑着回到家，努力平复自己激动的情绪，为晚上去看演出做最后的准备。

但张雨铭并不激动，他看了看那张门票，表情就像是刚从超市里出来，看到自己停在路边的汽车车窗上的罚单一样。门票上写着演出的具体时间，晚上8点到10点，虽然陈斌承诺他可以随时离开，但张雨铭也知道自己恐怕很难做到丢下陈斌一个人走，想到晚上要在那个潮湿逼仄的酒吧里被震耳欲聋的噪声折磨如此之久，他不禁重重地叹了口气。

一切都是为了朋友，张雨铭想，有时候，你仅有的友情就是会让你牺牲一部分的自己。

演出的酒吧距离张雨铭家不远，走路大概十几分钟，临近开场还有半个多小时，张雨铭洗了个头，却发现家里的吹风机突然坏掉了。一个不好的预兆，他想，预示着今晚不会顺利。

换上出门的衣服，头发依然是湿的，张雨铭刚走出单元门，就觉得脑袋整个被冻住了，摸了摸头顶的湿发，果然已经开始变得僵硬。迎面一股寒风吹过来，他缩了缩脖子，顶着风往七街的方向走。

到了酒吧对面的时候，张雨铭看到门口已经聚集了不少人，他们大多数都和自己一样年轻，精神状态却截然不同，一街之隔的张雨铭表情厌恶地看着蝗虫般乌泱乌泱的人群，意识到全千山的三教九流今晚都放出来了。

环顾四周，张雨铭没有找到陈斌的身影，他站在远离人群的一根电线杆旁边等待着。过了一会儿，发现总是有过路的人对他露出不明所以的笑，他对自己浑身上下打量了一番，没发现什么异常之处，猛然醒悟，一回头，看到电线杆上自己头顶的位置贴着一个治疗阳痿的广告，一排醒目的字体写着：你是否也感到力不从心？

张雨铭匆匆离开了这个尴尬的地方，走远一些，但又不知道该去什么地方，不知所措间，他看到前面一个没有牌子的小卖铺，玻璃上用彩色胶带贴着“烟酒糖茶”四个字。

小卖铺的中间烧着一个煤炉，张雨铭刚进来，头顶冻硬的头发立刻柔软了下来，一股暖流拥抱着他，非常舒适。忽然，他听到一个并不友好的声音问道：“要点儿什么？”

说话的是小卖铺的老板，一个头发花白的老太太，张雨铭不好意思，低头看着柜台，指了指其中最便宜的一包香烟。

香烟扔出来，张雨铭从兜里掏出几张零钱，赖着还不想走，但老太太的目光已经变得比屋里的煤炉更加灼热。

“再拿个打火机。”张雨铭说。

又买了一个打火机以后，张雨铭实在找不到再不离开的借口，他不情不愿地走出小卖铺。距离演出开始就剩几分钟的时间了，他看到此前聚集在酒吧门口的那些人大多数已经入场，只剩下零星几个还站在门口，他依然没有看到陈斌，也许陈斌早就已经进去了。

张雨铭想当然认为陈斌会和自己在外面碰头，但事实上他俩谁都没说过，现在他只能自己一个人进去，并寄希望于在群魔乱舞的人群中找到陈斌的身影，他对此感到沮丧，又不得不挪动沉重的脚步，向酒吧走去。

迎面走来两个年龄明显大于自己的青年，有说有笑，张雨铭低着头从他们旁边擦肩而过。

身后传来声音，“那小子，你站住。”

张雨铭没有停下脚步。

“说你呢，听不见啊？”

张雨铭只好停下来，回头，摆出一个后知后觉的表情指着自己的鼻子说：“我？”

“有烟吗？”其中一个青年问。

“有，有。”张雨铭赶紧将刚买的那包烟拿出来拆开，给对面的两名高个子青年一人一支，殷勤地为两人点上火。

“这烟也太次了。”刚才说话的那个人深吸一口，将烟雾吐向夜空后评价道。

张雨铭尴尬地赔了两声笑，转身要走。

“让你走了吗？”那人一把抓住张雨铭的领子，将他拽了回来，目光中透出一股凶狠，问道，“带钱了吗？”

“没带。”张雨铭低声说。

“真没带？”

“真没带。”

“行。”两个青年相视一笑，对张雨铭说，“一会儿我要是翻出来，一块钱一个嘴巴子。”

张雨铭迅速挣脱，拔腿就跑。

他只跑了不到10米的距离，便被身后飞扑过来的人一把按在了地上，那人手脚利落，轻车熟路，像处理食材的厨师，几下就给张雨铭翻了个面，两边膝盖死死地压住张雨铭的胳膊，跪坐在张雨铭身上，使他无法移动。后面的青年笑着走过来，开始在张雨铭的身上翻找。

全部的口袋被掏空后，张雨铭看着自己买烟剩下的钱已经攥在对方的手里。

“我数，你动手。”拿着钱的青年说。

接着，那人开始数钱，一块，两块，他每说一句，压着张雨铭的人就在张雨铭的脸上甩下一个清脆的耳光，一共32块，换32个耳光。

张雨铭的脸肿着，他没有哭，这时候他听到马路对面的酒吧里已经响起了吉他的声音。

“还有钱吗？”打完以后，对方问道。

“没有了。”

“我不信。”压在张雨铭身上的青年居高临下笑着说，“我要再找出来，一块钱五个嘴巴子。”

“真没有了。”

张雨铭这次没有说谎，那是他身上所有的钱，现在他已经不在乎钱被对方抢走，只希望他们快点儿放过他。

然而这两个人似乎并没有尽兴，事情从一场单纯的抢劫变成了玩弄人的游戏。寒风灌入了张雨铭的身体，他意识到自己身上的衣物正在被两个人强硬地脱掉，而自己对此无能为力。他躺在冰凉的水泥地上环顾四周，唯一的好消息是，漆黑的夜色中并没有人注意到他们。

他寄希望于这两个人玩够了就会走，一切都是今晚的演出引起的，他迁怒于使他陷入这一切的陈斌，以及真正的罪魁祸首——摇滚乐。现在,张雨铭浑身的衣裤都被扒光了,两名青年仁慈地给他留下了一条内裤。

张雨铭赤条条站在寒风中,忽然间,他听到其中一个人说出一句令他感到绝望的话——“把他绑那个电线杆上。”

胶带撕开的声音,也撕开了张雨铭最后的希望,他放弃了抵抗,任由一圈圈胶带将他与那个贴着“你是否也感到力不从心”的电线杆绑在一起。直到最后一圈胶带绑完,两名青年一人点起一支烟,满意地欣赏着他们的装置艺术,随后捡起张雨铭地上的衣服,扔进旁边的垃圾桶,扬长而去。

夜晚的马路上依然空无一人,对面的酒吧里持续不断地传出乐队演出的声音,声音穿过夜色,依然清晰,张雨铭成为这个夜晚唯一的场外观众。

“是啊,15年了。”陈斌的话将两人从记忆里拉出,回到了此刻他们身处的废弃厂房里,15年的时光留下一道剪影,再回头时,他们已不再是少年的模样。

“对不起。”陈斌说,“那天要不是我迟到了,也不会发生那些事。”

“现在说这些有什么意思?”已经成为夜游神的张雨铭说。

“那天以后,我就再也不听摇滚了。”陈斌接着说,“我现在也理解了你当初对摇滚的态度,你是对的,这种东西就不应该存在。”

张雨铭没有回应陈斌的这句话,而是说道:“其实你一直都知道夜游神是我,对吧?”

“我希望不是你。”

“所以你才一直调查苏远,就是想证明他才是夜游神。”张雨铭接着说,“但是事实摆在这儿,你和我都回避不了。”

“就算只有百分之一的可能,我也希望夜游神是一个除了你以外的人。”陈斌说,“而且我怀疑苏远也不是没有理由的,确实有一些证据在指向他。”

“现在真相大白了。”

“等等，你也认识苏远？”陈斌后知后觉地问。

“我帮他重组了那支乐队。”张雨铭说，“‘疯狂的心’。”

陈斌想起那群蹲在派出所的中年大叔，恍然大悟，但这个事实给他带来的震撼程度，不亚于与张雨铭的重逢。

“你不是最痛恨摇滚乐吗？为什么还要帮他？”

“人对事物的看法是会发生改变的。”张雨铭说。

这句话令陈斌想起他对牛奶的感觉，以至于不得不认同，但他同时也知道，看法的改变需要一个契机。

张雨铭从兜里掏出一包烟，同时点燃两支，将其中的一支递给了陈斌。

“那天晚上，我被扒光了，被绑在电线杆上。”张雨铭吐出一口烟缓缓说道，“那两个人已经走了，街上就我自己，我动不了，除了风声，唯一能听到的就是对面酒吧里演出的声音。你知道我是什么感觉吗？”

陈斌摇了摇头。

“我感觉平静。”张雨铭说，“明明是很激烈的摇滚乐，却让我感觉到了平静，有那么一段时间，我甚至没有感觉到冷，我一首接一首地听，慢慢沉浸了下去，甚至到演出结束的时候，还感觉意犹未尽，直至散场后你从酒吧里出来，在围观的人群里看见了绑在电线杆上的我。”

陈斌对张雨铭的话感到意外，他并不知道张雨铭后来发生的改变，现在回想起来，却能够理解他，因为他也是在那一刻改变的，只不过是去到了相反的方向，强烈的愧疚和自责令他迁怒于自己深爱的摇滚乐。

千山就是这样一座城市，当这里的少年试图从迷茫的生活中寻求一线生机的时候，上帝恰好给了他们摇滚乐，只是这个选择并不是每次都能奏效,在那个夜晚,少年陈斌与少年张雨铭因为摇滚乐走上了对方的路。

“那以后我就再也没见过你。”陈斌说,“这些年我一直在找你。”

“现在你找到了。”

“我想过很多咱们俩见面的场景,这是最差的一种。”

“再差也比见不到更好吧。”张雨铭笑了。

“你原谅我了吗?”陈斌说。

张雨铭的表情给了陈斌答案,他走上前,不再年少的两人穿过15年的时光,用一个迟来的拥抱和解了。

拥抱过后,陈斌从身上取下来一副银光闪闪的手铐,“转过身,手背在身后。”他语气威严地说。

张雨铭照做了,冰凉的手铐在他的手腕上咬合,月色投在手铐下发出银色的光,映着两个人的脸,在手铐的倒影上,闪烁出他们少年时的模样。

40. 15秒

苏远穿着蓝白相间的工作服站在点餐台后面，保持着微笑，一脸自信，表情与墙上的员工照一模一样。

经过了几个失眠的夜晚以后，苏远顿悟了，并且认命。既然荒岛乐队的解散是一个必然的结果，与其在惴惴不安中等待它的发生，不如像现在这样猝不及防地结束，至少还能免去一段阵痛。他在心里回顾过往，不敢说不留遗憾，但是比起上一次被自己的乐队开除，此时的苏远相信自己已经有了面对结局的勇气。

发生过的一切不足以改变他的人生轨迹，但是足以改变他的心，苏远觉得这也是好的。他面如平湖，抬起头，看着悬挂在汉堡店天花板上的电视机里正在播放国际新闻，一些他并不了解的大事正在遥远的世界发生着。

"一份经典套餐。"刚进来的一名顾客对苏远说。

"好的，请稍等。"苏远快速应答，熟练地操作起点餐机，他利落地报出价格、收钱、找零，动作一气呵成，换来了对面顾客一句带着尊重的"谢谢"。

苏远觉得这样也很好。

"你啊，就是干这个的。"顾客离开以后，站在他旁边的小宇说。

苏远不是听不出这句话里的讽刺，但他不以为然，小宇找机会就会贬低他两句，却忘记了自己同样也是这家汉堡店的一名普通员工而已。苏远在心里对自己的成熟感到满意，荒岛乐队短暂的经历并不是什么都没留下，至少让他成长了。

小宇没有从苏远的脸上看到他想看到的表情，反而沮丧起来，苏远不明白小宇为什么如此执着于去激怒和伤害他。

小宇悻悻地拿起遥控器，对着电视用力按了一下，国际新闻跳过，换到了一个娱乐频道。

电视上，一个风姿绰约的女主持人坐在沙发上，手里拿着麦克风，正在对旁边的一个男人进行专访。忽然间，苏远的心剧烈地跳动了一下。他自我反省，原来自己还是无法做到每时每刻都保持冷静。

电视下方的字幕显示着被采访者的名字：邵柯——邵柯与蓝莓酱乐队主唱。

“哟，这不是巧了吗？”小宇笑着说，“又看见你同行了。”

苏远没有说话，他努力控制着自己的表情，能感觉到脸颊的灼热。

电视上，女主持人问邵柯：“你们已经为北京的比赛做好准备了吗？”

“原来他们就是去北京参加比赛的乐队啊。”小宇添油加醋地说道，“我一开始还以为是你呢。”

“我们准备好了。”邵柯自信地回答，“准备得非常充分。”

苏远不知道邵柯在这个城市里到底有多少关系，先是赵娜的电台专访，现在直接上了电视，似乎只要他愿意，随时可以调用任何人来配合他。苏远想起自己在组建蓝莓酱乐队的那段时期，他甚至连一场免费的演出都求不到，这说明在自己被开除的那个晚上，邵柯至少有一句话是对的，他的确让这支乐队变得更好了。

“换个台吧。”苏远说。

“不换。”小宇幸灾乐祸地看着苏远说，“我就喜欢看这个。”

女主持人笑得花枝招展，接着说：“我听说为了参加这次的比赛，你们特地写了一首新歌？”

“没错。”邵柯回答，“虽然我们乐队之前就有很多原创歌曲，但我觉得这次的新作是最好的一首，我们决定带到北京去。”

电视里的邵柯戴着一副墨镜，跷着二郎腿，仰靠在沙发上，就像一个真正的摇滚明星。

“那是不是也意味着，至少在比赛之前，咱们千山的歌迷还不能听到这首神秘的作品?”女主持人说。这拙劣的套路令苏远觉得尴尬，他知道，接下来邵柯肯定会表示，千山的乐迷将提前欣赏到这首作品，而女主持人则会表现得异常惊喜。

“其实也不能这么说。”邵柯露出一抹令人不适的笑容。

“难道……”

“按照比赛的规定，这首参赛歌曲不能是公开发表过的。”邵柯说，“但是为了回馈家乡歌迷对我们的支持，我可以放出其中的一小段给大家听一下。”

“那我们今天可真是有耳福了。”女主持人说话的腔调就像诗朗诵，“就让我们一起来欣赏一下这首来自邵柯与蓝莓酱乐队的全新作品。”

随后，早已准备好的画面一转，变成了一张他们乐队的合影，继而播放起邵柯说的那首新作，大概15秒钟后，音乐声戛然而止。

苏远忽然觉得，人的改变真的是一件难以捉摸的事情，有时候那需要很长的时间，比如从组建一支乐队到最终解散，有时候又只要很短的时间，比如15秒钟。

“好听!”小宇夸张地赞叹起那段短暂的旋律，如果不是在店里，他相信这时候小宇已经鼓起掌了。苏远只得将小宇的这个反应视作对自己的认同。

这首歌就是苏远写的。

苏远回想起自己上一次见到邵柯的场景，还是在那间他羡慕且渴望的排练室里，当时他天真地以为邵柯是真的来与他和解的，当时邵柯的伎俩之一就是称赞苏远的作品。

现在,那首歌被邵柯堂而皇之地冠上了他的名字,虽然只有短短的15秒,虽然铺上了厚重的弦乐,但音乐和人不一样,即使已经做了充分的掩饰,旋律依然不会说谎。

"好听吗?"苏远咬着牙回头问小宇。

"多好听啊。"小宇接着说,"你不会连这个都欣赏不了吧,那你还玩什么乐队?"

"说得也是。"

"要我说,你还是踏踏实实在这儿上班吧。"小宇继续火上浇油,"别惦记做什么音乐了,这玩意儿吃天赋的,你能写出人家这种水平?"

苏远没有回答。

一名顾客开门进来,晃着膀子,用命令的口吻对苏远说:"一份经典套餐。"

"好的,马上来。"苏远再次迅速回应道,报出价格、收钱、找零,动作一气呵成。

"多给我拿点儿番茄酱。"顾客说。

"好的。"苏远从点餐台下面拿出两包番茄酱,放在了顾客的餐盘上。

"怎么就拿两包?"顾客斜眼看着苏远说,"多拿几个能死啊?"

旁边的小宇嘴角上扬看着正在遭受训斥的苏远。

"您要几包?"

"再拿五包。"顾客说,"你们这番茄酱不是免费的吗?"

"是免费的。"苏远回答说,接着又拿出五包番茄酱。

他没有将这五包番茄酱放在顾客的餐盘里,而是一包一包撕开,看着红色黏稠的液体流淌出来,仿佛那是他心里的某种东西。顾客看着他,一时不知所措,苏远将所有的番茄酱淋在了这名顾客汉堡、薯条和塑料的可乐杯上。

“现在够了吗?”苏远语气冰冷地问。

“你什么态度?”顾客左顾右盼,试图在寻求帮助,但除了几双望向这边的眼睛,没有人表示出上来解围的意思。

“我问你,现在够了吗?”

“你们店长呢?”顾客喊道,“不想干了是吧?”

“反正我也不太适合这份工作。”苏远说这句话的时候,眼睛看向旁边的小宇。

小宇已经收起了刚才的笑容,他似乎从苏远的眼中看到了令自己恐惧的东西,接着,苏远端起淋满了酱汁的餐盘,狠狠地砸在了小宇的头上,红色的番茄酱像鲜血一样顺着小宇的头发一点点流下来。

苏远脱下他的工作服,在众人的注目下离开餐厅。

离开的时候,他保持微笑,一脸自信,表情跟墙上的员工照一模一样。

41. 重获自由

邵柯对自己在排练室里搭建的酒柜和吧台十分满意。

现在,上面已经摆满了不同种类的酒和饮料,在排练的间隙,他时常过来煞有介事地为自己调制一杯鸡尾酒,尽管每次调酒的比例都有严重的问题。

此时,他端着一杯金汤力,满足地喝了一口,希望酒精能够安抚他那颗惴惴不安的心,却发现无济于事。

“邵柯,我想跟你说点儿事儿。”一个小心翼翼的声音。

说话的是乐队的贝斯手滕磊,也是整个乐队里最令他不舒服的一个人。邵柯一直想把他踢出去,就像当初踢出苏远一样,但后来一件件事情的发生令这个计划不断延后,现在比赛将近,他已经没有时间再换人了。

“什么事儿?”邵柯问。

“我觉得咱们用那首歌还是不太合适。”滕磊说。

邵柯意识到他可能会跟他说这件事,但依然感觉意外,因为这需要巨大的勇气,在他的乐队里,这个话题是个禁忌。

邵柯板起脸,凝视着对面的胖子,目光仿佛一把利剑,一字一顿地接着问:“怎么不合适?”

“那首歌不是咱们的原创。”滕磊声音颤抖着说,“是苏远的。”

这句话精准地踩在了邵柯的雷区,他将刚喝了一口的酒一滴不留全部泼到了滕磊的脸上。

刚刚还在摆弄乐器的其他几个人闻声停了下来,排练室里瞬间安静得如同一座坟墓。

“你有证据吗?”邵柯问。

“那个乐谱……”滕磊还想说话。

“我问你有证据吗?”邵柯说着,将酒杯摔在地上,回头拿起放在吧台上的一把锋利的冰锥,尖刃就停在滕磊的眼球不到一厘米的地方。

旁边的吉他手吓得放下手里的吉他,几步上前,试图打圆场。

“他有个屁证据啊。”吉他手说着,顺势将滕磊的拉到旁边,训斥道,“没事儿别胡说八道。”

惊魂未定的滕磊不再说话。

“我看你也别去屠宰场了。”邵柯说,“信不信我现在就卸了你。”

“别,别,消消气。”吉他手一边说着,一边轻轻按下了邵柯握着冰锥的手,“快比赛了,咱们还是把心思放在排练上。”

“你们也是。”邵柯对着其他人喊道,“不会说话就给我把嘴闭上。”

所有人沉默着。

“说得对,说得对。”吉他手接着对邵柯说,随后也有样学样地环顾四周,面向众人说,“咱们在一起排练的时间少,很多事不了解,那首歌是邵柯自己一个人的时候写的。”

眼见吉他手讨好似的看着自己,邵柯心里的愤怒的确消去了一半,而且这人说得没错,虽然那胖子该死,但是临近比赛,乐队里还是不能少了他。

似乎是察觉到了邵柯表情的舒展,吉他手更来劲了,继续对邵柯说道:“邵柯,那首歌应该就是你在前几天晚上写的吧。”

邵柯另一半的怒火是消除不了了,但此刻的他无法发泄。因为与怒火同时出现的,还有巨大的耻辱。

邵柯想到吉他手说的“前几天晚上”是什么时候,那本来是一个值得庆祝的夜晚,他有一个万全的计划,足以将苏远变成夜游神,彻底从自己的眼前铲除。

起初事情进展顺利，邵柯将那个男人绑在了树上，伪造了夜游神作案的现场，随后以交还唱片为由骗苏远前往现场，只要掌握一个合适的时间差，在恰当的时刻报警，就能让一切变成无法辩驳的铁证。

直到那个黑衣人敲了敲他的车窗。

后来的事就只剩下一些模糊的印象了，邵柯在晕倒前，看到黑衣人拨通了本该由他拨通的警察的号码，而最终唤醒他的则是那名他并不喜欢的警察。他发现自己已经身处落日公园的一棵树上，距离他最初布置的现场至少有五公里之远。

袭击他的黑衣人再也没有出现过，邵柯不知道对方到底是放过了他，还是依然在暗中盯着，这些都不重要，因为对邵柯造成的影响是相同的，他变得畏首畏尾。黑衣人最后在他耳边说的那句话，给苏远套上了一件护身符，令邵柯不敢再靠近苏远半步，“你再碰苏远一次，我就弄死你。”

后来的一个晚上，邵柯在与人吃饭的时候，看到端上餐桌的海鲜，记忆像被海水冲刷的沙滩，浮现出一枚碎片，邵柯在细沙中翻拣，发现是一个贝壳，他想起来了。

两次袭击他的确实是同一个人，因为他们都有个贝壳图案的文身。

“这是什么东西？”吉他手说话的声音将邵柯拉回现实，“是贝壳吗？”

邵柯高估了自己对那件事的反应，他甚至在听到“贝壳”两个字的时候都会心里一紧。顺着吉他手的声音，邵柯注意到他们几个人正盯着放在调音台旁边的笔记本电脑。

“你们看什么呢？”邵柯没好气地问。

“这个人。”吉他手似乎很愿意把握住任何一个接近邵柯的机会，抱着笔记本来到邵柯面前，指着屏幕对邵柯说，“论坛上都炸锅了，说是夜游神被抓到了。”

邵柯说不出话，他双眼直直地盯着屏幕里的那个男人，这是一张在看守所里拍摄的照片，对面的男人是一张陌生的脸，短发，小眼睛，皮肤黝黑，身穿印着看守所名称的背心。

过了一会儿，邵柯对着照片中那人手腕上的贝壳文身，露出一个轻蔑的微笑。

“什么事儿那么开心？”吉他手赔着笑问道。

“没事儿。”此刻的邵柯心情爽朗，甚至回敬了对方一个恩赐般的笑容。生活的先苦后甜给了他充盈的满足感，等待是值得的。

他对所有人说，“今天先到这儿，休息一下，下次排练之前我再通知你们。”

“可是比赛的日子就快到了。”贝斯手滕磊说。

邵柯瞪了他一眼，但并未发作，他现在的心情足以赦免这个不知悔改再次冒犯他的人。

邵柯穿上外套，一个人离开了排练室，夜风追来，拂过他的脸，像轻柔的触摸。他忽然想明白了世界的真相，那就是，万事万物都有微妙的平衡，比如，当一个人失去自由的时候，另一个人就会得到自由。

现在，没有人再能阻止他去找到苏远了。

42. 再次推开天堂之门

离开汉堡店还不到20分钟，苏远就后悔了，尽管他毫不怀疑自己留在店里的背影足够潇洒帅气，构成了一个可以被后辈的打工者口口相传的故事的尾声，但那是有代价的。苏远路过了三个沿街乞讨的流浪汉以后，他明白了，这个代价是他将来很可能会变成这些流浪汉中的一员。

一时的冲动让他失去了唯一的经济来源。苏远漫无目的地沿街游荡，脚步愈发沉重，几个穿着校服的小孩有说有笑地从他身旁经过，又纷纷闭上嘴，低着头匆匆离开。

遥想自己十四五岁的时候，也曾在上下学的路上见过那种无所事事的青年，当初的苏远和刚刚那些孩子一样，会选择避开他们，内心毫不怀疑自己将拥有与那种人完全不同的光明的未来。

似乎只在转瞬之间，苏远就变成了场景中对面的角色，他第一次觉得自己老了，一事无成，时间毫不留情地将故事翻到了下一篇章。

晃晃悠悠，又过了20分钟，苏远一抬头，发现自己已经不自觉地走到了荒岛鬼屋的门口。这个被他们租来当排练室的地方如今再一次回到了它死气沉沉的原样。乐队解散后，他们还没有来得及将各自的设备搬走，鬼屋也没能恢复营业，苏远看着上锁的大门，向里面张望了一下，什么都看不到。他想起那个终日以鬼的模样示人的老板，不知道等鬼屋真的维持不下去后，他还能干些什么。

反正也无处可去，苏远索性坐在了鬼屋门口的台阶上，太阳正在西沉，洒在脚边的阳光变成了饱和度很高的橙黄色，他坐下的位置一半在阳光下，一半在阴影里。今天是一个难得的好天气，没有一丝寒风。

苏远摸了摸兜，翻出来半包万宝路，这是他在去医院看望余彦的时候，从余彦的身上没收的。他抽出来一支叼在嘴上，发现已经很久不抽烟，身上根本就没有打火机。他叹了口气，刚把烟从嘴上拿下来，一束火苗突然在他的面前燃起。

苏远愣了一下，在火光中看到一张熟悉的脸，那张脸对他笑着，苏远靠近火苗将烟点燃，裴昭随后收起了打火机。

“你怎么来了？”苏远问。

“跟你来的理由一样。”裴昭说。

“你知道我来的理由？”

“作品被人偷了，心里不好受吧。”

那一瞬间，苏远差点儿哭了出来，他忍住了，但剧烈的情绪像攻城槌一样撞击着他的心。对啊，不好受，他不再愤怒，而是委屈。

“那是一首好歌。”另一个人的声音出现在苏远身后，“而且那首歌不只属于你，它还属于整个荒岛乐队。”

苏远回过头，看见许亦冰站在台阶上，他的肩膀上披着一层阳光。

“你怎么也来了？”苏远问。

“裴昭给我打电话，说，那小子写的歌让别人给拿走了，现在肯定在外面哭呢。我们怕你想不开再出点儿什么事儿，就出来找找你，果然在这儿呢。”

“我能出什么事儿？”苏远虽然是笑着说的这句话，但情绪已经有些难以抑制，“我还能自杀呀。”

本来没这么想过，但话聊到这儿，苏远真的考虑起自杀的方案来了。

“那可不好说。”裴昭说，“不过我挺纳闷，你那首歌怎么就跑他们手里去了？”

"这话要说起来就远了。"

苏远将自己被开除出乐队的故事和盘托出,他意识到,虽然与裴昭他们早已算是朝夕相处的挚友,自己的很多事情却从未对他们提及过,他始终有意将自己封闭起来,而此刻敞开心扉的感觉并没有想象得那么糟糕。

这种感觉与醉酒相似,苏远变得比平时更加感性,简单来说,走心了。他站起来,面对裴昭和许亦冰,微微鞠了鞠躬,说:"谢谢你们,其实在你们来之前,我已经在这儿待半天了,我说实话,之前我还有一些不切实际的幻想,我想过咱们乐队重组,但是我也知道,现实是不能改变的,余彦还在病床上躺着,可乐也——有点儿别的事情,肯定是不会回来了。我也明白了一件事儿,有没有这支乐队并不是最重要的,跟你们一起经历的一切才是我最珍贵的回忆。"

苏远声情并茂地发表了一段自认为感人肺腑的演讲,几乎快把自己说哭了,却发现对面的裴昭只是笑呵呵地看着他,完全没有他预想中的那种涕泗纵横的画面。

"挺大个男人,怎么那么矫情?"声音来自苏远身后。

苏远回过头,看见韩可儿正一脸嫌弃地看着他。

"谁跟你说我来不了了?"韩可儿晃了晃手里的钥匙,对苏远说,"杨凡过几天要去隔壁城市,不在千山,我找他拿钥匙去了。"

韩可儿推开苏远,蹲在鬼屋的卷帘门旁边,将钥匙插入最下面的锁孔中,卷帘门升起来,她回过头,看见苏远仍呆站在原地。

"你不进来啊?"韩可儿说。

"进去干吗?"

"还能干吗,排练啊!"

苏远仍处在复杂的情绪中,一时难以切换状态,却已经被裴昭推着走进了鬼屋。

漆黑的空间里散发着一种令苏远熟悉的气味，尽管那不过是腐朽的装修材料和道具混合的味道，但他依然在这种气味中重新找到了自我，他迅速恢复了，仿佛受到了感召，本能地走向属于自己的位置。

鬼屋，一个在形象上最接近地狱的场所，此刻犹如天堂。

苏远将吉他背起来，打开了所有设备的电源。

但是之前存在的那个问题现在仍然没有解决。

“余彦怎么办?”苏远问道。

“他的手在比赛之前是好不了的。”裴昭说，“你要负责演奏他的部分。”

“我?”苏远夸张地指着自己说，“你逗我呢吧，其他的部分我还能勉强弹一下，但是余彦的那段solo你们又不是没听过，那段太难了，我弹不下来。”

“我没跟你开玩笑。”裴昭将肥硕的手掌砸在苏远的肩膀上，“小子，这正是你成长的时刻。”

苏远觉得，生活最大的问题就是——它不是电影。如果现在苏远是身在一部青春励志的影片中，他应该做的是在众人惊叹的目光中，不可思议地完成了此前自己无法完成的演奏。但现实不是这样的，现实是细节，是时间，是练琴时指尖的茧子。

“滚吧。”苏远一把甩开裴昭的手臂，“你也知道我不可能在那么短的时间内达到余彦的水平。”

这句倒是实话，大家沉默了，电影是不允许人物在这么长的时间里沉默的。

“简化吧。”许亦冰提出建议，对苏远说，“简化到你能够弹奏的程度。”

这件事他们不是没干过，在找到许亦冰之前，他们就因为前鼓手秦峰的能力有限，将鼓的部分做了大量简化。

“我真的很喜欢余彦写的这一段。”苏远说，“不能原封不动地弹下来，实在太浪费了。”

“也没有别的办法了。”韩可儿说，“我觉得可以试试，咱们没有必要追求完美，而且，我不想再错过这个机会了。”

韩可儿的语气平淡，波澜不惊，但这意味着一个沉重的责任被放在了苏远的肩头。苏远知道，自己自决定组建这支乐队的时刻，就承担起了这个责任，面前的这些人，他们原本有着各自的人生，却依然在最终选择信任他。

现在不是逃避的时候。

“好，我试试吧。”苏远说。

苏远望向旁边立在架子上的那把Gibson吉他，它的主人余彦此刻依然躺在病床上，那把吉他是经典的Les Paul（莱斯·保罗）款式，日落色，价值不菲。苏远一直很想去弹一下，但他也知道余彦对自己的物品有过分的偏执，裴昭特地对他说过，余彦有两样东西绝不外借，老婆和琴。苏远问，余彦有老婆吗？裴昭说，没有。

所以苏远从没有鼓起勇气开口。

“想弹就弹吧。”裴昭似乎从苏远垂涎欲滴的表情中看穿了他的想法，朝着其他人说，“反正我们也不会跟余彦说的，对吧。”

“没错，你只要别给他弄坏了就行。”许亦冰附和道，“而且摸一摸余彦的琴，说不定还能给你点儿灵感。”

苏远得到了两个人的鼓励，心里暗喜，他像苍蝇似的搓了搓手，两眼放光，怀着敬畏的心走向余彦的吉他。他想起来自己在咖啡厅里邀请余彦加入乐队时的场景，恍如隔世，当时还是裴昭帮助了无能为力的他，在裴昭与余彦回顾他们的过往时，裴昭提到了，余彦曾给这把吉他取过一个名字。

“你好啊，杰西卡。”苏远说。

"你说什么?"裴昭问,"杰西卡?"

苏远看到裴昭露出的疑惑的表情,也蒙了,试探着问:"你不是说余彦有一把吉他叫杰西卡吗? 我记错名了? 杰卡西?"

"是杰西卡没错。"裴昭说,"但不是这把。"

"那杰西卡是哪个?"苏远不记得余彦还带来过别的吉他。

忽然之间,许亦冰在他们身后狠狠敲了两下军鼓,激动地说:"我有办法了。"

当乐队的其他人正在经历这一切的时候,余彦仍然躺在病房里,病房的时间比外面更慢,他用没有骨折的那只手艰难地伸向床边,拿出一个玩具包装的纸盒。

这个玩具再次令余彦想起那个失去了自己亲生儿子的卖鱼阿姨,遗憾与悔恨在这个四下无人的空间里侵蚀着他,余彦无处可逃,任由悲伤的泪水缓缓从眼角流下。他打开盒子,从里面拿出一个小巧的粉红色的玩具吉他。

盒子上写着三个字:杰西卡。

43. 杰西卡

“这就是杰西卡?”苏远不确定这是不是一个玩笑。虽然其他人的表情都很认真,但这个画面还是令他觉得荒谬——一群成年男人围着一个粉色的儿童玩具。

“这就是杰西卡。”余彦说。

事实上,“杰西卡”是这个玩具品牌的名称,在苏远的青春时代,这种事很常见,一个不自信的国产厂商会取一个外国名字,从内到外透着一种山寨感。

苏远来不及去深思这件事,他现在脑子很乱,回头看着余彦问:“你怎么跑到这儿来了?”

“这不是排练室吗?”余彦理所当然地说,“我也是乐队的一员啊。”

“没说你不是,但你现在不应该在医院养伤吗? 他们怎么放你出来了?”

“他们没放我出来。”余彦说得极为坦然。

苏远明白了,现在他们的排练室里不仅多了一个质感粗糙的塑料玩具,还多了一个从医院逃出来的病人,苏远看着余彦被绷带吊在胸口的石膏心乱如麻。

许亦冰转着鼓棒从架子鼓后面走出来,对余彦说:“看这意思,你应该是和我想到一块去了。”

“是吗?”余彦问,“你想到的是什么?”

许亦冰用下巴示意了一下那个塑料玩具,说:“杰西卡。”

“杰西卡。”余彦点头重复道,两个人同时露出了一抹意味深长的笑容。

苏远依然一头雾水，刚想发问，忽然见裴昭一拍大腿，后知后觉地大喊一声："我明白了，杰西卡！"

"连你都明白了？"苏远瞪大双眼，看着几位大叔像对上了暗号一样豁然开朗的样子，扭头对坐在麦克风后面一脸平静的韩可儿说，"这屋里就剩咱们两个弱智了。"

"别把我跟你放一块儿。"韩可儿不留情面地说。

"不要这么贬低自己。"裴昭走过来，搂着苏远的肩膀，"不怪你们想不到，你们根本不知道杰西卡的功能。"

"那不就是个普通的玩具吗？"苏远说，"满大街都是。"

"满大街都是，不代表它没有价值。"裴昭像个智者，"你知道吗，杰西卡就像你一样，虽然看着普通，但是也有自己存在的意义。"

苏远实在听不出裴昭这句话是褒是贬，也不想追究。

裴昭将杰西卡拿在手上，苏远第一次得以仔细观察。尽管这只是一个小巧的玩具，倒也算五脏俱全，琴头、琴颈，包括音量旋钮都有，两个旋钮一红一蓝，丑得别具一格。它甚至还配了一条同样是粉色的背带，苏远想象着将它挂在脖子上的样子，大概就像是那种嘻哈歌手喜欢戴的夸张的项链。

但是跟苏远想象的不同，那两个旋钮竟然不是摆设，它们是可以按下去的，此时裴昭便按下了其中红色的按钮。

"到底是什么功能？你说不说？"苏远不满于裴昭刻意营造的神秘感。

"到底是什么功能？你说不说？"在裴昭又按下蓝色的按钮后，杰西卡重复道。

"这玩意儿还能录音？"苏远问。

"这玩意儿还能录音？"杰西卡同样问。

"别玩了行吗？"苏远上前拦住玩得兴起的裴昭，"它不就是能录音吗，这有什么……”

忽然间，苏远也明白了。

接下来的半个小时，苏远很难形容那种感觉，他觉得这是荒岛乐队成立以后他的情绪最为复杂的半个小时，充满着挣扎、不甘、幼稚与感动。

当时是余彦先走了过来，对苏远说：“我这只手肯定是没办法在比赛的时候自如地演奏了，但是如果只是咬着牙录一次的话，应该可以试试。”

“你确定吗？”苏远问，他看向其他人，大家也同样露出担忧的表情。

“不试试怎么知道。”

余彦不由分说地拿过了杰西卡，将它放在旁边的音箱上，接着，艰难的部分来了，苏远看到余彦开始拆除吊着右手臂上的绷带。

认识余彦至今，苏远并没有从他的脸上看到过太多的表情，虽然比起最初，现在的余彦明显话多了一些，但在一些时刻，苏远依然能感到这个人活得犹如一座铜像，他仿佛有一个开关能够将自己关闭，这似乎就是余彦对抗时间的方法。

此刻，苏远觉得自己看到了那个铜像中的灵魂。

拆除绷带后，余彦的眉头紧锁，额前渗出一层层汗珠，排练室里的所有人似乎都能感受到余彦手臂带来的疼痛。苏远希望现在能有一个医生在场，阻止这场任性的闹剧继续下去，但同时心里还有一个声音在鼓励余彦也鼓励他自己，那个声音问苏远：你有没有过这样的一个拼尽全力的时刻？

苏远不知道。

也许曾有过这样的机会，苏远想，但他生来是一个软弱、容易妥协、得过且过的人。所以即使出现了这样的机会，他也一定早就逃避并错过了。

“开始吧。”余彦声音虚弱地说。

他走向了自己的那把Gibson吉他，裴昭快步上前，提前将吉他从琴架上拿起来，帮助余彦将吉他挂在身前。

“你能行吗？”裴昭担忧地问。

余彦挤出一抹勉强的笑，没有说什么。裴昭面色凝重地点了点头，从音箱上拿起杰西卡，看着余彦调试好效果器的音色，用沙哑的声音帮着倒数：“三、二、一。”

现在，舞台属于荒岛乐队的主音吉他手余彦。

余彦没有受伤的左手在指板上翻飞，右手紧握拨片，以只能看到残影的速度上下拨动琴弦。尽管右手的动作幅度要比左手小得多，但是很明显，这对于刚刚骨折不久，需要固定的手臂来说已是极限。余彦紧咬牙关，汗如雨下，像一位电影里正在经历严刑拷打却宁死不屈的英雄。

尽管如此艰难，但余彦仍然在没有其他乐器伴奏的情况下将这段旋律弹奏完成，节拍稳定得就像一台机器，让苏远不得不面对自己与余彦的差距，但同时苏远也明白，即使是余彦，也只能在拆除绷带的情况下坚持30秒钟的时间。

30秒钟以后，余彦的弹奏结束了，裴昭赶紧上前帮他将吉他取下来，几个人紧随其后，帮助余彦将绷带重新绑好。

“放一下听听。”余彦有气无力地说。

裴昭按下了杰西卡上的蓝色按钮，余彦刚刚弹奏的solo再次播放了一遍。

“音质还是太差了。”余彦在听完以后说，“但也只能这样了。”

裴昭点头表示同意。

“那个……我问一下。”一直旁观的韩可儿举起手，仿佛课堂上怯生生的学生，她眼神游移，不知道这个问题应该具体问谁，“如果真是要录的话，为什么不在电脑里录一道音轨？这样就没有音质的问题了。”

几个男人同时笑了笑，包括苏远，韩可儿一脸茫然地看着他们。

“现在连你都明白了？”韩可儿问苏远，“就剩我一个了？”

“你不知道杰西卡的故事。”苏远说，“等有机会我给你讲。”

“总之，我觉得这样更好。”余彦看着自己的那把Gibson吉他说，“比起那个，我更愿意用杰西卡去演奏。”

“咱们得抓紧时间了，迅速走一遍。”余彦接着说，“等医院发现我不在就麻烦了。”

大家也意识到时间紧迫，立即各就各位。余彦将杰西卡挂在了脖子上，跟苏远的想象一样，那看上去的确像一条嘻哈项链。

“我，我能跟你商量个事儿吗？”苏远结巴着对余彦说。

“用吧。”余彦说。

“什么？”

“我早就看出来你想用我那把琴了，去吧。”

得到了余彦的允许，苏远激动地来到那把Gibson旁边，终于如愿摸到了这把琴。

排练室里骤然安静，许亦冰举起鼓棒，打了四下拍子，苏远弹响了他一直渴望的吉他，随后，其他的乐器及韩可儿的歌声依次跟随而入，他们再次演奏起这首即将带去北京的歌。

歌曲进入三分之二部分的时候，所有人的目光一起落在了余彦的身上。

余彦将杰西卡靠近事先架在身前的麦克风旁边，按下蓝色按钮，杰西卡音质低劣的扬声器里传出余彦刚刚录制好的solo，随着其他人的伴奏，这段旋律的节奏分毫不差，精准地完成了它的任务。

我们常常以为自己已经失败了，苏远一边弹奏着吉他一边想——他自己就经历过很多这样的时刻，被乐队开除的时候、赵娜第一次在电台里念他的表白留言的时候，以及最近离开了打工的汉堡店的时候——我可以在任何一个时刻放弃，但我没有。以前，他觉得自己没有放弃是因为幸运，现在他觉得，那是一种无法形容的力量在促使他这样做，现在，当这首歌以一种如此奇特的方式完成了最后一次排练，苏远看到了那种力量的具体模样。

余彦到了必须要回到医院的时间，临走之前，乐队众人决定了一件事。

“这首歌应该能够赢得比赛吧。”裴昭说。

“谁知道呢？”

“下周就要比赛了。”

“原来已经这么近了。”

“好在现在所有的问题都解决了。”

“是啊。”

“今天就先好好休息一下吧。”

“说得也是。”

“不过，因为之前解散了，所以大家都没有考虑什么时候去北京，怎么说也应该提前几天吧。”

所有人若有所思。

“择日不如撞日，不如明天就出发吧。”

“明天？会不会太早？”

“不，我只是觉得太晚了。”

“后天凌晨正好有一趟去北京的火车。”

“后天……那也就是说，我们明天晚上就要做好准备。”

“明天晚上，我们在这里集合，你们觉得呢？”

“好啊，明天。”

明天。

在众人七嘴八舌的讨论声中，事情忽然像掉进了时间加速器一样快速地运转了起来，解散的乐队重组、余彦回归的方式、去往北京的时间，所有的事情竟然都在三个小时之内解决了。

而三个小时以前，苏远还是一个失去了一切，游荡在街头的游魂。

苏远最后一个离开排练室，他锁上了卷帘门。外面的城市已经入夜，空气清冽，有一股独特的青草香，他站在一盏路灯下，看着自己的影子，深吸一口气。意识到自己终于要面对最后的故事时，他后知后觉地紧张了起来，心跳加速，肌肉不由自主地跳动，仿佛感受到了什么危险似的。

当时的苏远并不知道，突如其来的紧张感时常带有迷惑性，因为紧张感与危机感往往是相似的。

此时，距离千山市公安局第三派出所的陈警官将警车开向积雪的七街，只剩下30个小时。

倒计时30小时

30 hours

44. 失约的人

“晚上好,这里是‘午夜千山’,我是赵娜……”

电台里赵娜的声音令苏远意识到此刻是周六的晚上,也就是说,现在已经是他最后一次排练结束后的第二天了。他总觉得今天好像有点儿什么事情要干,但是脑袋迷迷糊糊的。苏远试图让自己的注意力集中起来,他想起来了,他应该去跟大家集合,然后去坐凌晨开往北京的火车。

苏远听到发出声音的收音机就在自己的脚边,同时感到背部一阵疼痛。他闻到一股莫名的腥臭味,不确定自己是梦是醒,这种感觉有点儿像鬼压床,但那痛感极为真实,直到他终于睁开双眼,挣扎了一下,才意识到自己无法行动,他的双手被反绑在身后。

这是一个陌生的地方。他像条狗一样被拴在了一扇破旧的暖气管旁边,但暖气已经关掉了,冰凉地贴着他的身体,他环顾四周,房间昏暗且逼仄,看起来不足15平方米,抬起头,天花板上吊着一台摇摇欲坠的风扇,旁边则是一盏昏黄的灯泡,灯影下墙壁斑驳,除了脱落的墙皮之外还有一片片深色的痕迹,他在逐渐清晰起来的视线中发现,那些深色的痕迹是风干后的血。

苏远意识到那股莫名的腥臭味是什么了,是死亡。

赵娜的声音继续清晰地从收音机里传出来。面前忽然响起一阵吱呀声,那扇挂着老式门锁的木门被推开,邵柯走了进来,他看到苏远后先是愣了一下,随后平静地说道:“醒了?”

苏远没有说话。邵柯的目光则从他的身上移动到地上的收音机上,“原来是赵娜给你叫醒了。”

邵柯说着又离开了房间，过了一会儿，苏远又听到门外传来某种东西刮擦水泥地的声音，他感到紧张。当邵柯再回来的时候，他发现邵柯拖进来的并不是什么危险的东西，只是一把破旧的木椅。邵柯坐在苏远的对面，低头看着苏远。

“你知道你在干什么吗？”苏远说，“你这是绑架。”

邵柯撇了撇嘴，一副不以为然的表情。

苏远已经想到了邵柯会是这样的反应，他并不惧怕法律，苏远知道自己必须找到一些令邵柯恐惧的东西。

“你现在把我放了，我就当这事儿没发生过。”苏远故意露出一抹笑容，好像自己才是掌控局势的那个人。

邵柯夸张地笑起来，仿佛苏远刚刚只是一段尴尬的表演，他将地上的收音机踢到旁边，但里面的声音仍在继续，赵娜依旧平静地讲述着。

苏远忽然感到一阵悲哀，他可能再也见不到赵娜了，他本来的计划是在与乐队会合前，先去与赵娜道别的。

“你是不是觉得你现在还能跟我谈条件？”邵柯说，“蠢就算了，还蠢得那么理直气壮。”

“你再好好想想。”苏远按照头脑里想好的台词接着说。

“想什么？”

邵柯看上去有些疑惑。

苏远感觉抓到了希望，继续说，“我实话告诉你吧，两次袭击你的那个人是我的朋友，那个人很厉害，不管你藏在什么地方他都能找到你，所以你最好还是把我放了，现在还来得及。”

邵柯听完，抬起头若有所思。苏远盯着他，等待自己的威胁奏效，他了解邵柯，邵柯一定会优先自保，这在邵柯丢下赵娜独自逃跑的时候，苏远就已经知道了。

“张雨铭不是被抓起来了吗?”邵柯忽然说。

“谁?”苏远听到了一个陌生的名字。

“你连他叫什么都不知道? 这朋友怎么交的?”邵柯从衣兜里掏出来一张照片,放在苏远的面前,照片上是身穿看守所衣服的夜游神。

苏远此刻的震惊超越了恐惧,同时他也意识到,邵柯之所以在消失了很长一段时间后敢再次对自己动手,是因为邵柯清楚地知道,来自夜游神的威胁已经失效了。

“你到底想干什么?”苏远绝望地说,“为什么非得盯着我不放?”

“这应该是我问你的问题。”邵柯说着,瞟了一眼旁边的收音机,“先是赵娜,现在又是去北京的比赛,我想要的东西你总要跟我争。”

“你怕输给我。”苏远忽然明白了事情的关键。

这句话仿佛直击到邵柯的痛处,换来的结果是邵柯凌厉的一拳,这一拳重重砸在苏远的面门上,苏远好像听到了自己鼻骨错位的声音,他的嘴角流出了血。

“你抢走了我的乐队,又偷了我写的歌,都是因为你害怕我。”苏远舔了舔鲜血,冷笑一声后接着说,“怂货。”

邵柯再次飞起一脚,皮鞋踢在了苏远的太阳穴上。苏远感到一阵眩晕,但他的意识依然是清醒的,他再次看见了希望,邵柯的恼羞成怒至少能证明一件事,邵柯只是想阻止他和他的乐队去北京参加比赛而已。也就是说,我不会死,苏远心想。

邵柯转过身,气冲冲地离开了屋子。几分钟后,他回来了,带来了一些东西。

苏远看着邵柯分几次拿进来的东西,更证明了自己心里的结论:他不会死。邵柯将一袋零食与一桶表面上漂浮着枯叶的脏水放在苏远的面前。

“帮我个忙,别死在这儿。”邵柯说,“我不想从北京回来的时候还得给你收尸。”

苏远盘算着北京比赛的时间，加上来回的路程，他绝望了，他可能要在这个地方待上很久。

现在，他真的就像邵柯第一次见到他的时候所做的评价：一条野狗。面前的食物足够维持他的生命，却不足以维持他的尊严，他难以想象自己被人发现的时候将是一幅怎样的场景——他可能已经浑身长满褥疮，浸泡在自己的排泄物中，表情与眼神都变成了动物，从此失去人格。

他不能接受。

万般绝望中，苏远想起来，既然已经到了和乐队集合的时间，他没有如约出现，其他人一定会来找他。

苏远再次燃起希望，他知道自己不能坐以待毙，至少先弄清楚这是个什么地方。他再次仔细查看四周，试图寻找出任何一处能够辨别场所的蛛丝马迹，但是跟自己刚刚醒来的时候一样，没有任何信息点，他明白这里是一个全然陌生的场所。

只剩下最后一个办法了，跑。苏远咬紧牙关，将全身的力气集中在手臂上，猛然向前一冲，希望能够用自身的重量挣脱绳索，然而令他没有想到的是，他被一股更大的力量硬生生地拽了回来。

“别费劲了。”站在一旁冷静看着一切的邵柯说，“你越使劲，那个绳子就会缠得越紧。”

苏远看着邵柯自信的表情，一些模糊的记忆像尘烟一般在他的面前漂浮着。一个在火锅店里喝醉的场景击中了他。

“10年前，你应该还不到20岁。”苏远说，“那年在七街发生了一起谋杀案，不知道你听说过吗？”苏远直视着邵柯的脸接着说，“死的是一个女的，当年27岁，她的尸体被发现的时候，双手被一条绳索反绑着，怎么都解不开。”

苏远边说边看着邵柯表情的变化，他已经不需要邵柯去承认或者否认什么了，在这个只有他们两个人的密闭空间里，邵柯并没有像在外面那样隐藏着自己内心的变化，他的脸逐渐扭曲起来，仿佛脱落了一张人皮面具，彻底变成了另一副模样。

“我后悔了。”邵柯说，“本来还打算给你留条活路的。”

苏远看着邵柯在他面前脱掉了外套，接着弯下腰，从外套的内兜里拿出来一把银光闪闪的冰锥。

45. 再见

“还没打通吗?”裴昭问。

韩可儿摇了摇头,放下手机。她已经连续给苏远打了好几次电话,每次都是一样无人接听。

“这小子什么情况?”裴昭愤愤地说,“关键时刻掉链子。”

“他不会太紧张,临阵脱逃了吧?”余彦问。

大家很快集体否认了这个猜测,如果这个世界上只有一个人不会缺席,那个人只能是苏远。

“真不能再拖下去了。”挂着绷带的余彦皱着眉说,“等医院发现我不在,肯定要跑过来把我绑回去。”

“不至于不至于,人家是医生,不是绑架犯。”裴昭说着,眼珠一转,问其他人,“你们说苏远能不能是让人给绑架了?”

裴昭的这句话有效地缓解了大家紧张的情绪,大家都笑了起来,甚至包括余彦。我们总是不相信真正不幸的事情会发生在自己的身上。

韩可儿继续一遍遍拨打苏远的电话,余彦继续他的猜测:“他有没有可能去见赵娜了,临走前道个别。”

“还真说不定。”许亦冰说,“那小子长的就是张见色忘义的脸。”

这个结论给了所有人安慰,仿佛已经是正确答案,几人也因此松了口气,韩可儿在语音提示再次响起后挂断了电话,看着几人放松的样子,说:“你们有线索了?”

“应该是去找赵娜了。”裴昭笑着说,“再等一会儿吧。”

“你们忘了今天是周几了吗?”韩可儿问。

裴昭愣了一下，一拍大腿，“对呀，现在是周六，赵娜这会儿正直播呢，他们俩不可能在一块儿。”

现在，没有人再笑得出来，也没有人再随意地做出猜测，谁都不想变成那个一语成谶的乌鸦嘴。

时间也不在他们一边，开往北京的午夜列车不会因为任何理由等待他们，千山的夜幕上仿佛悬挂着一个滴答作响的倒计时钟。

“报警吧。”裴昭作出决定。

邵柯并没有急于结束苏远的生命，尽管他目露凶光，一切已成定局。邵柯坐回了那张破旧的木椅上，他低着头，盯着握在手中的冰锥，再抬起头的时候，苏远忽然发现，邵柯的表情中写着一丝悲伤。

“帮我个忙。”邵柯的声音很小，仿佛真的在请求苏远，“等你到了下面的时候，见到她，替我跟她说句对不起。”

“到底是怎么回事？”苏远问。

邵柯叹了口气，仰起头，似乎陷入沉思。苏远看到邵柯的眼睛里反射着昏黄的灯光，邵柯竟然在哭。

“她是我音乐的启蒙老师。”邵柯缓缓地说，“当时她在一个公寓里开了间工作室，有一次我路过门口，在外面旁听了一会儿，她出来问我有没有兴趣学习音乐。”

“你怎么说的？”

“我没有自信。”邵柯说，“当时我已经19岁了，除了小时候上过音乐课，其他基础一点儿都没有，但是她鼓励我，对我说，学音乐的目的不是要变成明星或音乐家，而是要成全自己，让自己的生活里多一个选择。”

“然后呢？你跟着她开始学习了？”

“对，一点儿一点儿，从最基础的乐理开始，不过那时候我很快发现,我没有这方面的天赋,学得很慢,但她从来都不会跟我着急。有时候,所有人都下课走了,她还会把我留下来单独辅导。她鼓励我去组一支乐队,对我说,乐队能够让人感受到一种魔力,一种让人快乐,并对人生充满希望的魔力。”

苏远赞同这个结论。

“也是在那个时候,我觉得她不再是我的老师了,而是……”

“你喜欢上了她。”

“喜欢一个人没错吧。”

“没错。”苏远说,“但伤害人有错。”

“我说过,我没有想要伤害她!”邵柯有点恼怒,“一开始我只是跟她开玩笑,想陪她过生日,但我没想到她发怒了,开始大喊。我是在情急之下捂住她的嘴,等她不叫的时候,我才发现……”

“发现她已经死了。”苏远说。

邵柯颓然低下了头。

“你刚才说,你只是想跟她开个玩笑。”苏远觉得自己找到了故事的关键,接着问,“那是什么玩笑?”

“跟你一样,我把她绑了起来。”邵柯说,“但是这个绳子其实是可以解开的。”

“怎么解开?”苏远乘胜追击。

邵柯面露悲伤,看着苏远,缓缓说:“我现在是很难过,但我不傻。”

套取信息的计划失败后,苏远放弃了挣扎。尽管现在邵柯看起来极为脆弱,但是邵柯越脆弱,越代表他的结局无法改变,邵柯已经将真实的自己毫无保留地释放在他的面前,只有一个原因,邵柯的秘密将跟着苏远一起被埋葬。

“其实你不是一个天生的杀人犯。”苏远说,“你还有机会改变自己,为自己赎罪。”

“没机会了。”邵柯说，“那天以后我明白了一件事，人都是被自己热爱的事情害死的——你也是。”邵柯似乎做出了决定，他起身，拿着冰锥向苏远走来。

“你不能杀我！”苏远喊道。

“没意义了。”

“你杀了我，警察肯定是要查的。”苏远语速加快，“那个警察已经知道了你跟我有过节，我如果真的死了，你就是重大嫌疑人。”

这句话似乎发挥了作用，邵柯停顿了一下，迟疑了起来。

“而且我现在本来应该和我乐队的人会合的，我没出现，他们会证明我失踪的时间，你乐队的人也会证明在这个时间没见过你，就算警察一时半会儿找不到我的尸体，你的嫌疑也不可能洗得掉！你想一辈子当个逃犯吗？”

“就算你这么说，现在已经无法挽回了。”

“我可以帮你。”苏远说。

“你？帮我？”

“对，我帮你。”苏远重复道，“你放我一条活路，我向你保证，今晚的事儿就当没发生过。”

“我还是那句话——我现在是很难过，但我不傻！”

“我是认真的。”苏远哀求起来，“现在我是真的怕了你了，我不想再跟你有任何瓜葛，只要能活着，我怎么样都行。”

“你不想给那个人报仇吗？”

“谁？”

“我杀的那个女的。”

“她只是我乐队一名成员的妹妹。”苏远摇了摇头，“我都不认识她，你觉得我可能为一个陌生人付出这么大的代价吗？”

邵柯不说话，苏远观察着他的神情。

“其实咱们俩也没有什么深仇大恨，对吧？”苏远接着说，“想想你当初杀死那个人的感觉，你真想再经历一次吗？当时你也许没有选择，但现在你有，你可以选择放过我，也放过你自己，你应该再给自己一次机会。”

邵柯做出了决定，利刃反射着灯光，一点点靠近苏远。

苏远闭上了眼睛，不敢再多说一句话。他咽了咽口水，喉结上下移动，等着那把锋利的冰锥落在上面。

冰锥的利刃却落在了他身后反绑的绳索上。

“如果我放了你，你确定不再提今晚的事儿？”

“我确定。”

旁边的收音机里依然闷闷地传出赵娜的声音，直播快接近尾声了，苏远一颗悬着的心正在逐渐回落，他体会到一种幸福感。幸福是一个相对的概念，曾经苏远觉得这个东西与他无关，而现在，仅仅是感到自己还能活着见到赵娜，苏远便已心满意足。

“在今晚的节目结束之前，我想对一个人说几句话。”赵娜在电台里说，“他一直是一个不自信的人，总是觉得自己不够好，过了今晚，他将离开千山，去做一件对他很重要的事，我不知道他能否成功，但我猜，他现在也一定对自己没有信心，就像当初他没有自信会得到爱情一样。我想说的是，你配得上这世界上的全部美好，无论是爱情还是你的梦想。”

苏远仍在等待着邵柯割断他的绳子。

“全部美好？”邵柯重复着赵娜的话。

苏远意识到，邵柯似乎想起了自己亲手杀死的爱情，以及已然摇摇欲坠的梦想。

“还记得我们躲在画室的那个晚上吗？”赵娜说，“那是我经历过的最好的一个夜晚。”

“原来那天你们躲在画室里。”邵柯说。

苏远还是没有说话。

邵柯的利刃从绳子上离开，他低头凝视着冰锥，若有所思。

“还有，你知道我最欣赏你的一点是什么吗？”收音机里的赵娜继续说。

苏远抬头盯着邵柯，尴尬地说：“她今天怎么那么多问题，话有点儿多。”

“我最欣赏的是你有一颗赤诚的心，你热爱你的乐队，热爱那支乐队里的每一个人。我知道，你会为他们付出一切。”

这是苏远人生中唯一一次希望自己没有听到赵娜的电台节目。

“你会为了你的乐队成员付出一切。”邵柯说，“这好像和你刚才跟我说得不太一样。”

“此一时彼一时，现在的情况也不一样了。”苏远急忙说道，“你再好好想想我的话，如果我死了，警察第一个就会去找你。”

“他们当年就找过我，但是失败了。”邵柯说，“你说得对，我应该再给自己一次机会。”

利刃向着苏远袭来，苏远认命了，并且悔恨。生命戛然而止在这个夜晚，不是说不能接受，但多少还有些遗憾，北京的比赛、郑重的告别，这些他一样都没有完成，赵娜，特别是赵娜，他答应过夜游神会对赵娜表白的，可现在连夜游神都进去了，他却依然没有开口……苏远觉得自己对不起所有人，他的眼前闪过赵娜温柔如水的脸，他多么想亲口告诉赵娜：我喜欢你，跟你在画室度过的那个晚上，也是我人生中最美好的夜晚。

“说再见吧。”邵柯手里的冰锥飞向苏远的喉咙。

随后，是一个身体重重倒地的声音。

但倒地的并不是苏远，而是邵柯。

苏远缓缓站起来,低头看着邵柯,将冰锥踢向一旁。他活动着被绳索捆绑到麻木的手腕,以及刚刚砸在邵柯脸上而倍感疼痛的拳头。

画室让苏远想到了赵娜的话,你相信生活会给你一线生机吗?

那天晚上,苏远没有理解的“第三圈理论”给了他一线生机——他在第三圈找到了解开绳索的方法。

“再见。”他对邵柯说。

46. 那个地方

"精气神儿不错。"陈斌说,"这发型挺适合你。"

"你也该剪头发了。"张雨铭说,"好好拾掇拾掇自己,亏你还人民警察呢。"

"我状态好着呢,把你抓了我终于能睡着觉了。"

"给领导添麻烦了,早知道我让你这么操心,我就自首去了。"

"别废话。"

张雨铭笑了笑,夹起面前的一块土豆,放在陈斌的米饭上,"没什么好招待你的,这地方这就这个菜还行。"

"看守所的饭吃得还挺习惯啊。"

"随遇而安呗。"张雨铭笑着扒了两口饭。

看守所同意陈斌在深夜破例探视张雨铭,两个人在空无一人的食堂里打了点儿剩饭。

"我这个什么时候判?"张雨铭问。

"不知道。"陈斌摇了摇头,"具体不好说。"

"你估计我得判几年?"

陈斌抬起头,看着张雨铭的眼睛,问:"你害怕了?"

张雨铭没有回答,继续低头吃饭。

"你这事儿可大可小。"陈斌叹了口气后说,"你要说小吧,社会影响确实比较恶劣,但你要说大吧,你也的确没有对那些人造成太大的伤害,至少没有出现人员伤亡。"

"不想了。"张雨铭说,"都到这一步了,清静清静。"

一时之间,陈斌不确定哪件事令他更遗憾,是他多年不见的好兄弟如今已经成了犯人，还是刚刚见面的两人又将面对分离。

“不对。”陈斌忽然说。

“什么不对？”

“有一起案子对你很不利。”陈斌目光如炬，“体育场西路那起的受害人，遭到了严重的殴打，后来都进了医院了。”

陈斌说话的时候，始终盯着张雨铭，张雨铭没有抬头，拿着筷子的手却变得缓慢迟疑了起来，他看起来心事重重。

“你说那个啊。”张雨铭忽然笑了，“我想起来了，当时那人挺有劲儿，我第一下没弄倒，又补了几下，他还跟我较劲，一直反抗，我急眼了就揍了他一顿。”

“那件事不是你干的，对吗？”陈斌的话令张雨铭的笑僵硬住了，他接着问，“你在保护谁？”

“你胡说八道什么呢？”

“是苏远吗？”陈斌说，“从我一开始调查苏远到现在，每次快到最后一步的时候，总有点儿什么事儿把我从苏远身边支开。甚至到最后一次，我已经见着这个人了，你却自己暴露身份。你跟我说是因为他在重组当年那支乐队，但这个理由不成立，雨铭，这小子还有别的事儿不能让我知道。”

“你爱怎么想怎么想吧。”张雨铭说，“我时间快到了，你还吃不吃了？”

“兄弟，听我一句劝，你不能把自己搭进去。”

“我走了。”张雨铭站起来，陈斌一把拉住他的手，看向张雨铭的目光中带着恳请。忽然间，陈斌的手机不合时宜地振动起来，是所里的电话。

“你先别走。”陈斌一边拉着张雨铭，一边用下巴掀开手机盖，接了起来。

"你去哪儿了?"电话里是小宋的声音。

"外面办点儿事儿。"陈斌说,"怎么了?"

"接到一个失踪的报案。"小宋说,"我这头儿值班呢,脱不开身,你能不能去看一下。"

"超过24小时了吗?"

"好像还没有。"

"再等等吧。"陈斌说。

陈斌知道,超过80%的失踪者都会在24小时内自己回去,大多数的失踪案不过是虚惊一场。

"但是报警的人说,失踪的这个人本来应该在今天晚上坐火车去北京,现在已经快到时间了,人还没出现。"

"那也不能——"陈斌忽然停顿了一下,"失踪的人叫什么?"

"这人你认识,苏远。"

陈斌沉默了。

电话那边的小宋又"喂"了两声,陈斌后知后觉,说:"听着呢。"

"苏远就是上次喝多了跟人打架……"

"我知道苏远是谁。"陈斌咬着牙说。

本来正准备离开的张雨铭也停住了,目不转睛地盯着陈斌,说道:"去找邵柯。"

"什么?"

"去找邵柯。"张雨铭重复道,"现在最有可能阻止苏远去北京的人就是邵柯,他肯定是知道我进来了,所以又对苏远下手。"

"我再跟你联系。"陈斌对小宋说完后挂断了电话,看着站在面前的张雨铭,两人僵持了一会儿,陈斌拉着他的手,再次拿起餐盘上的筷子,继续吃起已经凉掉的饭菜。

"越到晚上越饿。"陈斌不紧不慢地边吃边说,"都说太晚吃饭对胃不好,就是忍不住。"

"你就跟我装吧。"张雨铭说,"假模假样地耽误这么一会儿有什么用呢? 最后还不得去找他?"

"那可不一定。"陈斌细嚼慢咽。

"行,我陪你等着。"张雨铭神色坦然地坐回来,面带笑意,对陈斌说,"虽然咱们俩15年没见了,但是没有人比我更了解你。"

"你大爷的!"陈斌摔了刚刚拿起的筷子。

赶到那间排练室的时候,陈斌看到乐队的其他人都在,但唯独没有见到邵柯。

"他昨天排练到一半儿就提前走了。"乐队的吉他手对陈斌说,"我们也不知道去哪儿了,他从来不跟我们说。"

陈斌环顾这间排练室,看到角落里竟然突兀地树立着一个吧台与酒柜,除此之外,乐器全部都被收了起来,陈斌问道:"你们这是要去哪儿?"

"去北京参加比赛,明天的飞机。"胖胖的贝斯手回答道。

陈斌意识到,张雨铭说的没错,邵柯与苏远正在竞争同一个机会,他的确有让苏远失踪的动机。

"邵柯是出了什么事儿吗?"刚才的贝斯手再次小心翼翼地问。

"还不知道,当务之急是把这人给我找出来。"陈斌接着问,"邵柯平时有没有什么经常去的地方?"

所有人几乎不约而同地摇了摇头,目光流露出相似的茫然。陈斌觉得,这种陌生感使他们不那么像一支真正的乐队。

"他从来不告诉我们他会去哪儿。"吉他手重复着之前的话。

"有一个地方。"胖胖的贝斯手忽然说道。

"什么地方?"

“屠宰场。”

“屠宰场？”

陈斌还没来得及说出心中的疑惑，就听贝斯手饱含屈辱地说道：“每次他跟我发火的时候，就说要把我送到屠宰场去。”

“他那就是个比喻。”吉他手笑了起来，“那不是因为……”

“因为什么？”贝斯手怒视着欲言又止的吉他手，替他说完了下半句，“因为我胖得像头猪？”

苏远追了出去，终于来到屋子外面，外面空气清冽，星光璀璨，他终于看清，这个地方竟然是一片屠宰场。

墙上干透的血迹，屋子里死亡的气息，此刻都得到了解释，但苏远现在来不及去想这些事，他还有一个更重要的问题——邵柯在哪儿？

邵柯并没有因为被苏远击倒而落败，反而是被囚禁了太久的苏远，因为刚刚几乎用尽了全身的力气，一时有些头晕。

当时趴在地上的邵柯扑向了被苏远踢远的冰锥，不过好在苏远的反应也足够快，他先邵柯一步将冰锥捡了起来。根据屠宰场规矩，谁拿刀谁说了算，于是邵柯夺门而出。

苏远在追出来后，身体各处的疼痛更加剧烈，他一瘸一拐，几乎是靠着意志力来到了外面，又瞬间没入了一片黑暗中。他紧张地四处张望，没有看到邵柯的身影，在那一刻他感到了些许放松，他并不是真的想跟邵柯在这里做一个了断，他只想回去，回到自己熟悉的人身边，乐队、赵娜，甚至是已经失去自由的夜游神。他希望自己还能赶上凌晨的列车，在车里好好睡上一觉，忘记所有的爱与仇恨。

然而两束明亮的光柱打断了苏远的幻想，仿佛乐谱上的休止符。苏远抬起手臂遮挡刺眼的光线，听到汽车的引擎声由远及近，面前尘土飞扬，邵柯的汽车加速向他飞驰而来。

苏远本能地向旁边跳去，脚下失衡，几乎是擦着车漆滚落到了旁边。他撞到了一个水泥池的边缘，肩膀处传来剧痛。这是一个杀猪用的血池，现在却成了他的避难所。躺在血池中的苏远看到邵柯的汽车在前方一个急刹，随后调转车头，再次向他的方向冲来。

忽然，远处传来一阵警笛声。

47. 原谅

尽管他们都觉得与对方相识已久，但事实上，这只是陈斌与苏远的第二次见面，而这一次，他们都没有比上次看起来更好一些。或者说，他们看起来更糟糕了。

陈斌很疲惫，长久以来的失眠在见到张雨铭后消失了，然而此刻的深夜他依然得不到休息的机会。苏远更不用说，他像是一只从屠宰场里逃过一劫的牲畜——这甚至不是什么比喻。

警车的车灯照着苏远，陈斌坐在车里，看到苏远浑身血污，手里还拿着一把冰锥，他紧张起来，并没有立刻下车，思考着该如何处理眼前的状况。正在他默默回想警校培训的内容时，苏远像一棵被雷击中的树一样倒了下去。

苏远并没有晕厥，他只是体力不支，意识仍然是清醒的。

"邵柯呢？"陈斌走上前问道。

"开车跑了。"

"往哪儿跑了？"

苏远努力地坐起来，环顾四周，四周是相同的黑暗，他沮丧地摇了摇头。

"你还行不行？"陈斌叹了口气问。

"能坚持。"

"先上车。"陈斌将苏远扶起来，搀扶到警车里，将车里的一瓶水拧开递给他，随后自己也上了车，一边发动车子一边拿起手机拨号。

从屠宰场出去的路上，依然只有一望无际的黑暗，崎岖不平的土路旁连一盏路灯都没有，他们仿佛行驶在一个未知的世界中。

电话接通了。

“我找到苏远了。”陈斌对小宋说。

“太好了。”小宋说，“他情况怎么样？”

“看着还行。”陈斌扭头看了眼旁边这位昏昏沉沉的乘客，接着说，“但是邵柯驾车逃逸了。”

“邵柯开的是什么车？”

陈斌回想起上次在落日公园将邵柯救下来的那个晚上，后来他们在公园外面找到了邵柯的汽车，他对小宋说：“一辆黑色的SUV，车牌号……”

第三派出所里，小宋挂断电话，看着四周一群焦灼的脸，说：“放心吧，苏远没事儿，一会儿就被带回来了。”

那是荒岛乐队的各位成员，其中的贝斯手裴昭看着派出所墙上的时钟说：“咱们应该还能赶上火车。”

“别想这么多了。”韩可儿说，她又问小宋，“绑架他的是邵柯？”

“应该是。”小宋说，“但是邵柯现在下落不明，我们也不知道他的车牌号，我联系一下车管所。”

“我知道。”一个熟悉的声音传来。

韩可儿看到走进派出所的赵娜，立刻迎了上去，两个女孩手挽着手互相给予着力量，韩可儿说：“你收到我的短信了？”

“我是节目结束之后才看见的。”赵娜说，“苏远怎么样了？”

“警察说他没事儿，一会儿就到了。”

“你说你知道邵柯的车牌号？”小宋赶紧问道。

赵娜知道，因为她曾是那辆黑色汽车里的乘客，尽管大多数时候她兴味索然，不得不听着邵柯扬扬自得地谈论那些她并不感兴趣的话题，那些他轻而易举就拥有的东西，仿佛证明了他与别人的不同，其中就包括他的那辆车。

但是那辆车还是不一样的，赵娜能够证明邵柯对那辆车的喜爱，甚至超过了他的乐队，他总是不厌其烦地重复着关于那辆车的一切：动力、音响，以及能够时刻保护车主安全的顶尖定位系统。

赵娜将车牌号告知小宋，这是一个不错的进展。

“立即发布通报，让各派出所联合行动，出动全员警力，在任何可能出城的地方设立关卡。记住，绝对不能让这辆车离开千山！”

小宋挑眉看着刚刚发布指令的裴昭。

“说完了吗？”小宋问。

“说，说完了。”刚刚还慷慨激昂的裴昭立刻颓了下去。

“拍电影呢？”小宋说，“把自己当飞虎队了？”

“我这不是安排一下工作嘛。”

“用你安排？”小宋说，“再说你说的那些玩意儿靠谱吗？”

现实总是粗糙且笨拙的，这是他们今晚在派出所学到的第一件事。目前来看，在短时间内找到邵柯，并不是一个派出所的值班民警能够立刻做到的，他们需要援助。

众人沉默了下来，其中一个人的眼睛始终望向别处。余彦注意到了，他走到韩可儿的旁边，轻轻拍了拍她的肩膀：“你没事儿吧？”

“没事儿。”韩可儿说，“就是有点儿累了。”

“坐那边歇会儿吧。”余彦说，“这一晚上是够折腾的，等苏远来了咱们就走。”

“不找邵柯了吗？”

“来不及了，能赶上火车就谢天谢地了。”

韩可儿疲惫地点了点头，对余彦说：“我出去抽根烟。”

站在派出所门口的街道上，韩可儿吹着晚风，看着夜幕下的千山，忽然伤感了起来。一直以来，她觉得自己都是个在情感上麻木的人，同时也相信那就是她保护自己的方式，她没有喜悦，也没有悲伤，她的感情是平的，就像吃了抗抑郁的药物一样，这使她得到了免于受到伤害的权利。

然而此刻的韩可儿却觉得自己的能力退化了，夜风像一把刀插入了她的心。她拿出一支烟，背着风点燃，烟丝在风的帮助下燃烧得很快，她本来打算利用这支烟的时间好好思考一下，但现在，留给她做决定的时间骤然减少了。

香烟燃尽，韩可儿最终从衣兜里拿出了一张名片，看着上面写着的公司名，拨通了名片上的电话。

“喂，你好。”尽管已是深夜，但电话里的声音依然是标准的商务精英的语气。

“是我。”韩可儿低声说。

“可儿。”电话里的声音似乎有点激动，“我没想到你真的会给我打电话。”

“我也没想到。”韩可儿说。直到这一刻真正发生了，她才意识到自己根本不知道该如何开口，她曾幻想过这一刻，但未想到竟然如此艰难。

“我要去北京参加比赛了。”韩可儿还是说，“和我的乐队一起。”

“哦，是吗。”父亲听起来有些失望，他本来在期待着一些什么，但又不想让自己的失望被发现，“那很好啊，希望你们能有好成绩。”

“你真的这么想吗？”

“什么？”

“希望我有好成绩。”

“当然，你可是我的……”电话里一个停顿，“我的女儿。”

“可是上学的时候，我明明已经因为画画得了奖，你还是不高兴。你说我不应该把时间浪费在这种事情上面，还说马上就要考试了，考试的成绩才是真正的成绩。”

“那时候是我错了。”父亲情绪低沉地说，“我用了很多年才明白当时对你造成了多大的伤害。”

韩可儿没有说话，她手捂着话筒，努力忍着泪水，没有发出哭泣的声音。

意识到电话那边的沉默，她的父亲继续说道，“可儿，现在的我支持你的任何选择，只要你能……”

“你也会犯错吗？”韩可儿突然问。

“我也会犯错。”父亲承认，“而且总是会错得更离谱，因为我身上有一个父亲的身份，你知道吗，父母的身份会蒙蔽一个普通人的眼睛，给我们一种可以凌驾于子女之上的错觉。所以我会犯错，更会掩盖自己犯的错，错过道歉的最佳时机，以至于让一个普通的错误变成越烧越大的洞。”

“我会去北京参加比赛，今晚就走——如果今晚赶得上的话。”

“我知道……”

“比赛结束后，我不准备跟乐队回来了。”

“你……你打算……”她的父亲似乎不敢相信自己的猜测。

“你说你年底会去北京。”韩可儿闭着眼睛，终于还是没能阻止眼泪，“如果你还是愿意跟我一起生活，我就在北京等你。”

“我当然愿意！”父亲在电话里激动地叫了出来。

韩可儿的脸上浮起一丝笑意，“我想继续画画。”

“我答应你，给你找最好的老师。”

韩可儿听到电话里父亲的声音透着无法掩藏的喜悦，她感觉自己仿佛回到了小的时候，她的家还没有走到尽头的时候。那是一段并不真切的时光，短暂但闪亮，而她似乎也变成了当年那个单纯的小女孩，因为街上一个骗子就花掉所有的零花钱，只为了给父亲买一个礼物。

韩可儿擦了擦眼泪：“不过在那之前，我还有件事要你帮忙。”

48. 活在水里的人

“看见那个光点了吗?”

第三派出所里,一个头发黑灰参半的男人指着他带来的笔记本电脑的屏幕说。

“看见了。”陈斌回答。

“那个就是你们要找的人。”

陈斌扭头看着这个男人,虽然已经是半夜了,这人却一副商业精英的打扮,脱掉的长款大衣平整地挂在派出所门后的衣架上,里面是西装革履,甚至还打着领带。

“怎么了?”男人注意到陈斌的目光。

“咱俩是不是见过?”陈斌问。

“我来过一次。”男人平静地说,“你到底看不看?”

“脾气还挺差。”陈斌小声嘟囔了一句,指着电脑说,“能放大点儿吗?”

男人随即操作电脑,画面放大了,那个移动的光点速度也变得更快。

坐在椅子上的苏远看着他们,被陈斌带回来以后,他还没有缓过来,无论是精神还是身体上。赵娜坐在他的旁边,手里端着一个纸杯,像浇灌一个可以迅速生长的植物一样,过一会儿就劝他喝一点儿水。

苏远的眼睛肿起来了,他自己也不知道是在什么时候伤到的,虽然并不严重,但看东西还是重影,在他的视线中,两个陈斌和两个穿着西装的男人在对话,他从那个男人说话的声音和语气中认出来这人竟然就是韩可儿的父亲。

苏远转过头，两个韩可儿同时回应他的目光，但什么都没说。

“这是新兴街后面的那条小路。”陈斌指着电脑说。

“我还是得再跟你强调一遍。”韩可儿的父亲说，“这种随意调取用户行车数据的行为是违规的。”

“行了行了，哪儿那么多废话。”陈斌不耐烦地挥了挥手，随后看着刚刚撂下电话的小宋问，“怎么样了？”

“已经把情况报上去了，但是安排支援还需要时间。”小宋说，“邵柯现在冲得这么快，我担心来不及。”

小宋说的也正是陈斌心里所担心的事情，事发突然，准备不足，而对于已经成为亡命之徒的邵柯来说，他一定会不惜一切代价逃出去。

“怎么停下了？”陈斌看到屏幕上的光点没有继续移动，对着电脑狠狠拍了两下，“你这玩意儿是不是坏了？”

“别乱拍。”韩可儿的父亲赶紧上前阻止，“没坏也让你拍坏了。”

“我家电视不动了就这么弄。”陈斌说，“好使。”

“我真服了你了。”韩可儿的父亲也将注意力转回到了电脑屏幕上，说，“系统没问题，就是他自己停车了。”

“不应该呀。”

“是不是没油了？”一直在旁边插不上话的裴昭说道。

“说不定是后悔了，正琢磨投案自首呢。”

“不可能，他要是想自首早就来了。”

“抽烟呢吧。”裴昭一脸自信地说，“开车开时间长了，烟瘾犯了。”

“你是不是缺心眼？”陈斌忍无可忍，“你在逃逸的时候停车抽烟？”

“你得考虑所有的可能性。”裴昭委屈地小声说，“就这还当警察呢。”

派出所里突然响起的电话铃声吓了他们一跳，距离最近的小宋过去接起来，电话那边的语气似乎非常焦急，小宋一直在让对方冷静下来。

“又动了。”韩可儿的父亲指着电脑上的光点说。

果然，刚才短暂停顿的光点再次移动起来，陈斌叹了口气，他还期待邵柯能够迷途知返，掉头回来自首，但是从光点移动的方向来看，邵柯是继续向离开城市的方向驶去了。

小宋这时候也挂断了电话。

“什么事儿?”陈斌紧张地盯着电脑问。

“刚刚有人报案，说是在自家楼下目击了一场车祸。”小宋沮丧地说，“路边一个流浪汉被撞了，情况不太乐观。”

“打‘120’了吗?”

“打了，救护车正在过去。”

“肇事司机呢?”

“逃逸了。”

陈斌意识到了什么，看着电脑问，“肇事地点在什么地方?”

小宋指着屏幕上邵柯刚刚停顿的地方说，“就是这儿，新兴街后面的这条小路。”

他们意识到情况正在失控。

“光这么看着也不是个事儿。”陈斌很懊恼，他想了想，做出决定，“我开车出去追。”

“不行，太危险了。”

“那就这么看着他跑了?”

“现在都不是跑不跑的事儿了。”小宋说，“这人已经疯了，他随时可能再撞上其他人，现在更重要的是提醒还在外面的人要注意危险。”

正说话间，他们看到屏幕上的光点已经开上了一条商业街，好在现在是凌晨，这条街上应该没有什么人。

坐在苏远旁边的赵娜一直在听着他们的对话，她站起来，走到陈斌旁边，低声说了几句。

“你确定吗？”陈斌问。

“我能做的也就这么多了。”

陈斌犹豫了一下，看到赵娜坚定的眼神，最终点了点头。

金麟洗浴中心里雾气蒸腾，尽管已经过了午夜12点，因为是周末，这里依然有很多顾客。浴池里人声鼎沸，聊天、拍背和外面休息大厅的音乐声混杂在一起。

秦峰坐在一张躺椅上，眼前雾气中一个个白花花的肉体像刚出锅的包子，他穿着一身睡衣，手上缠着一条白毛巾，眼神无望地等着有顾客叫他。

这时候，休息大厅的音乐声忽然停下了，镶嵌在天花板里的音响中发出一个声音：“这里是《午夜千山》。”

那是赵娜的声音。

洗浴中心里的所有人都听到了这个声音，包括那些在浴区和休息大厅已经睡着的人，赤裸的众人面面相觑，他们当然知道《午夜千山》，但问题是，直播明明已经在刚才结束了。

“很抱歉打扰到大家。”赵娜接着说，“现在播报一条紧急通知。”

赵娜坐在直播间里，看着旁边的电脑，刚刚韩可儿的父亲已经把信号传输到了这台电脑上，她能够同步看到邵柯的动向。赵娜对所有正在听着广播的人提醒道，一辆正在疯狂逃逸的汽车正在威胁着这座城市的安全，她没有时间讲述具体的情况，而是像一个拉力赛的解说员一样实时播报车辆的位置。

“现在，这辆车正在向成立路的方向驶去。”

“搓澡的，过来一个！”一名身处雾气中的顾客喊道。

“来了！”

秦峰立刻抢到了这个机会，快步来到顾客面前，将这名顾客安排到自己的搓澡床上，顾客趴在上面，露出满背的文身，秦峰心里一凛，接过顾客递过来的手牌。

“大半夜的还整得挺刺激。”旁边的桑拿间里走出来两个顾客，其中一个说，“真想出去看看。”

“你快拉倒吧。”另一个人说，“没听见广播里面说已经撞了一个人了吗？”

“成立路应该离这儿不远吧。”

“不远。”

“有没有可能开到这儿来？”

那两人正你一言我一语地说着，秦峰听得入神，一时之间忘了趴在面前的顾客。

“你等啥呢？”等着搓澡的顾客不满地问。

“哦，不好意思。”秦峰赶紧道歉，拿起旁边一个装满水的盆对着顾客的后背浇了上去。

“我的妈呀！”顾客大叫了一声，从床上翻身起来，秦峰也同时意识到了自己的失误。

“你搁这儿褪猪毛呢？”顾客说，“想烫死我？”

“对不起，对不起。”秦峰连连道歉。

顾客站起来，甩了秦峰一记耳光，清脆的声音回响在洗浴区里，秦峰没有说话。这并不是他第一次被顾客打。

“我给您换点儿凉水。”秦峰说。

顾客见秦峰挨了打却没有怨言，心里的怒气似乎也消去了大半，他瞪了秦峰一眼，重新趴下，对秦峰说：“凉的啊。”

又一盆水浇下，顾客再次跳了起来。

“你故意的是吧？”顾客骂道，“纯凉水？”

又一记耳光落在秦峰的脸上，比上一次更响亮，秦峰觉得自己的脸正在肿起来，火烧火燎地疼，所有人都在看着他们这边。

比起疼痛，此时的秦峰更多的是疑惑，他也不知道自己到底是怎么了，完全失神，心不在这儿，身体里似乎正涌动着一些他无法理解的能量。

“不想干就滚！”顾客骂道，“一个破搓澡的，有的是人能干。”

就是这个了，秦峰想，就是这个。

广播里的赵娜依然在第一时间播报着车辆的动向，那辆车已经离开了成立路，正在继续向东行驶。

“真往咱们这边来了。”刚刚从桑拿出来的顾客说。

秦峰的思绪游离，他在回想着自己的人生，你有没有哪一刻是无法取代的呢？他问自己，答案令他沮丧。

或许有过。秦峰这样想着，他仿佛是被体内的能量驱使着端起了水盆，再次接了一盆凉水，刚刚赏了他两记耳光的顾客茫然地看着他，被秦峰奇怪的举动定住了，进退两难。秦峰端起满满一盆凉水，走出浴区，走出洗浴中心的大门。

外面寒风刺骨。

凌晨的千山气温骤降，只穿着一身薄薄睡衣的秦峰感觉自己身体的每一个关节都被冻住了，他一边走一边继续刚才的思考，人生中第一次觉得自己无可取代，就是被那支乐队接纳的时刻，那段短暂的乐队时光抚慰着他因平庸的人生而不甘的心，尽管后来发生的事情让他明白自己并不是一个真正的鼓手，但他曾见过生命闪光的模样。

秦峰将那盆凉水倒在了马路中间，看着地上的水迹在寒冬中很快凝结成晶莹剔透的冰。

我不是一个真正的鼓手。秦峰一边想着一边又回到了浴区，再次重复刚才的动作，现在，所有人都看着他，却没有人再说一句话，他回到寒风刺骨的街头，倒水，结冰，不断重复着。

但我是一名专业的搓澡工，一个活在雾气与水中的人。

很快，更多的人加入了他，他们是这个洗浴中心里所有的搓澡工，一群同样活在水里的人，他们穿着相同的睡衣，端着相同的水盆，将冷水泼洒到马路中间。

那里被冻出了一条明亮的分割线。

所有人都回去以后，秦峰还留在原地，他甚至已经感觉不到冷。远处出现了两束光柱，不断逼近他，一辆黑色的SUV从黑暗中疾驰而来，秦峰看着汽车的轮胎碾过那片冰面，并没有减速的意思。

人生中有没有哪一次是不可取代的？秦峰想，曾有过一次，现在，他有了第二次。

49. 死过一次的人

疾驰的黑色 SUV 在开上冰面的时候发生了严重的侧倾，这辆车擦过秦峰已经冻得通红的脸，结结实实地撞在了路边的围栏上。

“又停下了。”派出所里，陈斌看着电脑上不再移动的光点说。

“什么情况？”裴昭问。

此时，除了邵柯之外，只有一个人能回答这个问题。

凛冽的寒风穿过秦峰的睡衣和骨头，穿过他的人生，使他倍感清醒。他走到了那辆车的旁边，车头已经严重破损，前保险杠凹陷，上面还有斑斑血迹。

秦峰试图去开驾驶位的车门，车门紧锁着，他敲了敲车窗，没有反应，接着趴在上面向车内看。这次撞击并不严重，甚至没有弹出安全气囊，邵柯正一动不动地趴在方向盘上，不知道是死是活。

计划成功，秦峰很满意，现在只需要通知警察就可以了。他摸了摸睡衣的口袋，发现手机还锁在储物柜里，于是转过身，向洗浴中心走去。

身后，引擎声忽然响起。

“又动了。”韩可儿的父亲说。站在饮水机旁边的陈斌听到声音，扔下杯子立刻回到屏幕前，果然看到屏幕上的光点再次移动起来。

鼻青脸肿的苏远此时也站到了他们旁边，问陈斌：“他这是要去哪儿？”

陈斌也在思考这个问题，想要追上邵柯的难度很大，最好的办法就是提前预测他的路线。他看着地图，心里盘算着，如果邵柯的目的是逃离这座城市的话，按照现在的方向，只有一条路可以走。

"E6。"陈斌对小宋说,"E6城际公路,赶紧通知人在那边拦截。"

小宋立刻拿起电话。

忽然间,电脑上的光点消失了。

"怎么回事?"陈斌问道。

韩可儿的父亲也无法回答这个问题,他再次操作电脑,却于事无补,邵柯的车仿佛人间蒸发一样从他们的眼前消失了。

"数据传输中断了。"韩可儿的父亲沮丧地说。

"是不是刚才那一下给撞坏了。"陈斌说,"就是停顿那一下。"

"不应该,我们这个东西是为了保护车主安全的,其中一个作用就是发生车祸的时候第一时间定位到车辆的位置,没那么容易撞坏。"

"那是怎么回事?"

"控制中心。"韩可儿的父亲恍然大悟,"车辆发生一定程度的撞击后,控制中心会对司机发出提示,他肯定是发现了。"

"他之前不是已经撞过一次了吗? 那个流浪汉。"陈斌说。

"一定程度的碰撞,这次应该是比上一次更严重,所以触发了。"

"来不及想那么多了。"陈斌说,"反正现在已经知道他要去哪儿了。"

邵柯擦了擦额头上流下的血,他依然感到眩晕,但车速并没有减慢,刚刚汽车里响起一个女人的声音,说检测到他的汽车发生了碰撞,询问他是否安全。体贴的,准确的,一对一的定位服务。

邵柯意识到,自己一直在别人的视线中,那并不是一场意外,而是一次险些成功的诱捕。

他一边开着车一边以粗暴的方式拆毁了GPS(定位系统),现在他轻松多了。尽管他被撞得视线模糊,但是凭借本能已经足以继续行驶,前面不远就是E6城际公路,他的自由之路。

"苏远……"韩可儿小心翼翼地来到旁边,指了指墙上的时钟。

苏远明白她的意思，其他的乐队成员也都在看着他，他们已经快赶不上火车的发车时间了。

“我想等赵娜回来。”苏远说。

“可赵娜还在电台啊。”裴昭心急如焚，“有什么话回来说不行吗？”

“现在定位的信号已经没了，赵娜也帮不上忙了，肯定就快回来了，你们先去车站吧，我到时候跟你们会合。”

裴昭还想说什么，许亦冰却一只手搭在他的肩膀上，示意他不要再说话。也许这里只有他能够理解苏远的心情，有些事如果现在不做，可能就永远没有机会了。

“你确定吗？”裴昭问。

“放心吧。”苏远说，“我怎么可能丢下我的乐队。”

尽管大家还是不放心，但是没有再说什么，他们用眼神与苏远做了一个短暂的告别。韩可儿的父亲追过来，递给她一把钥匙，说：“你们到了北京先住咱家，地址我用短信发给你。”

韩可儿默默地接了过来。

乐队的众人离开以后，热闹了一晚上的派出所里清静了下来，陈斌看着苏远，知道自己跟这小子还有账要算。两人的目光碰撞到一起，陈斌犹豫了一下，叹了口气说：“把赵娜叫回来吧，已经没她什么事儿了。”

苏远点点头，拨通了赵娜的电话。

两分钟后，电话挂断了，苏远对陈斌说：“赵娜说，她还能做最后一件事。”

直播间里的赵娜，此时重新戴上耳机，说道，“我们现在已经失去了嫌疑人驾驶车辆的位置信息，但是经过分析，嫌疑人极有可能会去往E6公路。”

这是赵娜的最后预警，声音在电波的传输中进入了一条白色的耳机线，钻进了杨凡的耳朵中。电台广播结束了，杨凡摘下耳机。

深夜返城的大巴只剩下这最后一辆，乘客并不多，一多半的座位都空着，但杨凡依然习惯坐在最后一排的角落里，就像他人生的每一次选择一样。

他的座位下面放着一个巨大的皮箱，那里面是他几乎全部的家当。一周前，他带着这些东西去一座与千山相邻的城市，那里有一场嘉年华，他在其中得到了一份零工，做自己最擅长的事——扮鬼。

这份短工没有让杨凡得到满意的薪水，除去来回的路费后所剩无几，杨凡不得不再次面对现实的问题，他决定回到千山以后就去发布广告，将荒岛鬼屋转让出去，尽管那里是他的避风港，他也不得不这样做。

他拎起皮箱，从最后一排走出，穿过那些靠在椅背上沉睡的乘客，来到了司机面前。

"我在这儿下车。"杨凡说。

"这儿？"司机愣了一下，"这儿是城际公路啊。"

"我知道。"

司机扭头看了他一眼，握着方向盘的手忍不住抖了一下，杨凡对这个反应很熟悉，因为每个看见他的人都是如此。这张在车祸后扭曲的面容使他失去了普通人所拥有的哪怕最基本的权利，被人注视的权利。

司机一脚刹车，迫不及待地将车门打开。

杨凡目送着大巴车在他的面前绝尘而去，他提着皮箱来到了对向车道上，站在路边，将皮箱放在地上打开，里面是他的工作物品，是他的伪装，杨凡觉得，也可能是他真实的自己。

在那场车祸以后，杨凡身边的人都离他而去，包括他的家人，他们嫌弃他，只是极力克制着不表现出来，但有一次家里人还是在喝醉以后说了一句让他铭记终生的话——你应该死在那场车祸中。

他们说得有道理。

他从皮箱里拿出了几套服装，分别是僵尸的官服、贞子的头套，还有一把德州电锯杀人狂的电锯。有时候杨凡觉得这些影视剧里的恐怖形象是真实存在的，而且，他们对自己很亲切，他们理解他，将他视为同类。

我应该死在那场车祸中。杨凡嘴里喃喃自语。

他回想着自己的人生，希望能找到一两个开心的时刻，在努力搜刮记忆以后，他只想到了那支租下他鬼屋用来排练的乐队，那些人当时也被他的容貌吓坏了，但从他们惊吓后慢慢镇定下来的表情中，杨凡看到了一些不一样的东西，不是同情，不是厌恶，而是坦然。

他们坦然地接受了杨凡的这张脸，接受了他的丑陋可怖后便去聊其他的事情，仿佛一个人的美丑不过是一时的话题而已。

那之后，他们决定将自己的乐队以他的鬼屋命名，杨凡觉得，自己似乎成了那支乐队的一员。

如果我真的是这支乐队的一员，我能为乐队做点儿什么呢？他看着箱子里服装，找到了答案。

他决定塑造一个世界上最恐怖的鬼。

杨凡在马路上脱下了外套，忍着寒冷，将那身僵尸的官服穿在身上，又套上贞子的头套，随后，拎起杀人狂的电锯。在清冷的E6城际公路上，一个中西合璧的鬼站在马路中央。

一切都装扮完毕以后，杨凡等待着。他并不介意等待，他的一生都是在等待中度过的，等待变好，等待有人爱他。后来，等待自己在一场车祸中死去。

远处，一阵汽车的轰鸣声传来。

白色的光束出现在地平线的尽头，光束照耀着他，越来越强烈。

终于到了这个时刻，杨凡闭上眼睛，这一刻他明白，他并不是当年那场车祸的幸存者，他早已死在了那场车祸中，余下的人生都是对他不肯离开世界的惩罚。如今，他决定将一切归还给这个世界。一个死去的人，现在化身成鬼，即将再次死去。

50. 积雪的七街

救护车赶到现场的时候，这辆黑色SUV的四个轮胎还在不知疲倦地旋转着，像四张喋喋不休各说各话的嘴。但遗憾的是，这辆车再没能多行驶哪怕一米，它已经侧翻在E6公路旁边的壕沟里。

几名急救人员合力打开驾驶位的车门，将邵柯从里面拖出来，他们看着现场，情况不容乐观，担架床推了过来，他们将邵柯抬上去，邵柯缓缓睁开了眼睛。

“命可真大。”一名急救员说道，“都成血葫芦了还能喘气呢。”

邵柯张了张嘴，挤出一个模糊不清的字。

“你说什么？”旁边的急救人员将耳朵贴近，邵柯重复了一遍。

“水，他要喝水。”急救人员说。

“不是水。”邵柯语气微弱地说，“鬼。”

邵柯所说的“鬼”，是他在失去意识前最后看到的画面，当时他的鲜血正顺着头发不断地流向眼睛里，视线一阵阵模糊，意识也昏昏沉沉，这是二次车祸所导致的。当时邵柯还能靠着求生的本能继续开车逃逸，到了这条空荡荡的城际公路上以后，他的身心逐渐放松，能量陡然抽空。

他的脚仍死死地踩在油门上，眼睛却不知不觉地闭上了，一股舒适感拥抱着他，仿佛经历了疲惫的一天后那一杯令人放松的啤酒。他出现了短暂的梦境，梦中的自己是个短发的少年，正在走进一间开在公寓中的音乐教室里，他有点儿紧张，因为今天要测试视唱练耳，而自己一直听不准那些音。

但是他依然期待，因为他又能见到喜欢的老师了。她的年纪比他大，像个姐姐，邵柯一直希望自己能有一个姐姐，温柔、成熟，会在他需要的时候抚摸他的头。

可是，此时的邵柯却很疑惑，因为站在讲台上的那个人怎么都看不清，视线里只有一袭白衣和一头长发，面容却隐藏在窗外照射进来的一束强烈的阳光中，他迫不及待地想要看清她的脸。

邵柯努力睁开了眼睛，他仍在飞驰的汽车里，梦境中的那束强光在车前照射着，光影下他想要看到的人则变成了鬼。

他下意识地打了一下方向盘。

"应该是撞迷糊了。"急救人员说，"哪有什么鬼……"

这名急救人员刚说了一半，忽然眼睛直勾勾地盯着公路边一片枯萎的灌木丛，其他人随着他的目光望去，听到灌木里发出窸窸窣窣的响声。

一个身穿官服的僵尸从灌木中站了起来。

"真有鬼！"距离担架床最近的那名急救员吓坏了，整个人瘫倒到邵柯的身上，本来已经奄奄一息的邵柯发出一声惨叫。

"别胡说八道。"旁边的人声音颤抖地说，"哪有什么鬼。"

"那是什么玩意儿？"

他们看着灌木丛里出来的身影，恐惧的同时也陷入疑惑，这个鬼太混搭了，除了官服外，还披散着一头遮住脸的长发，手里拿着一把电锯。

"我看过电影。"一名急救员说，"这要真是鬼，应该是跳着过来。"

话音未落，灌木丛中的身影向着他们跳了一步。这一步精准地踩在了现场所有人的心脏上，几个人同时发出一声惊呼，齐刷刷向后跳去。

几次频率相同的跳跃之后，公路上的急救员已经退无可退，一个人喊道："你别过来，冤有头债有主，谁弄死你的你找谁去。"

“我脚崴了。”穿着官服的“鬼”说。

“什么?”

“刚才那辆车擦着我过去,把我带沟里去了。”杨凡指着自己受伤的脚踝说。

陈斌放下电话,结束了。电话那边刚刚通知陈斌,邵柯现在正在被送往市立医院,目前看至少保住了命。

陈斌知道后面还有很多的工作,但是对于此刻的他来说,终于到了可以休息的时候了。回顾所有片段,陈斌觉得自己似乎在看着一团理不清的线头,一切不知道是从哪一刻开始的。

他并没有感到如释重负,相反,内心却涌起一阵茫然与失落,仿佛心里的某一块被抽掉了。明天开始,他将再次变回一名派出所里的基层民警,处理邻里纠纷,一场辉煌又短暂的英雄梦,该醒了。

赵娜也在这个时候回到了派出所。

“赶紧过去吧。”陈斌指了指苏远,对赵娜说,“一直等着你呢。”说完,他识趣地走开了。

“我有话要跟你说。”苏远紧张地看着赵娜。

“你怎么这么傻?”赵娜说,“等你从北京回来,我们有很多时间。”

“以前我也总觉得还有时间。”苏远说,“时间仿佛是用不完的,我还那么年轻,机会错过一次两次又有什么关系呢?但是当我被关在屠宰场那个小屋里的时候,我明白了,我没有自己想象得那么年轻,时间对每个人的配给也并不相同。我理解了许亦冰对我说的话,有的事情如果现在不做,就再也没有机会了。”

“苏远……”

“赵娜,你听我说,如果我今天就要死了,我最遗憾的事情就是还没有真正对你表白过。”

站在门口的陈斌偷偷瞄了眼墙上的时钟,又看了看他们两个人。

"赵娜,我喜欢你。"

赵娜迟疑了一下,苏远紧张地等待着她的回应。很快,他从赵娜的脸上看到了纠结与迷惑,以及一个缓缓绽开的不知所措的笑容。

"你,你不想说点儿什么吗?"苏远问。

"我……"

两声粗暴的敲门声打断了他们,陈斌迈步进来,"差不多得了,"他强行站在两个人中间,无奈地说道,"这是派出所。"

随即,陈斌又盯着苏远说:"你是不是还有点儿别的什么事儿?"

苏远脸上的热情消失了,随之浮现的是某种平静,语气也变得毫无波澜,"是有一件事。"

"去北京。"陈斌说。

"什么?"苏远一愣。

"走,我送你去火车站。"陈斌不由分说地将苏远从椅子上拉起来,拖到外面。派出所外夜色正浓,千山总算安静下来了。

陈斌一把将苏远扔进了警车的副驾座位上,自己也随即上了车。直到陈斌发动了汽车,苏远才后知后觉地落下了车窗,努力在夜色中寻找赵娜的身影。

"又不是见不着了。"陈斌说。

"刚才我说喜欢她,她什么都没说。"苏远的语气失落。

"你把人家姑娘吓着了,知道吗?"陈斌说着将汽车开向马路,"这一晚上出了多少事,哪还有时间反应?"

苏远沮丧地靠着椅背,眼睛盯着后视镜里的路灯。

从第三派出所去往火车站最近的一条路,要通过七街。

车外忽然下起了大雪,今年千山的第一场雪就这样不声不响地降临,很快面前就变成了白茫茫一片,雪越下越大,当警车开到七街的时候,路面已经被积雪覆盖。

“行了，别臊眉耷眼的。”陈斌瞥了一眼副驾的苏远，接着说，“又不是没有时间了，人赵娜不都说了吗，什么事儿等你从北京回来再说。”

“我就是没有时间了。”苏远突然说。

“为什么？”

“我有一件事要对你坦白。”

“你也喜欢我啊？”陈斌笑着说。

“我没开玩笑。”苏远的表情严肃。

警车在七街划出两条深深的刹车痕，陈斌打开车窗，寒风夹着雪花灌入车内，他同时点燃了两支烟，其中一支递给苏远。

“说吧。”

“体育场西路那个伤人案，不是夜游神干的。”苏远说，“是我。”

“知道了，还有别的吗？”陈斌漫不经心地将烟灰弹向窗外。

“你没听明白吗？”苏远不解地看着陈斌，“我说那件事是我干的，是我把那个人打伤的。”

陈斌没有回应。

苏远继续说，“就像我刚刚跟赵娜说的那样，我没有办法确定自己还有多少时间，如果有什么事情要做，最好的时机就是现在。”他对陈斌伸出双手，“我不想做个逃犯。”

七街，一个重要的十字路口。向右转，是去往火车站的方向，左转掉头，则可以返回派出所。

陈斌吸掉最后一口烟，将烟头扔进了外面的积雪中，车窗关上，他再次踩动油门，但没有打任何一盏转向灯。

警车通过路口，选择了直行。

“这是去哪儿？”苏远紧张了，“直接去监狱？”

“一点儿法律常识都没有。”陈斌叹道，接着指了指车里的时钟，对苏远说，“火车已经走了，回头我再找你算账，现在咱们直接去北京。”

倒计时0小时

0 hour

51. 午夜千山

“晚上好，欢迎来到《午夜千山》，我是赵娜，今天我们的主题是——成长。

“你是在哪一刻察觉到自己已经长大了呢？如果现在问你这个问题，你是否能说是一个准确的时间，或者具体的事件？”

“如果你想不到，这不能怪你，因为成长大多不是在某一个瞬间完成的，这是一个漫长的过程，一个逐渐去了解世界也了解自己的过程。在这过程中，你会经历很多的第一次，第一次拥有梦想，第一次奋不顾身，或者，第一次为自己犯下的错误承担责任，而不是逃避它。这些所有的第一次，就是我们走向成熟的阶梯。

“以上这些话并不是我说的，而是引用自一本最近的畅销书《我们都在学习长大》，作者是千山出身的作家清水老师，清水老师的这本书刚刚上市一周便登上了各大读书榜单的首位。让人意外的是，这本书不仅在普通读者中很受欢迎，在千山西郊监狱里也颇有名气，很多服刑人员在看完这本书后都表示了要洗心革面的决心。曾经被称为‘夜游神’的张雨铭甚至还主动给清水老师写信，希望清水老师能去监狱开展一场关于如何重新做人的演讲，以帮助那些即将出狱的人更好地重返社会。不过这个提议被清水老师婉拒了，清水老师的原话是，我的那些书对民众的荼毒伤害不比你们小，我怕我去了监狱后被迫良心发现，赖着不走。

“当然，我们理解清水老师的幽默，同时清水老师还宣布，将这本书的所有收益，用于支付一名此前在体育场西路遭遇殴打的市民的医药费，以及后续相关恢复过程所产生的费用，在这里我代表节目组对清水老师表达我们的敬意。

“说起清水老师的另一个身份，相信很多听众已经知道了，他就是代表千山去北京参加比赛的摇滚乐队——荒岛乐队的贝斯手。现在，荒岛乐队已经从北京返回了千山。

“提到荒岛乐队，我们的很多听众第一次了解他们，还是因为乐队此前排练的地方，应该说是一处旧址，现在那里已经成为千山市的地标。是的，我说的就是荒岛鬼屋，这里和金麟洗浴中心并称为两大打卡胜地，是外地游客来到千山的必去之地。鬼屋的经营者杨凡与金麟洗浴中心的搓澡工秦峰在对逃亡犯人的抓捕中作出了突出贡献，每天都有很多人慕名而来。

“面对这样的情况，秦峰先生敏锐地发现了商机，在说服洗浴中心的老板以后，他们决定与杨凡的鬼屋进行合作，开设一家近期非常流行的密室逃脱，场地由洗浴中心提供，结合双方各自的优势特长，在洗浴中心内部的休息大厅安设鬼屋的设备。这可能是全球唯一一家可以在洗完澡后裸体游玩的密室逃脱，同时出售杨凡自创的‘中西混搭打击犯罪鬼怪组合套装’，非常值得尝试。

“发现新商机的不只是杨凡与秦峰两个人，还有荒岛乐队的主音吉他手余彦，余彦所经营的是亲子关系养成班，这也是千山市新兴的一种商业模式，开业之初便受到了广大学生家长的热烈欢迎，报名者门庭若市，可以说是效益口碑双丰收。据我们的记者采访得到的消息，余彦先生在加入荒岛乐队前一直专攻青少年教育，多年来将工作重心放在了实现学生家长与学校教师之间的沟通上，但是余彦老师对于这段工作经历的具体内容并没有过多透露。

“同时，余彦老师的培训班里还独创了以音乐的形式培养亲子感情的课程，主讲教师是同在乐队的鼓手许亦冰。许老师的课程分别在每周四和周日开课，单节课时长为47分钟，第一节课免费试听，有兴趣的听众不妨去现场了解一下。

“哦，说了这么多，特别是提到了这么多荒岛乐队的成员，我好像忘记说他们此前在北京的参赛成绩了。不过，我相信很多人应该早就知道了，毕竟比赛已经结束了那么久，所以以下的信息只对还不是很了解这支乐队的人通报。荒岛乐队在抵达北京后，顺利参加了比赛，但他们在首轮的原创展示阶段便遭到了淘汰，从调试设备到宣布结果，总计只用时15分钟，可谓速战速决，一点儿都没有拖泥带水，迅速结束了他们的首秀。

“对于淘汰荒岛乐队的理由，评委给出了这样的说明：‘我们完全不知道这支乐队到底是干什么来的，他们对待比赛的态度极为不端正。首先，两名吉他手都带着伤，节奏吉他手鼻青脸肿，当我们问到的时候，他对我们说，这是他为了表现摇滚乐激情爆裂的一面特别给自己设计的妆容。但是很快我们发现事实并非如此，因为另一位主音吉他手连演奏都成问题，他在脖子上挂着一把儿童玩具，solo阶段完全是播放了提前录制在玩具里的声音。他们将比赛当成儿戏，不尊重主办方也不尊重观众，更不尊重摇滚乐！我们知道，因为本次比赛的关注度很高，难免会出现这种试图通过博出位的方式炒作自己的乐队，但我们是个严肃的比赛，不会用这种方式换取收视率，所以果断将他们淘汰。’

“对于评委的话，荒岛乐队的成员始终没有发表看法，他们只是在结束后继续在北京游玩了一周才回到千山，看起来心情还算不错——也许，就像我们开始时说的主题，这也是成长的一部分。

“好了，以上就是今晚的《午夜千山》对大家播报的内容。千山绝不是一座完美的城市，它甚至无法算作一座好的城市，但是我喜欢这里，可能是因为我在这里生活得太久了，忘记了自己有多么喜欢它，有多么眷恋它，我做过这么多期节目，却从没表达过我对它的感情，哪怕有的时候，千山已经表达了对我的喜欢，我还是忘记了回应。所以，今晚的我想要对千山说——”

赵娜看着同样身在节目直播间里，但始终一言未发的苏远的眼睛说：“我也喜欢你。”

“看起来，我们今晚直播的时间有点儿长，恐怕已经没有多余的时间来播放‘晚安曲’了，很快午夜的钟声就要敲响，就让我们平静地度过第一个没有‘晚安曲’的夜晚吧。”

赵娜说完，一切都安静了下来，时间分分秒秒走过，静默比想象得更长，终于，时钟指向午夜12点，午夜的钟声准时敲响。

当——当——当——当——当——五个不同的音符。

忽然，音乐响起。

别开玩笑了，怎么可能没有“晚安曲”。

今晚的“晚安曲”，就是在北京遭到一片恶评的，以这段钟声作为前奏的一首原创摇滚歌曲，这首歌叫作《午夜千山》，来自荒岛乐队。

音乐声中，一名长跑者正在绕着体育场的400米跑道飞驰而过。